70년대생 여자 셋의 지극히 사적인 수다

요즘 언니들의 갱년기

요즘 ――――――

언니들의
갱년기

70년대생 여자 셋의
지극히
사적인 수다

김도희

유혜미

임지인

지음

일일호일

저자 셋의 관계도

셋은 모두 70년대 생이고, 한때 같은 광고 회사에서 근무한 경험이 있다. 혜미와 지인은 학교 선후배 관계이고, 도희와 혜미는 같은 회사에 근무하던 시절, 임신 동기였다. 지인과 도희는 회사 동료이자 인생 상담하는 사이라서 아무튼 셋은 모두 친구가 되었고, 20년째 우정을 유지하고 있다. 셋은 다른 듯 닮은 듯한 면이 있는데 여행하듯 도심 산책하는 것을 좋아하지만, 번잡한 곳보다 오래된 동네의 새로운 공간을 선호하고 세상의 트렌드에는 관심이 많지만, 유행에 민감하지는 않다. 만나면 늘 우리가 찾아낸 나름의 발견과 해석에 대해 조곤조곤 수다를 떨곤 한다. 호시탐탐 셋만의 프로젝트를 기획했는데, 이 책이 우리의 첫 시작이 되었다.

JIIN   우리의 첫 시작을 기억하시나요? 시작은 책도, 갱년기도
       아니었고, 우선 친구인 세 명이 오프라인 공간을 마련해
       서 새로운 어떤 것을 같이해 보자는 것이었는데요. 비록
       오프라인 공간은 유보됐지만, 그 시작이 지금 이 한 권의
       책이 됐네요. 어쩌면 흐지부지될 수 있었던 우리 프로젝트
       의 불씨를 도희 님이 살려 주셨죠.

DOHEE 우리 셋이서 무슨 일을 해 볼 수 있을까 고민하면서, 언젠
       가 한 번쯤 세대를 이해하는 책을 써보고 싶다고 생각했
       어요. 제가 속한 중년 세대를 이해하는 게 먼저라고 생각
       하고 관찰하니, 최근 제 주위 친구들을 만날 때마다 대화
       주제가 갱년기더라고요. 다들 갱년기에 직면하거나 진입
       하는 과정에 있어서인지 심신의 변화를 많이 느끼고 있었

어요. 70년대에 태어난 친구들이 이제 갱년기에 접어들었다는 사실 자체가 세대적으로 뭔가 의미가 있지 않을까 싶어서 제가 혜미 님에게 얘기했는데, 혜미 님이 같이해보자고 의견을 더했고 지인 님한테 참여할지 물어보게 된 거죠.

HEYMI　셋이서 만날 때마다 꽤 생산적이고 쓸모 있는 수다를 떠는데 그때마다 책을 기획하는 사람이라 그런지 수다를 기록으로 남기고 싶다고 생각했어요. 이번이 좋은 기회가 될 수 있겠다 싶었죠. 세 명의 특성이 사회 변화나 새로운 트렌드에 관심이 많고 나름대로 광고 회사 기획과 마케터 출신들이라 분석하는 걸 좋아하니까 '우리가 겪고 있는 갱년기'에 대해 함께 공부하고 이야기하다 보면 기존과 다른 시각으로 갱년기를 바라볼 수 있지 않을까 생각했어요.

JIIN　솔직히 처음에 얘기를 들었을 때, 갱년기는 제 관심 밖 영역이라 매력을 느끼지는 못했어요. 하지만 우리가 10년 넘게 얘기만 나눠왔던 새로운 시도가 실제 어떤 방식으로든 구현된다는 것 자체만으로도 저에겐 의미가 컸고요.
미혼, 미출산 여성으로서, 또 건강 무관심자로서 두 분과 다른 관점의 갱년기와 중년을 대변할 수 있겠다는 생각이 들었어요.

DOHEE   사실 시대와 사람들의 가치관이 바뀌고 있다는 것을 인지
         하면서도 과거의 단어로 현재나 미래 세대를 해석하려 하
         죠. 과거 잣대로 현재 우리 세대가 직면한 문제나 해결점
         을 찾을 수 있을까 하는 의문이 들었어요.
         그런 생각을 하다 보니 책을 통해 새롭게 접근하고 싶고,
         다르게 정의해보고 싶고, 다양한 관점을 제시하고 싶다는
         욕구가 생겨난 것 같아요.

HEYMI   저 역시 짜증과 분노라는 단편적 시각으로는 요즘 세대의
         갱년기를 들여다보는 데 한계가 있지 않을까 하는 문제의
         식이 들었던 것 같아요. '갱년기'에 진입한 당사자로서 남
         의 이야기가 아닌 제 이야기가 되는 이 시점에서 한 번쯤
         진지하게 몰입해보고 싶었죠.
         무엇보다도 저 자신의 변화나 내면을 탐색하다 보면 우리
         세대의 갱년기에 대한 새로운 통찰이 보이지 않을까 싶기
         도 했고요.

JIN   1020에 대해서는 문화적으로, 사회적으로 끊임없이 논의
         되고 뉴 실버 층에 대한 관심도 높아지는데 중간에 끼어
         있는 4050에 대한 스토리는 상대적으로 많지 않은 것 같
         아요. 부장님, 아줌마와 같은 과거의 부정적 스테레오 타

입들로 고착화되어 있고요.

그런 의미로 70년대 생이 맞이한, 변화한 중년에 관해 얘기해 볼 필요가 있다고 생각했고, 저 역시 갱년기를 인정한 1인으로서, 두 분이 제안한 '갱년기' 주제로 시작해볼 수 있을 것 같았어요.

HEYMI 갱년기에 진입한 70년대생 세 명이 시작하는 갱년기 탐사 프로젝트를 통해 우리 사회가 갱년기에 대해 다양하게 논의할 수 있는 계기가 되면 좋겠다는 생각이 들었어요.

그동안의 갱년기 논의가 활발하게 이루어지지 못한 측면이 있었기 때문에 만약 저희의 솔직한 경험과 의견 그리고 최근 정보가 모이면 한층 다양한 갱년기 담론이 형성되지 않을까 싶었어요. 요즘 세대들이 생각하는 '요즘 갱년기'에 대한 이야기 같은 거죠.

저희가 만들어낸 결과물이 갱년기를 맞이하게 될 후배들에게도 차후에 도움이 될 수 있지 않을까 생각해 보고요. 그런 의미에서 책 제목도 『요즘 언니들의 갱년기』라고 명명해보았습니다. 저희가 이제 막 갱년기에 진입한 언니들이거든요.

DOHEE 맞아요. 우리 곁의 친구들, 그리고 따라올 후배들에게 우리의 탐험이 의미 있게 전달되기를 바라는 마음에서 시작해봅니다. 물론 갱년기를 잘 헤쳐나가신 선배 세대들이 보시기에는 첫발을 뗀 우리의 논의가 아쉬울 수 있을 거예요. 세 명의 갱년기만으로 갱년기 경험을 충분히 담아낼 수는 없겠지만, 갱년기 입문자의 진정성 있는 수다가 이제 곧 시작될 분들에게 어떤 화두를 던지게 되기를 기대해봅니다.

JIIN 저는 우리와 비슷한 생각을 하는 또 다른 우리들이 사회 곳곳에 많이 계실 것이라 생각해요. 다만 그 생각을 저희처럼 밖으로 표출하는 기회를 만드느냐 아니냐의 차이겠죠.
우리 세대가 스스로 달라진 생각들을 나누고 사회에 보여주는 기회가 많았으면 좋겠고 "나 갱년기야"라고 스스럼없이 인정하고 준비하는 것, 이 책이 그런 시작의 계기가 될 수도 있지 않을까요?

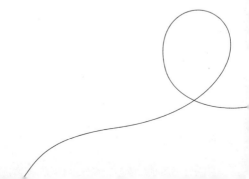

차례

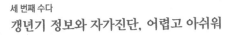

'이제 나도 갱년기가
시작되는구나!'라고
자각하고 인정하게 되는
계기는 무엇일까요?
우리 셋은 자신을 '갱년기 초입'
이라고 생각하는데요.
갱년기가 시작되었음을
인정하게 된 각자의 이유와
증상을 얘기 나눠보고 선배,
친구들의 얘기도 들어봤습니다.
당신도 우리의 이야기에
공감하나요?

나는 지금
갱년기일까?

나의 갱년기 신호탄은
땀과 열감, 안면 홍조, 그리고 잦은 감기

DOHEE 제 나이가 49세입니다. 일전에 지인 님이 지난 1년 가까이 면역력이 떨어지면서 감기에 자주 걸린다고 얘기를 하셨어요. 지인 님의 나이가 47세인데, 되돌아보니 저 역시 47세에 면역력이 심하게 저하된 채로 1~2년을 보내왔던 차라 공감이 많이 되었습니다. 1년에 1~2번 걸릴까 말까 하던 감기를 그때는 계절과 관계없이 1년 넘게 달고 살았으니까요. 심지어 여름밤 산책길 시원한 바람에도 피부가 빨개지고 몸에 가려운 알레르기 반응이 일어날 정도였어요. 면역력이 심각하게 떨어진 이후부터 갱년기 유사 증상들이 나타나기 시작했던 것 같아요.

JIIN 도희 님 말씀처럼 작년부터 컨디션이 눈에 띄게 안 좋아졌는데요. 코로나와 체력 저하가 갱년기 증상과 시너지를 냈던 것 같아요. 실제 갱년기 증상이 시작된 건 3년 전이예요. 더위와 무관하던 사람인데, 더위를 많이 타기 시작하고 머릿속, 목, 겨드랑이에서 땀 흘리는 저를 발견하고 '나도 갱년기가 시작됐구나' 생각했죠. 2년 전부터는 생리 주기가 짧아지고 양도 많이 줄었고요. 그동안 없던 생리통도 생겼어요. 그리고 그때쯤 부모님께 좀 과하게, 직선적으로 짜증을 내고 필요한 대화만 나눈 적이 있었는데, 그때 엄마가 "너도 갱년기가 시작된 것 같다"라고 말씀해 주시더라고요.

HEYMI 작년부터 갱년기가 시작된 것 같아요. 폐경은 아니지만, 생리가 불규칙해지기 시작하면서부터 볼이 수시로 새빨개지곤 했어요. 그러다 대략 20분 정도 지나면 사라지곤 했는데 처음에는 놀라서 거울 볼 때마다 황당했죠. 안면 홍조가 제 갱년기의 첫 신호탄이었어요. 작년 여름에는 겨드랑이 땀이 생겨서 놀라기도 했고요. 원래 땀이 잘 안 나는 체질이었어요. 생소한 곁땀은 주변 온도와 상관없이 시원한 지하철 안에서 혹은 집에서도 났는데 언제 어디서 곁땀이 날지 예측할 수 없어서 더 당황스러웠어요.

DOHEE 갱년기 관련 책을 보면 공통적인 몸의 증상들에 관해 이야기하고 있어요. 대표적인 것이 열감, 홍조, 땀이 나는 발한 증상들이죠. 갱년기를 먼저 경험한 선배들에게 그런 이야기를 들었을 때는 그녀들이 왜 에어컨 앞에만 앉으려 하는지, 추운 겨울에도 왜 그렇게 아이스 아메리카노를 고집하는지 막연하게 이해했다면 지금은 너무도 잘 알 것 같아요. 저 또한 유사한 증상들을 경험하면서 '갱년기라면 그럴 수밖에 없겠구나!'라고 이해되는 부분들이 많아졌거든요. 겨드랑이에 땀이 너무나 창피해 급히 귀가한 적이 있다던 선배의 이야기가 제 일상에서도 그대로 연출되고 있더군요. 저는 원래 여름과 뜨거운 태양을 좋아하고, 땀이 없는 체질이었어요. 그런데 여름 내내 팔을 들어 올려 데오도란트를 뿌리는 제 모습을 보게 될 줄 정말 몰랐어요.

HEYMI   갑자기 작년 여름에 도희 님 만나러 신금호역에 갔다가 곁땀이 났는데 하필 얇은 여름옷이라 당황했던 기억도 나네요.

JIIN   예전에는 상상할 수 없던 일인데, 무더운 날도 아닌데 머릿속에서 시작된 땀이 목을 타고 흐르거나 음식을 먹으며 땀을 흘리고 있더라고요. 저 역시 땀 때문에, 특히 여름이 힘들어졌어요.

DOHEE   땀과 함께 몸의 열감도 시작되고 있어요. 처음엔 무슨 첫사랑에 빠진 여인처럼 마음인지 몸인지 헷갈리는 그 이상

야릇한 열감이 하루에 몇 번, 주에 몇 번씩 올라오더군요. 마음이 붕 뜨고, 몸에서 열기가 사알짝 사알짝 피어나는데, 그 증상이 점점 잦아지고 반복되더군요. 처음엔 제게 무슨 신호를 주는 줄 알았어요. 몸 안에서 발전기가 돌아가는 것처럼 느껴졌거든요. 그런데 점점 몸으로 확실하게 느껴지면서 이것이 갱년기의 공식적인 증상이라는 것을 알게 되었죠. 지난겨울처럼 혹한이었던 적이 없는데, 창을 열고 차가운 공기에 빨개진 제 뺨을 맡기며 겨울의 찬기를 음미하는 제 모습을 보며 가족들이 기함한 적도 있었어요. 뜨거워진 볼을 식혀주는 차가운 겨울의 시원한 느낌이란…

HEYMI 도희 님과 다르게 저는 오히려 한기가 생겼어요. 추운 갱년기처럼 저녁이 되면 오싹오싹한 한기가 온몸을 한 바퀴 돌아다니다가 나가곤 해요. 뼛속까지 차가운 바람이 들어오는 것 같은 느낌이죠. 아이스 아메리카노는 생각만 해도 몸이 오싹해지고 소름이 돋아요. 마치 몸의 온도조절 장치가 고장 난 것 같은 느낌이에요.

JIIN 작년 겨울부터 저도 발끝 시림과 한기가 너무 심해졌어요. 재택근무하면서 발열 기구 위에 발을 올려놓고 있고, 안

신던 수면 양말을 3월까지 계속 신고 있었죠. 그러다가 조금만 더우면 어느 순간 훅 열감이 올라오면서 살짝 땀이 나고요. 극과 극을 오가는데요. 체온 조절 능력이 극심하게 떨어졌다는 얘기겠죠. 체온이 37.5도 전후로 올라가는 경우도 많은데, 예전 같으면 크게 신경 쓰지 않았겠지만, 코로나 시기와 제 증상이 오버랩되면서 스트레스를 많이 받았어요.

이것도 갱년기 증상?
불면증이 생기거나 VS 겨울잠을 자거나

HYEMI 수면의 질이 급격하게 떨어진 것도 갱년기와 관련이 있는 것 같아요. 갱년기가 오면 자율신경계가 불균형해지면서 갱년기 불면증(갱년기 수면장애)이 생긴다고 하는데 요즘 저는 기억도 안 나는 꿈을 너무 많이 꿉니다. 그러다 보니 뇌가 깊은 잠을 자지 못하고 자고 나도 피로를 느껴요. 게다가 새벽 4~5시경 화장실에 한 번씩 다녀오게 되는데 그러고 나면 일단 첫잠이 깨요. 새벽에 화장실 때문에 잠을 깬다고 하니까 선배 언니들이 다들 이해한다는 듯이 웃으시더라고요. 마치 '웰컴~ 너도 갱년기야' 같은 표정이셨죠.

JIIN 수면 증상에 대해서는 혜미 님과 공통점이 많네요. 저 역시 쪽잠을 자도 꿈을 꾸는 사람이라 항상 숙면하지 못하는데요. 그래도 자다가 중간에 화장실을 가거나 깨는 일은 없었어요. 그런데 요즘은 새벽에 깨는 날이 많아졌고 정확히 설명하기는 힘든데, 깨고 나면 제 몸이 제 몸 같지 않고 어떻게 주체할 수가 없어서 다시 잠들기가 어려워요. 그러면 휴대폰을 보거나 멍하니 시간을 보내게 되죠. 원래 좋지 않았던 수면의 질이 더 안 좋아진 거예요.
건강검진 문진표에도 수면 퀄리티에 대한 문항이 있는데 체크하다 보면 확실히 제 답변이 예전보다 안 좋은 방향으로 변하고 있더라고요. 수면이 불량해지니까 일상생활도 영향을 받고요.

HEYMI 수면이 삶의 질에 영향을 주는 것은 맞는 것 같아요. 잠자는 시간이 충분하더라도 숙면을 취하지 못하면 다음 날 온종일 몽롱하고 개운하지 않을 때가 많아요. 어쩌면 제가 예민해져서 그런 건 아닐까 싶기도 해요. 예전에는 걱정이 생기면 잠으로 해소했어요. 자고 나면 잔걱정은 별거 아닌 듯 사라지곤 했으니까요. 잠이 제게는 피로회복제였죠. 하지만 요즘은 마음이 복잡해지거나 걱정이 생기면 일단 잠이 안 와요. 꿈도 많이 꾸고요. 숙면을 못 하니까 잔걱정은 사라지지 않고 몸은 몸대로 힘들고 뭔가 악순환에 빠진 것 같은 느낌이죠.

DOHEE 수면의 질이 떨어졌다는 두 분 이야기를 듣다 보니, 책에 소개되었던 갱년기 수면 관련 증상이 떠오르네요. 갱년기 증상을 좀 더 깊게 파고 들어가면 두 가지 패턴을 보인다는 얘기가 생각났어요. 갱년기에는 잠을 못 자던가 VS 잠을 너무 자던가 이 두 가지를 보인다는 거죠. 저는 두 분과 반대 패턴인 '잠을 너무 잔다'입니다. 곰이 겨울잠을 잔다는 말을 실감할 정도로 최근 6개월간은 자도 자도 또 자고 싶었던 상태였어요. 프리랜서 일과 집안일, 아이 양육을 함께하며 사실 20년 가까이 낮잠을 잔 것이 손꼽을 정도였는데요. 마치 그동안 못 잔 잠을 보충하듯, 동굴에 들어간 곰처럼 아무도 안 깨우면 계속 잘 수도 있겠다는 모드였답니다.

JIIN 그런데 수면 문제가 꼭 갱년기만의 문제일까요? 제가 운동을 안 한 지 2년 정도 됐는데, 운동과 체력 관리를 꾸준히 했으면 수면의 질이나 건강 상태도 더 괜찮지 않았을까 하는 생각을 해요. 운동하고 몸이 좀 피곤한 상태로 숙면을 해주면 좋은데 항상 스트레스받거나 긴장한 상태에서 수면하고 이런 패턴이 갱년기 시기와 겹치니까 더 안 좋아지는 것 같아요. 예전만큼 제 몸에 노력을 안 하는데, 몸은 더 큰 노력이 필요한 시기니까, 두 배로 악화할 수 있겠다는 생각이 들어요.

HEYMI   여러모로 기존 삶의 균형감이 상실되는 게 갱년기 아닐까 싶기도 해요. 지인 님이 이야기한 것처럼 운동이나 신체 활동을 예전보다 활발하게 하지 못했던 최근의 생활패턴이 수면에 영향을 미쳤을 것 같아요. 또 한편으로는 제가 원래 활동량이 크지 않았던 점을 고려하면 갱년기에 진입하면서 달라진 변화로 보는 것도 틀린 것 같지는 않고요. 아마 두 변수 모두 수면 패턴에 영향을 미친 요인이 아닌가 싶어요.

DOHEE   몸의 어떤 증상들을 갱년기로 봐야 하는지 우리가 의학적으로 판단하기는 어렵겠지만 수면 패턴이 바뀌고, 땀을 많이 흘리는 것이 갱년기 대표적 증상이라는 것을 알면 자신의 몸 상태를 이해하는 데 도움이 되지 않을까요? 혜미 님이 말씀하신 것처럼 우리 몸의 균형감각이 상실되는 것은 분명 갱년기의 호르몬 변화 때문인 것 같아요.

누군가에겐 가벼운 증상으로
누군가에겐 심각한 질환으로

DOHEE 우리 셋은 책을 시작하며, "아직 갱년기 초입이다"라고 자가진단을 내렸지요. 물론 셋 다 아직 생리를 하고 있고, 일상에 지장이 없을 정도의 증상을 경험하고 있기에 그렇게 자가진단을 내린 거죠. 앞으로 우리에게도 폐경이 오고, 이러한 증상이 언제, 얼마나 더 심하게 다가올지는 모르는 일이겠지만 먼저 겪으신 분 중에는 "몸이 정말 아프고 힘들다"고 표현하시는 분들도 계셨어요. 어떤 분들에게는 갱년기가 자신의 정체성을 찾는 긍정적 전환점이 되기도 하지만, 또 어떤 분들에게는 심각한 무기력증이나 불면증, 골다공증, 일상생활에 지장을 줄 정도의 급격한 열감과 땀 흘림 등 질환에 가까운 증상으로 힘든 시기가 될 수도 있어요. 저는 어떤 쪽이 될지 사실 두렵기도 하네요.

HEYMI 평상시 몸이 안 좋으신 분들이 갱년기에 더 세게 아프다고 들었어요. 인생 풍파가 심하신 분들도 갱년기를 힘들게 마주하신다고 알고 있고요. 신체적으로 아프기 시작하면 잘 버티던 마음도 무너지기 쉽잖아요. 혹은 마음이 불안정해지면 신체적으로 어떤 증상들이 나타날 수도 있을 것 같아요. 주변 분들의 이야기를 들으면 갱년기가 심하게 와도 본인의 갱년기를 인정하지 않고 적극적인 치료를 피하려다가 상황이 악화하는 경우가 많다고 해요. 남들이 볼 때는 갱년기인 것 같은데 정작 자신은 갱년기에서 비롯된 증상들을 인식하지 못하거나 부정하거나 혹은 무시하는 경향을 보이는 거죠.

몸이 아프기 시작하면 마음의 문도 걸어 잠그게 되고, 감정표출도 부드럽지 못하니까 가족이나 주변 관계도 악화하고, 그러다 보니 사회적 활동을 거의 안 하고 집에만 있는 경우 심리적으로 우울증도 올 수 있고요.

우리는 아직 신체적으로 나타나는 갱년기 증상들을 불편감정도로만 인식하고 있지만, 갱년기 증상이 질환으로 악화할 수도 있다는 것을 미리 알고 있는 것이 중요한 것 같아요. 무방비 상태에서 맞이하는 갱년기가 위험하죠.

JIIN 일반적으로 심각한 갱년기 증상을 얘기할 때는 신체적 증상보다는 정신적 증상, 우울증 같은 얘기에 더 치중하는 것 같아요. 그 이유 중 하나가 일반적인 갱년기 증상인 안면홍조, 열감, 불면증 같은 것을 질환으로 인식하지 않기 때문일 것 같은데요. 예를 들어, 에어컨 나오는 사무실에서 더위 타고 힘들어하는 선배의 모습을 보고 힘들겠다고 생각하지만 심각하다고 생각하지는 않죠. 하지만 질환 단계까지 이어지는 경우도 상당히 많은 것 같고, 약 25%는 치료가 필요하다고 하더라고요.

저희 친척 언니 한 분도 아침에 잠에서 깨면 손 관절이 붓고 아파서 한 시간 정도 움직이지를 못했다고 해요. 굉장히 긍정적인 성격임에도 몸이 불편하니 스트레스가 쌓이고 결국 호르몬 치료를 받고 나아졌다고 들었어요. 그리고 여러 증상이 중복적으로 나타나는 경우가 많아 더 힘들 수도 있을 것 같아요. 개별 증상들은 약해도 동시다발적으로 발생하면 컨트롤하기가 쉽지 않겠죠.

친구와 선배들은 언제 '내가 갱년기구나' 생각할까?
같은 듯 다른 갱년기의 시작

DOHEE 다른 사람들은 언제 갱년기라고 느낄까요?

HEYMI 중학교 교사인 제 친구는 극심한 스트레스를 받고 나서 갑자기 면역력이 급강하한 적이 있었는데 마치 몸이 한 번에 무너지는 느낌이었다고 해요. 그 이후 1년 정도 감기와 잔병치레가 끊이지 않았다고 했어요. 앞서 도희 님의 사례와 유사하죠. 그런 굴곡을 한 번 겪고 난 후 갱년기가 시작된 것 같다고 했어요.

JIIN 아직 제 주변에는 갱년기 증상을 호소하는 선배나 친구는 없어요. 한 선배는 혼자 더위를 타고 컨디션이 안 좋아 힘들어하면서도 스스로 갱년기라고 인정하지는 않더라고요. 생활에 지장을 줄 정도로 갱년기 증상이 심해지고 나서야 자신의 갱년기를 인정하게 될지도 모르겠어요. 그전까지는 긴가민가하거나 인정하고 싶지 않은 것 같아요.

DOHEE 제 친구는 병원에서 폐경 판정받기 전까지 별다른 증상이 없었대요. 그런데 폐경 진단을 받은 후부터 갱년기 증상이 시작되었다는군요. 땀과 열감이 느껴지고, 불면증이 심해지면서 이유 없이 죽고 싶다는 생각이 들 정도로 우울했다고 해요. 그전까지는 감지되는 게 전혀 없었대요. 본격적인 갱년기 증상이 폐경 전후 언제 어떻게 시작될지 예측하기는 참 어려운 것 같아요.

HEYMI 동갑내기 절친이랑 며칠 전 갱년기 관련 통화를 했었어요. 제 친구도 저처럼 생리가 불규칙해지고 있다고 하는데 별다른 신체적 증상들은 없다고 해요. 그 대신 '짜증'이 심해졌다고 하는데 특별한 일이나 이유가 있는 것도 아닌데 사소한 일에 짜증이 멈추지 않아서 힘들다고 하더군요. 갱년기 증상이라는 것이 폐경 전부터 신체적으로 혹은 심리적으로 시작될 수도 있고 혹은 동시다발로 진행되는 것 같기도 해요. 도희 님 말씀처럼 예측하기가 어렵네요.

JIIN 폐경 시기도 사람마다 다르고, 폐경 증상에 영향을 미치는 요소도 광범위하더라고요. 저같이 출산 경험이 없는 경우 폐경이 빨리 올 수 있다는 얘기도 있고요. 인구 사회학적, 인체측정학적, 산과적, 건강생활습관, 스트레스 자각, 경제 상태 등이 갱년기 증상에 영향을 미친다고 하는

데, 결국 자신을 둘러싼 거의 모든 요소가 영향을 미친다는 얘기잖아요. 그러니 개인마다 다 다르고 예측하기가 어려운 것 같아요.

DOHEE 맞아요. 그 예측 불가함이 살짝 두려웠던 것 같아요. 생각해보니 엄마에게 갱년기에 대한 이야기를 전해 들은 게 없더라고요. 왜 딸은 엄마랑 몸의 패턴이 닮아간다고 하잖아요. 그래서 최근에 엄마의 갱년기는 어땠는지 여쭤보니까 어깨가 아픈 거 아니냐고 되려 물으셨어요. 그 외에는 기억이 잘 나지 않으신다 하셔서 아쉬웠죠. 상대적으로 편하게 지나가서 기억에 남지 않으신 건지, 아니면 몸이 아팠는데도 사느라 바쁘셔서 갱년기를 기억조차 못 하시는 건지 모르겠더군요.

과학적으로 증명되지는 않았지만, 우리 세대가 우리 부모 세대보다는 갱년기 증상을 조금 더 빨리 겪는 세대가 아닐까 싶기도 해요. 시대가 질환을 만들기도 하는 것처럼 사람들이 자신의 건강에 관심이 높아지니까 갱년기라고 추측되는 증상에 민감해지는 경향이 생길 수 있죠. 아니면 환경오염이나 스트레스로 갱년기 증상이 정말 앞당겨질 수도 있고요.

JIIN　저도 엄마에게 물어봤는데 사는 게 바쁜데 갱년기가 어디 있었겠냐고 하시더라고요. 저희 엄마 세대는 갱년기에 대한 정보도 부족했고 갱년기 증상을 인지할 정신적 여유가 없었거나 혹은 어쩔 수 없이, 남들도 그러니까, 무심하게 넘기신 것 같아요. 그리고 저 역시 코로나라는 특수한 상황이 아니었으면 제 신체 변화에 대해 이렇게까지 민감하지 않았을 거예요. 환경오염이나 스트레스, 비출산 등으로 갱년기 시기가 앞당겨졌을 수도 있지만, 저는 갱년기 자체가 앞당겨졌다기보다는 개인의 관심과 경제적 여유가 갱년기에 대한 자각 또는 인지 시기를 앞당겼다고 생각해요. 폐경을 갱년기의 시작으로 보던 관점이 좀 더 폭넓게 확장되면서 생긴 시차가 아닐까요? 얘기하다 보니 조금 혼란스러운데요. 지금 우리 셋은 폐경과 무관하게 갱년기 시작을 인정하고 있지만, 일반적인 생각도 그럴까요? 폐경을 갱년기의 신호탄으로 인식하고 있다면 폐경 전에 나타나는 신체적 증상에 대해서는 갱년기와 연관 짓지 않을 수도 있을 거예요.

DOHEE　양이 조금 줄기는 했지만 저는 아직 생리가 매우 규칙적이에요. 그때그때 컨디션에 따른 차이가 조금 있을 뿐이죠. 그런데 갱년기로 짐작되는 증상들은 뚜렷하게 나오고 있어서 산부인과에서 갱년기 진단 검사를 받아보려 했어요. 하지만 의사 선생님은 생리가 규칙적이기 때문에 아직은 갱년기를 의심할 단계는 아니라고 하셔서 혼란스러웠어요.

폐경을 갱년기 정점으로 보느냐, 아니면 갱년기 시작으로 보느냐 혹은 폐경과 상관없이 각자의 기준에 따라 갱년기 증상을 판단하는가에 따라 개인마다 갱년기를 준비하는 시점이 다를 것 같아요.

HEYMI 저 역시 아직 폐경 전이지만 생리가 불규칙해지면 갱년기 증상들이 나타났다가, 생리가 규칙적으로 되돌아가면 갱년기 증상들도 사라지곤 해요. 규칙과 불규칙의 경계를 넘나들면서 새로운 증상들이 하나둘 나타나는… 마치 본격적인 갱년기의 사전 테스트 기간 같은 느낌이죠.

일반적으로 '갱년기 전조증상' 혹은 '폐경 이행기'라는 개념들이 폐경 전부터 나타나는 이러한 갱년기 증상들을 포괄하고 있는 것 같아요. 책에서 보면 넓게는 폐경 전후 45~55세 시기(어디에서는 40~60세로도 규정) 즉 내분비 변화가 오는 시기부터 완전 폐경을 지나 다시 안정을 찾을 때까지의 시기를 모두 '갱년기'로 정의하고 있어요. 폐경=갱년기라는 기존의 도식적인 개념보다 실제로 더 넓은 기간과 다양한 양상들을 포괄하고 있는 것 같아요.

지금 내 몸의 변화,
모두 기승전 갱년기?

HEYMI   갱년기 증상을 얘기하다 보니 갑자기 생각나는 게 있는
데요. 사실 얼마 전부터 발바닥이 아프기 시작했어요. 체
중이 늘어서인지 혹은 늘 플랫슈즈를 신어서인지 여러 생
각이 들면서도 '발에도 갱년기가 오는 건가?' 의심했어요.
찾아보니 갱년기에는 호르몬 이상에 의해 염증이 발생하
기도 해서 족저근막염이 생길 수 있다고 했어요. 하지만
저는 발뒤꿈치가 아니라 발 앞쪽과 옆이 아팠는데 며칠 아
프다가 사라졌어요.

제가 말씀드리고 싶은 건 갱년기 증상이 시작되면서 심신
에 새로운 증상이 나타날 경우 '기승전 갱년기'로 해석하
는 경향이 생겼다는 거죠. 이런 경향성이 갱년기를 과장
해서 생각할 수도 있고 혹은 갱년기라는 개념으로 모든
증상을 중화시켜버릴 수도 있지 않을까 하는 생각이 들었
어요. 원인과 결과를 규명하지 않고 무엇이든 '갱년기라서
그래~'하면서 자가 진단을 하게 되는 거죠.

JIIN   혜미 님 시각에 공감하는데요. 저는 원래 발 건강이 안 좋

아요. 굳은살 때문에 발바닥 통증도 크고 운전이나 수면 중 쥐가 나서 힘든 적도 많고요. 그래서인지 발 건강과 갱년기가 직접적으로 연결되지는 않아요. 평소 제 걷는 자세나 혈액 순환 때문이라고 생각하는 것이 더 자연스럽죠. 땀과 열감처럼 기존에 전혀 나타나지 않았고, 누구나 인정하는 직관적인 갱년기 증상이 아니라면, 대부분은 갱년기보다는 평소 생활습관이나 일하는 패턴, 노화로 인해 발현되는 부분이 더 크다고 생각해요.

컴퓨터 앞에 오래 앉아 있으니 당연히 어깨도 아프고 거북목, 팔목, 허리 통증 등 근육통 증상이 있죠. 나쁜 생활습관으로 누적된 결과가 나이 먹고 신체 재생 능력이 떨어지면서 2~3배로 강하게 나타날 것이고요. 제가 쌓아온 업보랄까요. 그래서 운동하고 바른 자세를 유지하는 노력이 필수인데, 그런 노력은 또 게을리하니까 여러 증상이 노화와 함께 폭발하듯이 몸 밖으로 밀고 나올 수밖에 없는 것 같아요. 물론 당연히 갱년기 영향도 있겠지만, 모든 변화를 기승전 갱년기로 자가 진단하는 것은 혜미 님 말씀처럼 너무 과한 연결이 아닐까요?

DOHEE 저도 언제부턴가 없던 증상이 생기기 시작하면 혜미 님처럼 '이것은 갱년기 증상인가'로 의심하고, '그래 갱년기라 그럴 거야'로 자가 진단해 버리는 습관이 생겨버렸네요. 발과 골반이 커지거나, 어깨가 벌어지거나 하는 몸의 변화는 단순히 살이 찌는 것과는 다르게 느껴졌거든요. 살면서 구두의 디자인이나 운동화의 기능을 고민한 적은 많아도 발 자체를 의식해 본 적은 없었던 것 같아요. 평생 220 사이즈의 작은 발로 살아왔던 제가 이제는 230~235 사이즈를 주문해야 하고 한편으로는 발뒤꿈치 각질이 심해져서 고민이 크거든요. 피부 건조함은 늘 있었던 거였지만 발바닥, 머리카락 등 가장 끝부분까지 건조함이 심해진 것은 갱년기 증상 때문이라고 저는 스스로 진단을 내렸어요.

갱년기라서 몸의 순환이 잘 이루어지지 않고 결국 내 발바닥까지는 못 가나보다, 그래서 각질도 생기고 막 갈라지고 그러나 보다 하고 있어요. 각질의 심각함은 제 발에 닿은 남편의 반응에서 확인됩니다. "그 발에 긁혀 스크래치가 날까 겁난다"고. 각질을 없애기 위해 족욕을 하고, 건조해진 머리카락엔 오일을 발라대고 있지만, 나아질 기미가 안 보여요. 하하하… 얘기하고 보니 제 의식의 흐름이 갱년기 프레임 안에서 돌아가고 있네요.

JIIN   도희 님처럼 저도 골격이 조금씩 변하기도 하고 살도 찌고 있어요. 건조증도 심해지고요. 하지만 저는 이런 증상을 어른들이 얘기하는 나잇살이거나, 운동과 관리 부족 때문이라고 생각하고 있어요. 물론 갱년기 호르몬 감소 영향도 있겠지만 그보다는 노화와 생활 습관의 영향이 훨씬 크기 때문에 운동과 식습관 등으로 방어할 수 있는 부분도 있다고 보고요. 실제 꾸준한 건강 관리로 노화를 늦추거나 심각한 갱년기 증상을 겪지 않는 분들도 꽤 많지 않을까요?

HEYMI 맞아요. 갱년기 자체가 노화 증상이니까 두 개를 분리해서 이야기하는 것은 어려울 것 같아요. 다만 동일한 증상을 노화로 인식하는 경우와 갱년기로 인식할 때 이에 대한 관심과 대처는 다소 다를 수 있을 것 같아요. 아무래도 노화로 인식하게 되면 조금 더 관대해질 수 있겠죠.
갱년기 증상은 호르몬의 변화에 따른 개별적인 양상이니까 누구에게나 오는 자연스러운 노화 대비 자신에게만 나타나는 특별한 증상으로 이해하면 어떨까 싶기도 해요. 같은 시기의 변화라 하더라도 예를 들어 새치는 모두의 노화지만 탈모는 자신만의 갱년기 증상으로 받아들이는 차이가 있지 않을까요? 나잇살의 경우도 증가의 폭에 따라 자연스러운 노화로 받아들일 수도 있고, 갱년기 증상으로 받아들일 수도 있을 것 같아요.

JIIN 지금 말씀하신 것이 핵심 같아요. 자신의 변화에 대해 나름의 객관적 기준선을 갖고 판단하는 것이 중요하다고 생각해요. 중심을 갖고 자신의 변화를 관찰하고 인식하면 현재 자신의 증상이 어떤 의미인지 조금 더 자연스럽게 수용할 수 있는 여지가 생길 수 있다고 봐요. 그 이후에 개선의 노력을 하느냐 아니냐는 개인의 선택이고요.

다만 저는 여전히 기승전 갱년기로 이어지는 사고에 너무 몰입되지 않아야 한다고 생각해요. 노화와 갱년기의 무게는 사람마다 다르겠지만, 저는 저에게 나타나는 많은 변화를 노화로 인식하고 좀 더 관대하게 받아들이는 쪽을 택하고 싶어요.

DOHEE 갱년기와 노화의 차이가 무얼까 궁금해지는데요. 제가 읽은 『중년 남성의 폐경기』라는 책에서 보면 노화는 우리가 태어나면서 죽을 때까지 계속 이어지는 것이고, 갱년기는 정해진 기간이 있다는 것이 차이점이라고 해요. 기승전 갱년기로 이어지는 특이한 의식의 흐름은 이 시기니까 가능하지 않을까요. 저는 기승전 갱년기 사고 역시 자신의 몸을 관찰하고 살피는 하나의 창으로 중요하다는 생각이 들어요.

더 나은 갱년기를 위한 첫 시작,
몸의 변화와 솔직하게 마주하기

DOHEE   두 분과 함께 이야기 나누면서 나의 몸은 어떤가? 하고 관심을 두다 보니 이 시기는 태어나서 처음으로 자신의 몸을 이해하는 시기인 것 같아요. 49년 가까이 살아오면서 제 몸은 태어나 몇 번의 변화를 겪어 왔을 텐데 그전까지는 그저 피곤하다, 아프다고만 느껴왔지, 좀 더 자세히 관찰하거나 자각하지 못했거든요.

갱년기는 지금까지 살아왔던 몸의 환경을 한번 클로징해야 하는 순간임을 자각하게 되는 시기라 생각해요. 째깍째깍 시계가 초침을 달리는 것처럼 몸의 변화 지점들이 보이고, 어떤 변화가 오는지를 깨닫게 되면서 계속 문을 닫는 연습을 하는 것 같아요. 호르몬이 극적으로 감소하는 시기에 조절 장치가 없는 몸의 환경에 어떻게 새롭게 적응할 것인지, 어떻게 조절할 것인지 저는 이런저런 고민이 좀 많았던 것 같아요.

JIIN   솔직히 저는 갱년기와 제 몸의 변화에 대해 크게 걱정하지는 않아요. 자연스러운 노화 과정이고 어차피 겪어야 하는 것이라면 유난 떨지 말고 편안한 마음으로 받아들이자고 생각하고 있고요. 아직은 그러한 마음의 자세를 잘 유지하고 있습니다. 아마도 제 성향일 텐데요. 아파도 병원을 가기보다는 충분히 앓고 몸의 자생력에 힘을 실어주자는 생각이 강해요. 적정한 기다림의 시간과 생활 습관이 중요하다고 생각하고요.

갱년기도 정도의 차이는 있지만 엄마, 선배, 친구들 모두 겪는 과정이잖아요. 힘들 수도 있지만 지독한 감기를 잘 앓아내듯이, 두려움보다는 가벼운 마음으로 자신을 토닥이며 아무렇지 않은 듯 담대하게 마주하면 된다고 생각하고 있어요.

HEYMI   지인 님처럼 갱년기를 담대하게 맞이하고 싶지만 어떤 양상의 갱년기가 나타날지 궁금하기도 하고 사실 살짝 두렵기도 해요.

저는 갱년기에 나타나는 개별적인 증상의 의미를 살펴보는 것이 중요하다는 생각이 들어요. 사람마다 건강 상태나 삶의 굴곡에 따라 다양한 갱년기 지도가 나타날 수 있는데 이 지도가 다음 단계의 삶을 위한 지침이 될 수도 있지 않을까 싶거든요. 매년 건강검진 할 때마다 성적표 받는 기분이 들곤 하는데 갱년기도 약간 그런 느낌이기도 해요.

그래서 이번 갱년기 프로젝트를 통해 함께 갱년기 공부를 하면서 준비할 수 있는 부분들을 미리 대비하고 싶었고, 저에게 나타나는 갱년기 증상들의 의미를 분석해봐야겠다고 생각했어요.

DOHEE 갱년기를 같이 맞이하는 친구들이 있다는 것이 서로 연결되어 있다는 안심을 주네요. 갱년기는 저도 처음이라 두려웠거든요. 혜미 님 말씀처럼 함께 공부하며 대처 방법을 찾아갈 수 있다니 조금 든든합니다.

그럴 수 있으려면 가장 먼저 제 몸과 솔직하게 마주해야겠죠. 과거 10대, 이차 성징을 보였던 시절에는 몸의 외형적 변화에 집중했었다면, 지금은 그 어떤 생애주기보다 제 몸의 내외부적 변화를 관찰하고 자각하게 되는 것 같아요. 그래서 한편으론 반갑기도 해요.

나에게 관대해지기
그리고 꼭 필요한 주변의 이해

HEYMI 갱년기 증상이 나타나고 저 자신에게 집중하면서 드는 생각인데 이제 너무 동동거리고 살지 말아야겠다는 생각이 들어요. 규칙과 원칙을 중요시하고 계획을 미리 세워 움직이는 스타일인데 앞으로는 좀 느슨하게 살고 싶어요. 마음이 무리하면 몸이 어딘가 불편해지기 시작했거든요. 그래서 스트레스를 이길 생각을 하지 말고 아예 만들지를 말아야겠다는 생각이 들죠. 인생이 실수할 수도 있고, 돌아갈 수도 있고, 뜻대로 안 될 수도 있는 거니까 '뭐든 그럴 수 있지'라는 생각을 하게 돼요.

그리고 있는 그대로의 제 모습을 수용하는 것도 중요하다는 생각도 들고요. 사실 제 체형이나 외모에 만족해 본 적이 없어요. 그런데 제 자신에 대해서도 이제 느긋해졌으면 해요. 이 정도면 괜찮다. 건강한 것만으로도 충분하다. 지금 모습 자체만으로도 고맙다는 생각이 들어요. 제 모습 그대로 긍정적으로 받아들일 수 있는 마음이 생긴 것 자체가 어떤 마음의 빗장을 푸는 것 같기도 하고 스스로 기특하게 생각하고 있어요.

DOHEE 몸에 대해 관대해지고 수용적으로 변하게 된다는 혜미 님의 말에 동감입니다. 사실 처음에는 갱년기 증상들이 좀 쑥스러웠는데 몸의 변화를 관찰하다 보니 생각이 바뀌더군요. 제 여성 호르몬이 열일 하다가 쉬고 싶다는 데 잡을 수는 없겠지요. 물론 잡히는 것도 아니고요. 그 아이도 자신만의 수명 주기가 있을 거고, 저는 또 그 자리를 대신할 만한 무언가를 준비해야 하는 시기가 온 거로 생각해요. 이전에는 체중의 증가, 날씬함과 살찜 사이에서 제 몸을 평가하고, 판단했다면 이제는 제 몸을 바라보는 관점이 좀 더 허용적, 허락의 관점으로 변화되고 있어요. 그러다 보니 제게 나타난 갱년기 증상에 대해 가족들에게도 자연스럽게 양해를 구하기 시작했어요.

HEYMI 저도 갱년기 증상이 시작되면서 남편과 딸에게 이야기했어요. 갱년기 증상들이 나타나고 있는데 혹시라도 이전보다 예민하게 감정변화를 보이면 말해달라고요. 호르몬의 변화가 나를 변화시킬 수도 있다고 이야기했죠. 아내나 엄마로서 어떤 중요한 변화를 맞이하는 시기니까 개인 정보를 공유한 거죠. 사실 가족들은 알아차릴 수밖에 없어요. 제 얼굴이 수시로 홍조가 되고 남들은 덥다고 하는데 혼자 춥다고 후리스를 입고 있으니까요. 갱년기 때문에 아픈 것은 아니어도 다소 불편한 일이니까 가족들이 괜찮냐고 물어봐 주는 것만으로도 정서적으로 도움이 되는 것 같아요.

JIIN 제 경우는 엄마가 저보다 더 빠르게 제 변화를 알아보셨어요. 더위 타는 증상과 짜증 내는 저를 보고 "갱년기가 와서 힘들어지는구나"라고 말씀해 주셨죠. 딸의 못된 말과 행동을 갱년기로 해석하고 이해해 주신 셈인데, 솔직히 그렇게 이해받는 부분이 감사하고 든든하면서도 불편하기도 해요. 제 짜증이 정말 갱년기로 인한 어쩔 수 없는 짜증인가? 싶기도 하고, 저는 엄마의 갱년기 때 아무런 도움을 드리지 못했었으니 죄송스럽기도 하고요.

최근에도 화애락을 비롯해 갱년기에 도움 되는 것들을 챙겨주고 계세요. 본인이 지나온 길이고 혼자 나이 먹어 가는 딸에 대한 안쓰러움과 걱정이 있으신 것 같아요.

DOHEE 자신의 몸을 이해하고 있는 그대로 수용하는 것도 중요하지만 주변에서 그런 이해와 수용을 받는다면 좀 더 관대해지고 편안해질 수 있을 것 같아요. 본인이 갱년기의 변화를 직접 겪었기 때문에 앞으로 겪을 후배나 동생들, 혹은 딸의 몸을 더욱더 이해하고 수용해줄 수 있을 거예요.

갱년기 증상이 개별적으로 어떻게 나타날지 모르겠지만 자신의 약한 고리부터 시작된다는 전문가나 선배들의 이야기를 고려해보면 증상 자체에서 개별적 신호를 잘 읽어내는 것도 이 시기에는 중요한 것 같아요.

JIIN 갱년기 증상은 개인마다 범위와 수위도 다르고 말씀하신 대로 어떻게 나타날지 예상하기도 어려운데요. 자신의 몸과 변화를 잘 이해할 수 있는 시기로 정의하고 담대한 마음 자세로 갱년기를 솔직하게 마주하면 좋겠어요.

_ZOOM으로 나눈 첫 번째 수다

|

"내가 갱년기구나"라고 생각한
계기는 무엇인가요?

체력이 급격히 떨어지고 의욕이 떨어졌어요. 나이 들면서 나타나는 현상이라고 생각하면서도 갱년기가 시작되는 것은 아닌가 싶었죠. 하지만 아직 본격적인 폐경 단계는 아니라 크게 걱정하지는 않고 있어요. _71년생 회사원 A 씨

본격적인 갱년기라고 생각하지는 않지만, 올여름에 몸이 뜨거워 잠에서 깬 적 있어요. 그때 '내가 갱년기인가?'라는 생각을 처음 했어요. _72년생 전업주부 B 씨

일단 좀 덥다고 느끼면서 시작된 것 같아요. 어른들이 열감이라고 얘기하잖아요. 눈으로 볼 수 있는 건 홍조인 거 같고, 그러면 100%인 거 같아요. 조금이라도 추위를 덜 탄다고 해야 할까요? 그리고 좀 자유로워지고 싶고, 뭐 좀 해보고 싶다는 의지가 생기고요. 그게 에너지가 올라오는 거잖아요. 그런데 그런 것들이 모두 열감에 의해 시작되는 것 같아요. _70년생 전업주부 C 씨

하루 끝에 찾아오는 참기 힘든 피로감으로 시작되었던 것 같아요. 피로감은 마음마저 헤집고 들어와서 때로는 마음도 가라앉게 하고 삶의 의욕도 사그라들게 하더군요. _72년생 직장인 D 씨

원래도 생리 양이 많지 않았어요. 40 후반에 들어서면서 생리

양이 현저하게 줄어들면서 갱년기가 시작된 것 같았어요.
_74년생 프리랜서 E 씨

생리 양이 줄어들면서 밤에 잠이 잘 오지 않고, 땀이 많이 나기 시작하면서 갱년기인가 했네요. _72년생 회사원 F 씨

월경주기가 불규칙해지며, 제 목소리가 커지기 시작하더군요. 몸의 균형감각도 사라지는 것 같고요. 정서적으로는 짜증과 우울감이 높아지고, 불안이 올라오고, 감정 기복도 심해졌어요.
_74년생 전업주부 G 씨

저에게는 그동안 잘 참아왔던 원 가족과의 감정 컨트롤이 안 되면서, 정신적인 갱년기가 먼저 찾아온 것 같아요. 일상생활 속에서 문뜩문뜩 떠오를 때마다 화도 나고, 억울하기도 하면서 우울해지고 무기력해지는 일들이 반복되었어요. 아들의 사춘기와 겹치면서 지금 나의 증상이 아이 때문인지, 나 때문인지 헷갈리다가 마음공부를 하면서 그것이 나의 오래된 문제점이라는 것을 알게 되었고, 갱년기에 풀어야 할 과제처럼 찾아왔어요.
_70년생 프리랜서 H 씨

체력이 예전 같지 않아요. 잦은 피로감을 느끼기도 하고요. 확화가 났다가 금방 가라앉기도 해요. 그리고 생리 전 증후군이 예전에 없었는데 생기기 시작했어요. _71년생 회사원 K 씨

갱년기를 마주하고 난 후,
여러분의 식탁, 화장대,
옷장 속에 새롭게 등장한
아이템이 있나요?
당신이 의식하지 못한 사이에
일상생활 곳곳에 자리한
새로운 물건과 습관,
크고 작은 삶의 변화에 대해
같이 얘기 나눠 볼까요?

갱년기와 함께 달라진 나의 일상

나의 갱년기 일상 스케치,
소소하지만 큰 변화들

DOHEE 무엇이 달라졌을까 생각하니, 소소한 변화들이 모여 새로
운 일상을 만들어 놓았네요. 아침마다 하는 족욕, 저녁이
면 꺼내 드는 각종 오일 제품, 건조증이 심해져 처방받은
피부과 연고, 갱년기 건강보조식품들, 안 먹던 음식을 맛
있게 먹고 있는 식습관 그리고 면과 마로 된 펑퍼짐한 스
타일의 옷과 고무줄 바지, 세모였던 속옷들의 네모 화…
서랍 안과 화장대, 식탁 위, 욕실, 옷장과 냉장고의 풍경
이 저도 의식하지 못한 채 많이 바뀌었더라고요.

그중 오일 제품이 가장 많이 늘어났어요. 발뒤꿈치와 얼
굴, 모발용으로 5개 정도 갖고 있어요. 건조증이 부쩍 심
해진 것은 갱년기와 관련된 것 같아요. 특히 모발의 푸석
거림과 발뒤꿈치 각질이 심해졌어요. 얼굴 역시 건조해지
니까 기존 화장품만으로는 부족해서 오일 형태의 제품을
추가하기 시작했어요. 물론 바르는 양도 늘었고요. 자기
전에 오일을 머리, 얼굴, 발뒤꿈치에 바르고 자면(물론 양말
을 신기는 하지만) 아침에 머리카락이 얼굴에 붙어 있어 몰골
이 매우 우스워져요. 발뒤꿈치는 오일을 듬뿍 발라도 오

후가 되면 다시 갈라져 있어요. 발뒤꿈치 각질이 심했던 제 친구가 유튜브 파도타기를 통해 얻은 스크럽과 족욕, 오일을 통한 각질개선 비법을 알려주었고 저도 열심히 실천하고 있어요.

JIIN 무엇이 변했을까 곰곰이 생각해봤는데, 갱년기로 인해 특별히 변화된 일상은 없는 것 같아요. 좀 더 정확히 얘기하면, 소소한 변화들은 있지만, 갱년기로 인한 변화라고 얘기하기는 애매하다는 것이 맞을 것 같네요. 아직 갱년기 증상이 심하게 나타나지 않았기 때문일 수도 있고요. 도희 님이 말씀하신 건조증이나 탈모, 각질, 수족냉증, 면역력 약화 같은 많은 변화를 저도 체감하고 있지만 대부분 갱년기 이전부터 어느 정도 나타나기 시작한 증상들이다 보니 특별히 갱년기 시작과 함께 제 생활 패턴이 달라지지는 않은 것 같아요. 그동안 쭉 그래왔던 것처럼 가렵거나 발뒤꿈치 각질이 심해지면 건조한가 보다 생각하고 보디로션을 한 번 더 발라주고, 머리가 많이 빠지면 어쩔 수 없지 하면서 사용하던 헤어 제품을 좀 바꿔볼까 생각하고, 면역력이 떨어진 것 같으면 건강보조식품을 좀 더 챙겨 먹죠. 오히려 사용하는 화장품 종류는 예전보다 줄었어요. 당연히 전보다 건강도 좀 더 챙기고 생활패턴도 바뀌기 시작했지만, 갱년기가 원인이라기보다는 노화나 생활 습관 때문이라는 생각이 커요. 변화를 자연스럽게 받아들이고 잘 겪어 내자는 생각이 강하다 보니, 무던하게 대처하는 편이고 그래서 갱년기에 접어들었지만, 특별히 제 일상에 큰 변화가 느껴지지는 않는 것 같아요.

물론 최근에 늘 먹던 홍삼은 갱년기에 좋다는 화애락으로, 유산균은 갱년기에 도움 준다는 유산균으로 바꾸긴 했어요. 새로운 것이라기보다는 해오던 것에 약간 변화를 준 셈이죠. 참, 낫토를 간헐적으로 먹기 시작한 것이 변화라면 변화겠네요. 그런데, 저의 경우, 이런 소소한 시도조차도 갱년기보다는 코로나 영향이 크긴 합니다. 기저질환 있는 고연령 부모님과 같이 생활하다 보니, 코로나 때문에 제 건강에도 신경을 써야 했거든요. 아마 코로나라는 변수가 없었다면 이마저도 시도하지 않았을 것 같아요.

HEYMI 갱년기가 시작된 후 확연하게 변한 일상은 없지만, 저도 소소하게 바뀌고 있어요. 도희 님처럼 피부가 건조해져서 보습 라인이 더 중요해졌어요. 그렇다고 아이템이 늘어난 것은 아니고 예전보다 꼼꼼히 바르는 정도예요. 그리고 피부관리 받으러 다니던 피부과에서 얼굴에 홍조가 있으면 피부가 칙칙해진다면서 홍조 낮춰주는 연고를 처방해

주셔서 바르고 있고요. 그리고 핸드크림과 풋크림이 필수 아이템이 되었어요. 저도 발뒤꿈치가 건조한데 예전에는 겨울철에만 관리했다면 지금은 사계절 다 관리가 필요한 상황이고 집안에서도 늘 양말을 신고 있어요. 그동안 무심했던 신체 부위들 예를 들어 손이나 발이나 머리카락 등이 관리대상이 되어가고 있어요. 그리고 홍삼 제품을 꾸준히 챙겨 먹기 시작한 것도 갱년기에 들어서면서부터예요. 사실 건강보조식품을 먹어도 몸에 좋은지 어떤지 변화를 잘 느끼지 못하는 편이라 살뜰히 챙기는 스타일은 아니었어요. 비타민C도 칼슘도 먹다 말다 했는데 엄마랑 선배들이 뭐든 갱년기 전부터라도 미리미리 먹어두면 좋다고 하셨죠. 개인적으로는 갱년기에 차가 좋다고 해서 요즘 알아보고 있어요. 하지만 무엇보다 제일 달라진 것은 '식사'인 것 같은데 예전에는 기호에 맞는 것 위주로 대충 먹었다면 요즘은 몸에 좋은 것을 의식적으로 고르게 되고 건강과 영양에 대한 생각을 예전보다 많이 하게 되는 것 같아요. 이왕이면 한 끼라도 몸에 좋은 걸 먹자는 생각이 자연스럽게 들었어요.

가장 큰 변화는 역시 식생활,
좋아지기보다 유지하기

DOHEE 식습관이 바뀌는 것이 인상적인 것 같아요. 아무리 몸에 좋더라도 맛이 없어 안 먹던 것들을 맛있게 먹고 있거든요. 예를 들면 언제부턴가 냉장고 안에는 생 파프리카가 빠지지 않고 있어요. 그전에는 파프리카를 보면 색깔이 참 이쁘다 하고는 바로 패스했다면, 지금은 그 아삭거림과 단맛이 좋아 장바구니 필수 아이템이 되었어요. 입에 대지도 않았었는데 어느 순간 생파프리카가 과일처럼 단맛이 나는 것을 느꼈어요. 몸이 변하면서 입맛도 변하는 게 맞는 것 같아요. 콩도 마찬가지예요. 갱년기에 좋다는 건 익히 알고 있었지만, 사실 그다지 좋아하지 않았거든요. 갱년기에 좋다고 해서 먹다 보니 맛있다고 스스로 최면을 걸고 있는 것일까요? 아니면 몸이 본능적으로 필요한 것을 찾아 받아들이고 있는 걸까요? 아무튼 냉장고에는 식사 때마다 함께 먹으려 삶아 놓은 검은콩 1주일 치와 낫토, 두유가 항상 놓여 있어요.

HEYMI 어느 기사에서 읽은 것 같은데 일본 여성들이 '낫토'를 많이 먹으니까 서양 여자들보다 상대적으로 갱년기를 가볍게 넘어간다는 내용을 접한 적이 있어요. 우리가 먹는 것이 몸에 약이 되어 자연스럽게 작용하는 것이 아닌가 싶기도 해요. 저도 여러모로 콩을 자주 먹는 편이고 장을 볼 때 두부나 계란처럼 낫토는 필수품목이에요.

그리고 예전보다 신선한 야채를 많이 먹으려고 노력하죠. 요리를 잘 못 하니까… 좋은 원재료를 그냥 생으로 먹는 편이에요. 고기도 잘 먹는 편이지만 이상하게도 요즘은 채소요리를 먹을 때 기분이 더 좋아지는 느낌이 들어요. 자극적이지 않고 담백한 음식을 몸이 원하는 것 같기도 하고요.

DOHEE 소화기가 약해 두유를 잘 먹지 못했어요. 텁텁하고 더부룩한 느낌이 들어 자주 찾지는 않았는데 요즘에는 거뜬히 원샷합니다. 예전에 여에스더 박사가 방송 인터뷰에서 본인의 갱년기를 얘기한 적이 있는데, 아침에 다운된 에너지를 깨우려고 라면 반 개나 커피믹스를 드신다고 하셨어요. 우리 집 식탁 위에도 어느 날 보니 커피믹스가 있고, 냉장고에는 새콤달콤한 미니 요구르트 6개들이가 놓여있더군요. 둘 다 잘 먹지 않던 제품들인데 최근 심하게 피곤하거나 무력감이 느껴질 때가 많다 보니 제 몸을 깨우기 위해 새콤달콤이들을 사고 있더라고요. 노란 키위도 자주 먹고 있는데, 몸이 다운될 때 먹으면 점프업하는 효과가 있어 좋아해요. 사실 책에서는 호르몬과 당분에 대한 이야기가 많이 언급되며, 몸에 좋지 않으니 먹지 말라고 하지만 저는 나름대로 무력감을 빠르게 전환해줄 수 있는 방법이라 선택하고 있어요.

JIIN 앞에서도 말씀드렸지만, 도희 님이나 혜미 님처럼 특별히 갱년기를 위한 변화나 노력이라기보다는, 그동안 건강에 무심했고 이제 40대 후반이니 조금 노력해보자는 생각이 커요. 여전히 건강에 좋지 않은 자극적인 음식들을 좋아하고 당기면 자제하지 않고 먹긴 하지만 식생활이 건강에 가장 중요하다는 생각은 하고 있고요.

식습관의 중요성을 느낀 계기도 있었는데요. 제 동갑 친구가 스트레스 때문에 급성 탈모가 왔어요. 양방, 한방 여러 병원에 다녔지만, 효과가 없었고요. 결국 6개월 휴직한 후, 건강 관련 책을 닥치는 대로 읽은 뒤 선별해서 식생활의 기준을 잡았대요. 식습관을 확 바꾸고 좋은 음식과 건강보조식품을 챙겨 먹고 운동을 꾸준히 하면서 탈모뿐만 아니라 전체적으로 건강해졌죠. 물론 지금도 꾸준히 건강한 식생활을 유지하고 있어요. 친구의 극적인 변화를 옆에서 직접 지켜봤고, 또 건강 전도사가 된 친구의 잔소리 덕분에 저 역시 비타민과 유산균을 먹기 시작했고, 아침 식습관도 바꿨죠. 한 번은 효과도 없는 것 같은데 계속 먹어야 하냐고 투덜거린 적이 있는데 친구가 그러더군요. 좋아지려고 먹는 것이 아니라 유지하려고 먹는 거다. 이미 늦었다고 생각하지 말고 지금부터라도 몸을 위해 하나씩 좋은 것들을 해나가자는 생각을 그때부터 하게 된 거 같아요. 그런 측면에서, 입맛 당기고 맛있는 걸 먹는 것이 소소한 행복을 위해 중요하다고 생각하지만 반대로 건강을 생각하면 의식적으로 어느 정도 균형 맞추는 노력을 꾸준히 해줘야 할 것 같기는 해요. 부모님을 뵈면, 나이가 들수록 미각이 퇴화하고 입맛도 없어지니 점점 자극적인 걸 먹어야 진짜 맛있다고 느끼시는 것 같아요. 미각도 일종의 노화를 겪을 텐데 그럼 계속 자극적인 것이 당길 테니 스스로 적절하게 조절하는 것이 필요할 것 같아요.

HEYMI 더 건강해지기 위해서가 아니라 더 악화하지 않기 위해서라는 말씀이 중요한 것 같아요. 최근 제가 몸이 기진맥진했던 적이 있었어요. 마치 늪에 빠진 것처럼 온종일 맥을 못 추고 허우적거렸었는데 딱히 아픈 건 아니고 그냥 몸에서 에너지가 다 빠져나간 듯 기운이 없었어요. 생전 처

음 공진단을 사서 매일 한 알씩 먹고 나니까 약의 효과인
지 시간의 효과인지는 모르겠지만 5일 정도 지나니까 기
운이 돌아왔어요. 평상시 몸의 기운을 유지하는 것이 중
요하다는 생각을 새삼 했고 상비약으로 공진단을 들여놨
어요. 다소 비싸기는 하지만 아프면 더 큰 돈이 들어갈 테
니 이 정도는 필요하다고 생각했죠. 평상시 건강을 유지
하는 게 중요하다는 지인 님의 친구분 말이 맞는 것 같아
요. 예전에는 노력하지 않아도 어렵지 않은 일이었지만 이
제 그런 나이는 아닌 것 같아요.

건강보조식품들, 먹고는 있지만
과연 적절한 선택일까?

DOHEE 최근에 저도 갱년기에 좋다는 건강보조식품을 먹기 시작
했어요. 한 2년 전 남편이 미리 먹으면 좋다고 권유했었는
데 그때는 제가 일언지하에 거절했어요. 난 아직 아니라고
요. 그런데 최근 밤에 땀을 너무 많이 흘리는 것을 보고 남
편이 바로 갱년기에 좋은 약을 주문해주더군요. 생약 성

분이라는 것이 안심되었어요.

JIIN 작년부터 코로나와 면역력 저하가 겹쳐서 꽤 고생했는데요. 평소라면 열이 나든 감기가 오래가든 신경 쓰지 않았을 텐데, 코로나 때문에 너무 스트레스를 받아서 건강보조식품을 더 챙겨 먹는 계기가 됐어요. 기존에 비타민, 유산균, 오메가3 정도 먹고 있었는데, 코로나가 장기화하면서 비타민C, 그린프로폴리스, 새싹보리, 히알루론산 등을 더 챙겨 먹고 있어요. 그리고 예전에는 주위 추천받아 생각 없이 구입했다면, 요즘은 인터넷으로 전문가 정보를 직접 확인하고 사요. 건강에 관심 없던 저한테는 매우 큰 변화라고 할 수 있죠. 음, 얘기하다 보니, 갱년기 때문은 아니더라도 제 일상의 중요한 변화라고 할 수 있겠네요.

HEYMI 도희 님과 저는 둘이 같이 아는 선배 언니에게 달맞이 유를 선물 받은 적도 있어요. 갱년기 증상이 먼저 시작되었던 언니가 먹어보니 괜찮다고 갱년기 초입에 있는 저희 둘에게 추천해 주셨죠. 인터넷 찾아보니까 달맞이 유와 관련된 갱년기 정보도 많이 올라와 있더라고요. 여성들끼리 갱년기에 유대감이 높아지면서 이것저것 효과가 좋은 제품들을 서로에게 추천해주거나 공동 구매해서 나누다 보

니 갱년기 관련 건강식품에 대한 정보나 소문이 빠르게
확산하는 것 같아요.

그래도 상대적으로 저는 좋은 음식을 먹었을 때, 보다 즉
각적으로 몸에 반응을 느끼는 편이라서 건강보조식품은
보조적으로 섭취하고, 가급적 음식에서 여성 호르몬을
대체할 수 있으면 좋겠다는 생각이 들어요.

DOHEE 맞아요. 저도 평소 식단을 통한 일상의 전개가 중요하다고
생각해요. 낫토를 꾸준히 먹기 시작한 것도 콩에 들어 있
는 이소플라본이 여성호르몬과 남성호르몬의 분비를 조
절해주는 효과가 있다는 것을 듣고 나서예요. 일종의 천
연 호르몬을 보충해주는데 중년의 남녀 모두에게 좋다는
것이었죠. 건강보조식품도 섭취하지만 결국 장기전을 대
비해야 하니까 일상의 식습관을 바꾸고 있더라고요.

JIIN 네, 저도 두 분 의견에 전적으로 동의해요. 건강을 위해서
는 무엇보다 기본 식습관이 우선되어야 한다고 봐요. 다
만 두 가지 측면에서 좀 더 생각해 보게 되는데요. 첫째로
이미 알고는 있지만. 성향상, 시간상 실천하지 못하는 부
분이 꽤 크다는 것, 두 번째로 음식으로 호르몬을 대체하
려면 음식 선택에 얼마나 많은 신경을 써야 하며, 또 꾸준

히 먹어온 것이 아니라면, 얼마나 많은 양을 섭취해야 보완이 가능할까 하는 부분이에요. 예를 들어, 그동안 콩과는 담을 쌓고 지냈던 제가 지금부터 콩을 섭취할 때, 도움은 되겠지만 과연 충분할까? 하는 의문이 있는 거죠. 그렇다면 식생활을 바꾸어나가되, 비타민이든, 달맞이 유든, 공진단이든 좋은 건강보조식품의 도움을 굳이 배제할 필요는 없겠다는 생각이고 자신에게 잘 맞는 것을 찾으면 되지 않을까 싶어요. 말 그대로 보조식품이니까요. 이런 생각 때문에 건강보조식품 시장이 활성화되고 있는 것 아닐까 싶기도 하고요. 물론 저도 건강보조식품에 대해 이렇게 긍정적인 방향으로 생각이 바뀐 지는 얼마 되지 않았어요.

HEYMI 지인 님이 말씀하신 그런 측면도 분명 있다고 봐요. 다만 건강보조식품은 약은 아니니까 오히려 다들 관대하게 '먹어두면 좋은 거야'라는 식으로 먹게 되는 측면도 있지 않을까 싶어요. 무엇보다 자신에게 효과가 느껴지는 건강보조식품을 만나기 위해서는 나름의 탐색이 필요할 것 같다는 생각이 들어요. 저도 건강보험 든다는 개념으로 홍삼제품을 먹고 있지만 사실 이마저도 가격이 만만치 않으니까요. 그래서 차라리 매일 먹는 식단을 좀 더 신경 써서 양질로 먹는 게 낫다는 생각이 드는 것 같아요.

최근 건강보조식품들이 많이 출시되고 있고 기업들 나름대로 오랜 기간 연구하고 품질 검증한 제품이겠지만 판매 중심의 상업적 활동에 너무 집중된 느낌이라 구매할 때 다소 부담을 느끼는 편이에요. 그래서 신제품이나 새로운 카테고리보다는 오랜 기간 사람들이 복용해오고 있는 기존 카테고리의 제품을 더 신뢰하는 사람이죠. 건강보조식품 복용과 관련 식약처나 공적 기관 등을 통해 좀 더 믿을 만한 복용기준이 제시된다면 좋을 것 같아요. 그리고 무엇보다 개별 맞춤형으로 설계된 건강보조식품이어야 더욱 효과가 있지 않을까 싶기도 해요.

JIIN 이런 상황일수록 전문가 상담이 중요한 것 아닐까 싶기도 해요. 개인마다 부족한 부분과 체질이 다르니 필요한 식품과 약도 다 다르겠죠. 저도 방송을 보고 있으면 도대체 저 많은 건강보조식품을 어떻게 다 챙겨 먹지, 다 같이 먹으면 오히려 독이 되는 거 아닐까 하는 생각도 들거든요. 결국 "진료는 의사에게, 약은 약사에게" 저는 이 말이 지나가는 얘기가 아니라 진지하게 시스템적으로 뒷받침되어야 할 부분이라고 생각해요. 개인의 상태에 따라 약이 되는 것과 독이 되는 것을 가이드 해 줄 수 있는 시스템이요.

최근 국민건강보험의 TVCF에서 비슷한 얘기를 해주고 있는데요. 대한민국은 너무 많은 약을 먹고 있고, 2019년 기준으로 5개 이상의 약을 먹는 국민이 503만 명에 달한다고 해요. 여러 약을 동시 복용할 시에는 전문가 상담 통해서 관리받으라고 안내하고 있죠. 건강보조식품은 약물복용과는 약간 다를 수 있지만, 동일한 맥락에서 전문가와 상담해 보는 건 필요할 것 같아요.

HEYMI 네. 그런 시스템이 있다면 개인맞춤형 건강보조식품을 선택하는데 유용할 것 같아요. 이것저것 탐색할 필요도 없고요. 매년 새로운 건강보조식품들이 쏟아져 나오는데 전 국민이 시류에 따라 건강보조식품을 바꾸고 유행처럼 이것저것 먹는 게 맞는 것인지 잘 모르겠거든요. 개인별로 적절한 제품을 적절한 양으로 먹는 게 필요해 보이는 요즘이에요.

DOHEE 건강보조식품의 효능을 우리가 여기서 이야기할 수는 없지만, 매일의 식단을 바꿔주는 것은 의미 있다고 봐요. 나이가 들면서 반가운 건 식사가 소박해지고, 더 건강해진다는 거죠. 특히 폐경이 오면 몸이 적응하느라 힘들다는 이야기를 들은 후로 더 신경 쓰게 되었어요. 아이를 키우는 동안은 제 몸을 이렇게 섬세하게 살펴주질 못했거든요. 지금은 그동안 못 해주었던 호사를 다 해주고 있네요.
어쨌든 이 시기에는 다양한 증상들이 나타날 수 있기에
몸에 안전하면서 도움을 받을 수 있는 식품과 제품에 대
한 정보공유가 활발해졌으면 좋겠어요. 증상에 따라 선택
의 다양성이 있었으면 하는 바람도요.

또 다른 변화,
나의 옷장 속 그리고 사라진 기억 찾기

HEYMI 식습관의 변화를 제외하고는, 저는 나잇살인지 혹은 코로
나 집콕 덕분인지 한 해 동안 몸무게가 증가했어요. 덕분
에 옷 정리를 대대적으로 했어요. 언젠가 입을 날을 기다
리던 사이즈 작아진 옷들을 우선 정리하고, 입을 만하지
만 칙칙한 옷들 그리고 겨울옷 중에서 무거운 옷들을 정
리했어요. 쓸데없는 옷들이 왜 그렇게 옷장에 가득했을까
요? 체형도 스타일도 마음도 모두 변하고 있는 것 같아요.
과감히 옷장을 비워내고 지금의 저에게 맞는 옷들을 구매
하려고요. 가득 채우고 사는 게 싫어졌어요. 원래도 잘 버

리는 편이지만 앞으로는 사는 것에 더 신중해지려고 해요. 불필요한 것을 자제하고 꼭 필요한 것만 선택하려고요.

DOHEE 저 또한 대대적인 옷장 정리를 했답니다. 체중 변화가 심하지는 않지만, 땀과 열감이 생기다 보니 옷의 질감을 따지게 되더군요. 여름에는 면과 마로 넉넉하고 통풍이 잘되는 옷들이 옷장과 서랍의 중심을 차지했어요. 할머니들이 몸뻬 옷과 널찍한 속 고쟁이를 입고 다니셨던 것을 이제 이해합니다. 신발장에 굽 높은 구두들은 모두 위로 올라가고, 단화와 낮은 굽의 구두들, 사이즈 커진 운동화는 아래에 배치했어요. 회의 갈 때는 가방 속에 힐을 넣고 출근해서 회사 로비의 화장실에서 갈아 신어요. 발가락 변형이 오고, 커지다 보니 힐을 신고 걷는 것은 이제 상상도 못 하게 되었거든요. 예전엔 옷과 구두에 몸을 억지로 맞추었다면, 지금은 몸에 자연스럽게 맞추고 있어요.

JIIN 의생활에는 체감할 정도의 변화는 없는 편이에요. 복장이 자유로운 직장을 다니다 보니, 운동화와 편안한 캐주얼이 일상화된 지 너무 오래됐고 당연히 타이트한 정장이나 하이힐이 불편할 수밖에 없게 됐죠. 그리고 원래 답답하고 무거운 옷을 싫어했던 터라, 옷을 선택하는 기준이

나 스타일의 변화도 없는 셈이고요. 제 환경이나 패션 취향 자체가 특별히 갱년기이기 때문에 변화를 줄 이유가 없었다는 것이 맞을 것 같네요. 두 분은 의생활 외 다른 변화가 있나요?

HEYMI 아이폰 메모장에 깨알같이 메모하는 습관이 생겼어요. 정말 기억력이 감퇴해서 메모하지 않으면 뒤돌아서 딴사람이 되는 경우가 많아요. 순간순간 기억이 리셋되듯 '지금 뭘 하려고 했지?'라며 기억조차 나지 않는 경우가 많아서 … 책상 위, 노트북, 냉장고 문에도 여기저기 포스트잇이 붙여져 있어요. 주로 해야 할 일과 떠오르는 아이디어들 그리고 모임 일정이죠. 핸드폰에다가 달력에다가 메모지에다가 같은 내용을 중복해서 써놓기도 해요. 불안한 기억을 단속하고자 하는 습관 같은 건데 매일 쓰던 네이버 아이디가 생각 안 날 때도 있어요.

JIIN 저도 기억력이 예전 같지 않아서, 온라인의 스케줄러와 메모 앱, 포스트잇 기능을 기본으로 사용해요. 아이디어나 참고 사항 역시 생각날 때마다 메모 앱에 적어 놓습니다. 그리고 동료들에게 업무 일정을 꼭 공유 캘린더에 등록해 달라고 요청하죠. 구두로 일정을 잡고 잊어버린 후 중복

일정을 잡는 경우가 몇 차례 있었거든요. 그리고 회의 전에 아젠다나 체크할 점들을 꼭 메모해서 회의에 들어갑니다. 계속 생각하고 있다가도 막상 회의 때 잊어버리고, 회의 끝난 후에 메신저나 메일로 다시 얘기하게 되는 경우도 있거든요. 그리고 가장 난처한 경우가 지난 회의 때 제가 한 얘기를 기억하지 못하는 경우에요. 물론 대부분 중요한 내용은 아니지만, 그럴 때마다 뻔뻔하게 제가 그렇게 얘기했어요? 라고 웃으며 넘기지만 속으로 당황스러울 때가 많아요.

DOHEE 저 역시 두 분처럼 핸드폰의 스케줄 기능과 노트(메모) 기능을 쓰고 있어요. 그런데도 깜박하거나, 일정을 겹치게 잡는 실수를 해서 가족들에게 부탁하고 있어요. 아이에게 다시 일정을 상기시켜달라고 부탁하거나, 남편에게도 하루에 몇 번씩 제 핸드폰의 위치를 묻거나 전화를 걸어달라고 부탁하는 일이 빈번해졌답니다. 최근 당황스러웠던 기억이 나는데요. 저는 프리랜서라 한 달에 몇 개의 프로젝트를 동시에 진행하기도 하는데 그때마다 일하는 회사와 팀이 달라요. 얼마 전 회의하러 갔는데 순간 어떤 프로젝트로 왔는지 기억이 나지 않아 정말 식은땀이 났어요. 제 갱년기 지도에는 치매처럼 기억력이 깜박하는 패턴이 있는 건 아닌지 두렵기도 하더군요.

기억력에 문제가 있나 하는 걱정을 한동안 진지하게 한 적이 있었는데 갱년기 호르몬 변화가 뇌와 상당히 연결되어 있다는 것을 알게 된 후로는 여성의 뇌와 호르몬에 대한 책을 읽기 시작했어요. 호르몬의 감소가 뇌의 기반을 흔들어 놓는다고 하더라고요. 그러는 동안 일시적으로 기억력이 감퇴하거나 치매를 의심할 정도로 일상의 곤란을 겪는 경우도 생길 수 있다는 것을 알고 난 후 자주 깜박거리는 자신을 이해하기 시작했죠.

몸의 변화로
삶의 태도가 변하는 시간

HEYMI 원래 계획을 세우면 그것에 맞게 실천하려고 안달을 많이 떠는 편이었는데 마음처럼 몸이 움직일 수 없다는 것을 인정하기 시작했어요. 세상 뭐 별거 있다고 이렇게 퍼즐 맞추듯 사나 싶어서 요즘은 계획도 조금 느슨하게, 조금 천천히 움직일 수 있게 넉넉하게 잡는 편이에요. 원래 이런 사람이었는데 빠르게 뭐든 빈틈없이 살아야 하는 삶의 방식이 저에게 맞지 않았던 거죠. 제가 좋아하는 시간의 속도와 일들을 찾아가고 있는 것 같아요. 이제껏 살아온 방식과 태도에서 조금 다르게 가보는 것도 괜찮을 것 같아요.

DOHEE 저는 오히려 더 빨라진 부분도 있어요. 갱년기로 시작된 몸의 열감이 마음을 흔들었거든요. 선택에 있어 매우 직관적으로 변하고 있어요. 사랑에 빠진 사람의 무모함이 이런 건가 싶게, 하고 싶은 일을 바로 저지르고 있어요. 예전에는 고민의 시간이 길었다면, 몸속 열감이 마음의 결정을 채찍질하는 것 같아요. '하고 싶은 것이 있다면 지금 시작하라'라고요. 결국, 현대무용 센터에도 용기 내 가보고, 덕분에 휠든 크라이스라는 몸 이완 수업도 듣고 있어요. 20년 동안 놓아버렸던 그림도 다시 그리기 시작했고요. 낯선 동네를 기웃거리고, 안 타본 노선의 버스를 타보기도 하네요. 예전에는 생각 구름이 막 피어나다 그만 일상의 일을 처리하고 나면 흔적도 없이 흩어져 버렸다면, 지금은 그 생각 구름을 바로 행동으로 연결하고 있어요. 연결하는 시차도 좁혀지고 있고요. 물론 집안일은 그 어느 때보다 하고 싶지 않아요. 그렇게 활동하고 나면 겨울잠 자듯 쓰러져 푹 잡니다. 사람을 좋아하던 저였는데, 혼자 잘 놀고 있네요.

JIIN 도희 님의 '생각 구름'이라는 단어가 인상적이네요. 앞에
서 기억력 얘기를 잠깐 했는데요. 제 기억력 상태에 대해
한 번 곰곰이 생각해 본 적이 있는데, 기억력이 안 좋아지
는 이유가 꼭 뇌의 변화 때문만은 아니라는 결론을 내렸
어요. 제가 기억하지 못하는 것들은 제가 의도적으로 집
중하지 않고 건너뛴 것들이 많더라고요. 제 삶의 태도, 마
인드 변화와 연결되는 부분인데요. 예전에는 일할 때 작
은 것 하나도 놓치지 않는 꼼꼼함이 저의 대명사 같은 것
이었어요. 하지만 조금씩 덜어내고 강약 조절을 하기 시
작한 이후로, 정말 필요한 것들만 뇌에 제대로 저장하고
있다고 할까요? 제 의지가 반영된 기억력 감퇴 같은 거죠.
물론, 이런 태도는 갱년기와는 무관하게 시작됐지만, 갱년
기가 시작되고 신체적으로 조금 더 힘들어지면 그러한 제
마인드 변화가 여러 생활 단면에 더 강하게 반영되지 않을
까 싶어요.

HEYMI 지금도 변하고 있지만 앞으로 더 바뀌게 될 것 같아요. 갱
년기 즈음한 이 나이는 생각이 많이 바뀌는 지점인 것 같
기도 하고요. 그래서 버릴 것 버리고 챙길 것 챙기며 정리

하는 부분도 있고, 살아왔던 패턴을 바꿔보고도 싶고요. 그러다 보니 가시적으로 드러나는 라이프스타일에도 변화가 생길 것 같아요. 중요했던 것은 소소해지고, 소소했던 것은 소중해지고, 의미 없던 것들은 유의미해지고요. 깨닫지 못했던 것들을 새삼 느끼는 시간이기도 하고요. 의식적인 노력도 필요한데 가만가만히 뭔가 밀려오는 느낌도 들어요.

DOHEE 무엇이 먼저인지 모르겠지만 삶의 방식과 태도가 방향을 틀고, 변화를 시작하게 되면 동시에 일상의 단면들도 함께 변하는 것 같아요. 몸의 변화가 주는 부분을 부정적, 혹은 걱정으로 바라봤던 적이 있었어요. 지금은 갱년기나 노화로 인한 몸의 불안정한 변화가 사실 일상의 긍정적인 변화를 끌어내는 계기가 되어 주고 있어, 좋은 점도 있다고 생각합니다. 몸이 브레이크를 걸어 주지 않았다면 제 일상은 무엇으로 바쁜지도 모른 채, 몸을 잊은 채로 계속 직진하고 있었을지도 모르거든요.

_종로에서 나눈 두 번째 수다

갱년기가 의심되면,
우선 정보를 찾아보기 시작하죠.
대부분의 여성은 어디서부터
정보 탐색을 시작할까요?
친구들? 인터넷? 책?
저희도 책, 인터넷, 선배들과
친구들을 통해 궁금했던
정보와 자가진단법 등을
찾아봤는데요.
그 과정에서 느낀 점들을
공유하고 얘기 나눠볼까 합니다.

갱년기 정보와
자가진단,
어렵고 아쉬워

갱년기에 대해 궁금할 때,
첫 시작은?

DOHEE 주변 선배들에게 들었던 내용이 도움이 많이 되었어요. 이미 겪었거나 겪어내는 중이기에 현실적인 이야기들이 많았죠.

그녀들의 몸과 감정의 변화를 옆에서 지켜보았던 것도 도움이 되었어요. 인터넷 정보를 검색해보았는데 산부인과나 한의원에서 전달하는 갱년기 정보들은 교육적이기는 했지만 그다지 와 닿지는 않았거든요. 그래서인지 제 몸의 변화된 정도를 확인하고, 경중에 대한 객관적인 기준을 찾아보는 데 꽤 오랜 시간이 걸렸고, 사실 지금도 잘 모르겠어요. 규모가 있는 산부인과는 방문해도 대기 환자가 많다 보니, 충분한 시간을 갖고 상담받는 게 쉽지가 않더군요.

HEYMI 일 년에 두 번 정도 정기적으로 다니는 대학병원의 산부인과 의사 선생님과는 도희 님 말씀하신 것처럼 대기 환자가 많아서 5분 안에 상담을 끝내야 해요. 대신 동네 산부인과 한 곳을 알게 되어서 간단한 문제가 있으면 그곳을 방문해요. 상대적으로 여유가 있으신 것 같아서 여성 질환이나 갱년기 관련 이것저것 궁금한 것을 여쭤보고 있어요. 그 외에는 인터넷이나 관련 서적을 통해 공부하고 있어요. 갱년기 정보는 사실 넘쳐나는 것 같아서 자신이 필요한 정보를 잘 선택해야 할 것 같아요. 갱년기 관련 개인들이 쓴 에세이들도 심리적인 유대감을 느끼게 해서 좋은 것 같아요. 읽다 보면 공감 가는 내용이 나오는데 타인의 경험이 미경험자에게는 어떤 기준이 되기도 해요.

JIIN　갱년기에 대해 제일 궁금한 것은 증상일 거라고 생각되는데요. 자신의 증상과 비교해보는 것이 첫 단계가 아닐까요? 그렇다고 하면, 일반적 증상과 범위에 대해 전문가들이 정리해 놓은 정보가 많기 때문에 정보 습득의 첫 단계는 인터넷으로 일정 수준 확인 가능하다고 생각해요.

다만 인터넷 정보 신뢰도의 리스크를 고려할 때, 공통으로 언급되는 내용 정도만 수용하면 된다고 생각하고요. 자신의 상태에 대한 더 구체적이고 전문적인 정보가 필요하다면, 결국 병원이 대안 아닐까요?

저도 이번에 동네 병원이 대안적 역할을 해 줄 수 있다는 경험을 했어요. 예전이라면 감기로 병원을 찾는 일은 없었을 텐데, 코로나 때문에 동네 가정의학과를 계속 가게 됐는데요. 한 번은 계속되는 감기와 미열 증상이 갱년기로 인한 문제일 수 있는지 선생님께 질문했는데 이에 대해 선생님께서 명쾌한 의견을 주셨어요.

"갱년기 영향일 수도 있는데 불안할 필요는 없어요. 나도 45세에 폐경이 왔는데 폐경 이후 또 다른 좋은 세상과 시간이 주어지니까 너무 걱정하지 말아요. 그리고 산부인과를 제외한 대부분의 다른 과에서는 호르몬 치료를 권하지 않지만 정말 힘들면 치료 방법은 여러 단계가 있어요. 사회생활이 어려울 정도가 되면 상담한 후 단계에 맞는 처치를 받으면 되고 증상을 완화할 수 있으니 갱년기에 대해 절대 걱정하지 말아요."

갱년기 보조식품이 도움 되는지 물었더니, 크게 영향을 미치지는 않겠지만 불안하면 먹어라, 안 먹는 것보단 나을 수 있다고도 말씀 주셨고요. 원래부터 갱년기에 대해 과도하게 불안하지는 않았지만, 혹시라도 필요하면 상의할 주치의가 곁에 있다는 든든함이 생겼어요. 대학병원은 어렵겠지만 이런 동네 주치의 같은 유대관계를 통해 자신에게 적절한 정보를 편안하게 습득하는 것이 가능하지 않을까요?

좀 더 정확히 알고 싶어,
지금 나의 갱년기는 어디쯤 와 있는지

DOHEE   주치의 같은 의사샘이 동네에 계시고 개인적으로 궁금한
점을 상담할 수 있다면 좋을 것 같아요. 아쉽지만 제가 사
는 동네에서는 아직 그런 병원을 찾지 못했네요.

유럽에 사는 친구 이야기를 들어보니 그곳은 주치의제도
가 되어있어, 폐경 진단도 받고, 상담도 하고, 증상 개선에
필요한 생약 성분의 약도 처방받았다는군요.

또 제 친구의 가족력과 몸의 특성을 이미 파악하고 계셔
서 호르몬 감소로 심혈관질환이 올 수 있으니 혈압관리
를 해야 한다 등등 폐경 이후 몸 관리와 상담을 주치의와
함께하고 있다는군요. 자신을 잘 아는 의사 선생님이 가
까이 있고, 증상에 대해 개인적으로 시간을 갖고 상담할
수 있다면 이 시기에는 그 어느 때보다 도움이 될 거예요.
왜냐하면 갱년기에 '이것은 질병인가? 아니면 갱년기 증
상인가?' 하는 애매한 경계지점을 타야 하는 상황이 생기
거든요. 기억력이 너무 떨어져 치매 검사를 받아야 하나,
불면증이 심해 수면검사를 받아야 하나, 심장이 뛰어나
올 듯 두근거려 심장질환을 의심하거나 등등 질병으로 의

심되는 경계지점을 혼자서 수시로 왔다 갔다 하는 시기라 저를 잘 아는 의료인과의 친밀한 유대관계, 상담과 처방은 매우 중요한 것 같아요.

HEYMI 기존 책이나 인터넷, TV 등을 통해 일반적으로 인지하고 있는 갱년기의 대표적인 증상들 예를 들어 안면홍조, 오한, 발한 같은 증상들이 제게 나타났으니까 갱년기가 시작되었다는 것은 어느 정도 스스로 자각할 수 있었어요. 하지만 증상의 정도가 심각한 것 같지는 않고 참을만하니까 일단 버티고 있어요.

병원 상담하면서 제일 궁금했던 것은 폐경 시점이었는데 상담받아보니 별도의 검사를 해야 한다고 해서 잠시 생각 중입니다. 궁금하기도 한데 왠지 D-Day를 미리 알게 되면 마음이 복잡해질 것 같기도 해서 선뜻 결심이 서지 않았어요.

DOHEE 폐경이 오고 호르몬의 변화가 본격적으로 시작되면 개인 별로 나타나는 신체적 증상이나 정도가 다 다를 거라 생각해요. 살아온 방식과 가치관, 식습관, 체력적 특징 등에 따라 개인적인 특징이 나타나겠죠.

물론 몸도 힘들지만 어떤 분들은 몸보다는 마음의 갱년기

를 앓는 분도 계시는 데 사실 개인의 갱년기 양상을 예측
하기도 어렵지만, 그런 도움을 받을 수 있는 편안한 공간
이나, 마땅한 의료기관이 많지 않아 아쉬워요.

갱년기에는 호르몬, 신체적, 심리적 측면에서 종합적인 접
근이 필요한 시기라고 생각이 들어요. 주변 지인들로부터
가벼운 갱년기 증상들은 공감받을 수 있지만, 그들도 결
론은 일단 홍삼이나 석류를 먹어 보라는 권유를 하는 정
도죠. 제 갱년기 증상은 또 다를 수 있기에 주변에 문의하
기에도 한계가 있죠.

HEYMI 도희 님 말씀처럼 갱년기가 언제부터 어떤 양상으로 시작
될 것인지 의학적으로나 과학적으로 예측할 수 있다면 대
비해 볼 수도 있을 것 같은데 지금으로서는 갱년기 증상
이 본격적으로 나타난 후에 사후적으로 관리하게 될 것
같아요. 폐경 검사를 한다고 해도 언제쯤 폐경이 올 것인
지 예측하는 것이지 개인마다 어떤 양상으로 갱년기가 나
타날지는 알 수 없겠죠.

JIIN 저 역시 혜미 님과 비슷할 것 같은데요. 의료 기관에 대한
의존도가 워낙 낮은 사람이다 보니, 상대적으로 두 분보
다는 의료 기관에 대해 아쉬움이나 기대치도 낮은 것 같

아요. 그래서, 제 경우에 의료적 접근은 갱년기 증상이 심각해서 일상생활이 어려워지는 순간의 마지막 보루 같은 의미가 더 큽니다.

물론 도희 님 말씀처럼 갱년기 증상인지 다른 원인이 있는지 헷갈리는 병증 경우에는 전문의를 찾겠지만 폐경이나 예방, 예측 차원에서(예방이란 단어가 적절하지 않을 수 있지만) 병원을 찾지는 않을 것 같아요.

DOHEE 사실 많은 분이 본격적으로 갱년기 증상이 나타난 후에야 '아, 내 몸이 그렇게 아팠던 것은 갱년기 증상 때문이었구나'하고 '자가 진단' 혹은 '상호 진단해주기'를 하고 있어요. 몇 일 전 친구가 전화해서는 몇 달간 가슴이 옥죄고 숨쉬기 어려워지고 계속되는 우울과 불안, 무기력으로 침대에서 일어나기조차 힘들었는데, 그동안 달라진 것은 생리가 6개월째 나오지 않고 있었대요. 먼저 경험한 선배에게 갱년기 불안 증상일 수 있다는 얘기를 듣고 그때서야 좀 이해가 되었다고 하더군요.

그동안 줄어든 생리 양과 면역력 저하, 심리상태 등을 퍼즐로 맞춰본 결과 '호르몬 변화로 인한 갱년기 불안증'같다고 스스로 진단을 내렸다는군요.

친구와 저는 1년 전부터 우리도 갱년기가 오겠지, 짐작은 했었지만, 어느 날 갑자기 그렇게 시작된 거예요.

저 역시 생리가 멈추면 그때 오라는 의사 선생님 말씀에 당황했던 적이 있는데 폐경 검사를 통해 진단을 받는 것도 중요한 과정이지만 슬기로운 갱년기 생활을 위한 사전 인지-준비-관리할 수 있는 전문적인 정보와 조언도 필요했거든요.

JIIN 조금 다른 관점에서, 지금 갱년기인지 아닌지를 정확하게 아는 것이 물론 중요하긴 하지만, 사전 진단과 준비까지 꼭 의료진에 의존할 문제인가? 라는 생각도 들어요.

우리는 이미 일정 나이가 되면 갱년기가 온다는 것을 알고 있고 일반적인 증상 몇 가지를 통해 어느 정도 판단 가능하니까요. 혜미 님도 책과 인터넷 정보를 통해 본인의 갱년기 시작을 충분히 자각할 수 있었다고 하셨고요.

갱년기를 잘 보내기 위한 사전 준비는 갱년기 자각 이전부터 시작해야 하는 것 아닌가도 싶고, 궁극적으로는 자신의 관심 여부와 적극성, 부지런함이 크게 좌우하지 않을까요?

그리고 의료 체계를 옹호할 생각은 없지만, 의사 선생님이 생리가 멈춘 후 오라는 얘기는 폐경 후에 오라는 것이 아니라 갱년기 증상이 조금 더 뚜렷해지면 오라는 의미가 아닐까도 싶어요.

제가 아는 선배도 의사로부터 도희 님과 동일한 피드백을 받았다고 하더라고요.

폐경은 대부분 여러 차례의 생리 끊김이 반복되다 1년 동안 멈춘 시점 이후라고 하니까, 아직 생리가 정기적이라고 하면 의학적 판단 기준에 갱년기 검사 대상에는 부합하지 않을 수도 있겠구나 싶었어요.

의료적 판단이나 대응은 아무래도 우리가 느끼는 주관적 수준과는 다를 수 있을 것 같고, 사전 관리를 위한 정보와 조언은 일반적인 부인과 검사로는 커버하기 어렵겠다는 생각이 들었어요.

DOHEE 갱년기 증상이 뚜렷해진다는 것은 어떤 단계를 이야기하는 것일까요? 저의 경우에는 갱년기 증상은 뚜렷해진 지 오래지만, 생리만큼은 규칙적이거든요.

생리 불규칙과 연관 지어 갱년기를 판단하기에는 제 패턴은 조금 다른 듯해요.

사실 적정하게 판단할 수 있다는 것이 저에게는 좀 어렵게 느껴졌어요. 갱년기는 처음이고 기준이란 게 없다 보니 어느 정도가 적정한지 판단하기 어려워요.

갱년기가 오기 훨씬 전부터 예를 들면 40대 초반부터 준비하면 이상적이겠지만, 살다 보면 마음먹은 것처럼 잘 안 될 때가 있어요.

미리 준비하기 어렵다면 증상이 시작된 초입부터라도 갱년기를 더 알고, 호르몬 변화가 주는 예상 가능한 시나리오를 준비할 수 있다면 그것도 최선의 시작이 될 수 있다고 생각해요. 그런 의미로 산부인과를 방문했던 거였고요. 우리 셋은 갱년기 초입이라 했지만 '자가 진단 및 추측'에 근거한 거죠. 그래서 이 갱년기 진입 시기에 특화된 해석과 관심이 더 필요한 것 같아요.

질병이라 할 수는 없지만 아프고 불편한 부분이 생겨나고 있고, 호르몬이 급격하게 변화되며 몸의 축이 뒤바뀌는 낯선 상황들과 계속 마주해야 하니까요.

쿠퍼만 지수로 확인해 보면
이미 나는 갱년기 중증?

DOHEE 인터넷 검색을 하다 보면 쿠퍼만 지수를 쉽게 만나볼 수 있는데요. 여러분과 한번 해보고 싶었어요.

쿠퍼만 지수 체크

내 갱년기 증상은 몇 점일까?
1~11번까지 증상별로 상태 정도를 표시한 후 해당 숫자를 모두 더한다.

NO	증상	상태 정도			
		없다	약간	보통	심함
1	홍조, 얼굴 화끈거림	0	4	8	12
2	발한(땀)	0	2	4	6
3	불면증	0	2	4	6
4	신경질	0	2	4	6
5	우울증	0	1	2	3
6	어지러움	0	1	2	3
7	피로감	0	1	2	3
8	관절통, 근육통	0	1	2	3
9	두통	0	1	2	3
10	가슴 두근거림	0	1	2	3
11	질 건조, 분비물 감소	0	1	2	3

· 10점 미만 : 양호한 편.
· 10~14점 : 보통. 식습관 관리와 운동을 시작하는 것이 좋다.
· 15~19점 : 경증. 전문가 상담과 관리가 필요하다.
· 20~24점 : 중증. 전문가 상담과 관리가 시급하다.
· 25점 이상 : 심각한 상태로 반드시 전문 치료를 받는다.

HEYMI 　20점? 저는 여기 나열된 갱년기 증상들이 다 존재하는 건 아니고 어지럼증, 두통, 두근거림… 아직 없는 증상들이 꽤 있네요. 갱년기 증상으로 분류하기엔 애매해 보이는 증상도 있고요. 20점은 어느 정도 심각한 건가요?

DOHEE 　저는 생리도 매우 규칙적이고, 산부인과에서는 아직 괜찮다고 하는데, 쿠퍼만 지수로 판단해보면 21점, 갱년기 중증으로 나와요.

쿠퍼만 지수에서 20~25점은 중증으로 "전문가와 상담이 필요합니다. 정밀 검사를 통해 정확한 진단을 받고, 치료 방법에 대해서도 전문가와 상의하는 것이 좋습니다."라고 기술되어 있어요.

HEYMI 쿠퍼만 지수로 보면 일단 중증 갱년기에 진입한 거네요. 개인적으로 이런 문진표 작성할 때마다 극단적인 것에 체크하는 것을 좋아하지 않는 성향이라 약간이나 보통에 주로 체크하는 성향인데도 불구하고 점수가 상당히 나왔네요.

JIIN 저는 22점이 나왔는데요. 역시 심한 갱년기네요. 하지만 아직 그런 단계는 아닌 것 같아요. 이런 문진표로 증상 수위를 판단하는 방법은 솔직히 신뢰가 안 가요. 증상을 체감하는 기준은 사람마다 다르잖아요. 같은 수준의 증상이라도 좀 무던한 사람은 '약간'이라고 체크하지만 예민한 사람은 '심함'으로 체크하겠죠. 증상의 상태 정도에 대한 판단은 개인적이고 상대적일 수밖에 없어서 이런 문진표를 통한 갱년기 수준의 판단은 다소 무리가 있다고 봅니다. 단순히 '갱년기 증상에 이런 것들이 있구나' 또는 '갱년기가 시작되나?'를 파악하는 정도로 받아들여야 한다고 생각해요.

다양한 자가진단법,
과연 얼마나 유용할까?

DOHEE 맞아요. 문진표라는 것이 개인의 판단 성향이 개입되기에 한계가 있겠죠. 막상 병원에 가려니 고민될 때 자신의 상황을 판단해 보고 싶어 검색하신 분들 역시 우리와 유사한 경험을 하실 가능성이 있을 듯해요. 스스로 견딜만한데 중증이라며 전문가와 상담하라는 제언을 듣게 되거나, 반대를 경험하기도 하겠죠. 현재 인터넷에서 활용되는 자가 진단에 필요한 문진표 항목들이 꽤 오래전 것들이라는 점은 좀 아쉬워요. 쿠퍼만 지수 외 하나 더 찾아봤어요. 아르거시 테스트가 있는데 심지어 너무 간단해서 놀랐어요. 3개 이하는 증상 없다 VS 4개 이상은 증상 있다 라고 되어있어요. 4개 이상이 나오면 심지어 여러 예방법을 적극적으로 실천하여 갱년기를 지혜롭게 보내라는데 이런 것들이 얼마나 도움이 될지 모르겠네요.

아르거시 테스트

□ 35세 이상이다.

□ 갑작스러운 안면홍조와 지나치게
  많이 나오는 땀 때문에 괴롭다.

□ 표현하기 힘든 감정적 변화
  (불안, 짜증, 슬픔 등)에 시달리고
  있다.

□ 유방이 평소보다 더 부드럽고
  민감하다.

□ 질이 건조하고 성교 시
  통증이 있다.

□ 성욕이 줄어들었다.

□ 얼굴 피부가 변했다.
  (피부가 건조해지고 없던 털이나
  여드름이 생기는 등)

□ 평소보다 피로를 자주 느끼고
  수면 장애가 있다.

□ 생리 주기와 양이 불규칙해졌다.

□ 집중력, 기억력이 떨어졌다.

3개 이하 : 갱년기 증상이 거의 없다.
아직 증상이 나타나지는 않았지만, 갱년기로 접어들었을 수도 있으니
적절한 식습관이나 운동 등으로 갱년기에 대비해야 한다.

4개 이상 : 갱년기 증상이 있다.
갱년기를 피할 수는 없지만, 식이요법과 운동요법, 호르몬 치료 등을 통해
갱년기 증상을 완화할 수 있다.

JIIN 갱년기 증상은 30가지가 넘는다고 하고, 쿠퍼만 지수 항목은 그중에서 가장 대표적인 증상을 척도화했다고 하는데요. 안면홍조가 가장 배점이 높고, 발한, 불면증, 신경질이 그 다음이네요. 저도 여기까지는 자가진단 항목으로 크게 무리가 없겠다고 인정합니다만 그 하단 증상들의 경우, 물론 과학적으로 검증된 갱년기 증상이긴 하더라도 점수를 매겨서 갱년기 수준을 판단하는 자가진단 항목으로는 다소 애매할 수도 있겠다는 생각이 들어요.

두통과 피로감, 근육통은 요즘 누구나 호소하는 일반적 증상들이고 갱년기가 아닌 다른 요인들로 발생할 수 있는 여지가 너무 많지 않을까요? 저는 11가지 증상 중 3가지를 제외하고 모두 해당하는데, 과연 이 모든 증상이 갱년기 때문일까요? 아니면 스트레스와 노화, 운동 부족, 체질 등 생활 습관적 이유가 더 클까요? 저는 후자의 가능성이 높다고 생각해요. 비약일 수도 있지만, 다른 요인으로 인한 증상인데 갱년기 증상으로 치부하고 병적 원인을 방치하게 될 수도 있지 않을까요? 실제 그런 우려를 언급한 의사분도 있고요.

결국은 본인의 기존 몸 상태와 환경 요인은 본인이 제일 잘 알고 있으니, 중심을 갖고 인덱스를 해석하고 참고하는 것이 필요하다는 생각이 들어요. 더욱 정확하게 자신의 현재 수준을 확인하고 싶다면 병원 검사를 통해 호르몬 수치 등 의학적 검사를 받는 게 맞겠죠.

HEYMI   증상에 대한 인식은 편차가 존재하기 때문에 이런 체크리스트만으로는 갱년기가 얼마나 진행되었는지 어느 정도 심각한 것인지를 확인하는 데 한계가 있을 수밖에 없어요. 단순하게 갱년기에 진입했는지 그 여부를 확인해 볼 수 있을 것 같고 오히려 저는 우리가 일반적인 증상이라고 여겼던 증상들도 이 시기에는 갱년기 증상으로 간주한다는 것을 역으로 알게 된 것 같아요. 지인 님이 말씀하신 것처럼 정확하게 파악하려면 병원 검사를 통해야겠지만 갱년기 증상들이 복합적으로 몰려오는 분들에겐 간단하게 갱년기 진입 여부를 파악하는 정도로 활용하면 좋을 것 같아요.

JIIN 갱년기 자가진단 인덱스 종류가 생각보다 많았어요. 쿠퍼만 지수는 11가지 대표 항목으로 체크하고 있지만, 총 29문항에 걸쳐 정신적, 신체적 건강 상태 및 삶의 질까지 파악하는 맨콜 지수도 있고요. 각 병원에서 만든 자가진단 인덱스도 꽤 많고요. 이런 인덱스들을 쭉 살펴보면서 위에서 얘기했던 제한적 효용성에 대해 다시 한번 느꼈어요. 자신의 갱년기 수준을 판단하기보다는 이러한 갱년기 증상들이 있음을 인식하는 참고 자료로서 역할이 더 큰 것 같아요.

DOHEE 일본 닛케이 헬스가 발간한 『친절한 여성 호르몬 교과서』라는 책은 13년 전에 나온 것임에도 불구하고 갱년기로 추론되는 다양한 증상들을 소개해 놓고 있어요. 40세 이상의 여성들과 직접 인터뷰해 만들어 놓은 갱년기 증후들을 보다 보면 호르몬 변화로 인해 나타날 수 있는 폭넓고 다양한 증상들을 이해할 수 있어 좋았어요. 자신의 증상이 아니더라도 호르몬 변화가 가져오는 다양한 증상들을 인지하고 있다면 갱년기 증상을 좀 더 객관적으로 판단하는 데 도움이 되지 않을까 싶어요.

HEYMI 사실 저는 간단하게 갱년기를 자가 진단하는 키트가 있으면 좋겠다고 생각했는데 인터넷 찾아보니 갱년기 진단 제품이 출시되긴 했어요. 임신테스트기처럼 대중화되지는 않았는데 소변을 통해 호르몬 검사를 하는 시스템이라고 하니 기회가 되면 해 볼 수도 있을 것 같아요.

지난번 TV에서 55세 여성이 자신에게 갱년기 증상이 나타나서 깜짝 놀랐다는 내용이 나왔는데 사실 저는 그분이 놀랐다는 사실에 놀랐어요. 때가 되어 나타나는 증상임에도 불구하고 나이와 상관없이 무방비 상태에서 갱년기를 맞이하게 될 때 상대적으로 충격이 큰 것이 아닌가 싶어요. 적어도 여성으로서 알아야 할 갱년기에 대한 정확한 정보나 지식이 공적인 담론으로 활발하게 논의되어야 할 것 같아요.

갱년기 자체가 질병은 아니지만, 질병을 관리할 수 있는 지표가 되기도 하고 중년의 건강관리에 있어 주요한 전환점이 될 수도 있으니까요. 동네에 산부인과도 많고 국가 건강검진시스템도 잘 되어 있으니까 누구나 한 번쯤 중년에 다다르면 갱년기 관리에 대한 사전 상담이나 검진 기회를 얻으면 좋지 않을까 싶어요.

JIIN 자가 진단 키트는 저도 한 번 사용해 보고 싶네요. 만 40세와 66세에 국가적으로 생애 전환기 건강검진이 무료로 제공되는데요. 전액 국가 부담이 아니고 일부 개인이 부담하더라도 생애 전환기 검진처럼 갱년기와 관련된 건강검진이나 안내가 조금 더 제도화되면 좋을 것 같다는 생각도 드네요.

갱년기 여성에게 필요한 전문 케어, 산부인과가 답일까? 우리가 원하는 케어는?

JIIN 얘기하다 보니, 좀 더 전문적인 정보와 제도적인 관리의 필요성에 대해서는 공감하게 되는데요. 저처럼 미혼인 경우, 산부인과 출입에 대한 고정관념 때문에 출산이 아닌 이유로, 혹은 특별한 문제 없이 자발적으로 산부인과 검사를 받기가 쉽지 않은 것 같아요. 개인적으로는 필요성을 느끼지 못한 점이 가장 크기도 했지만 조금은 부담스러웠던 것도 사실이거든요. 참 어이없고 무지한 발상일 수도 있는데 일부 여성들은 아직도 저처럼 불편한 선입견을 품고 있지 않을까요?

심지어 저는 건강검진 내 자궁경부암 검사조차도 처음 검사 때 너무 아팠던 기억이 남아서 그 이후로 검사를 거부하다가 최근에서야 다시 받기 시작했어요. 저 같은 사람에게는 조금은 강제적인 제도적 장치가 산부인과 케어의 장벽을 낮추는 데 도움이 될 것도 같아요.

DOHEE 평생 산부인과는 몇 번이나 가게 될까요? 여성을 위한 곳임에도 불구하고, 막상 갱년기가 되어 찾게 되는 산부인과는 여성인 저에게 여전히 시간을 푸근히 내어주는 친근한 곳은 아니네요. 많은 여성이 산부인과는 임신과 출산을 위해 가거나, 자궁과 유방 검사를 받으러 가는 장소적 의미가 크다고 봐요.

갱년기 여성 전문가로 알려진 미국의 크리스티안 노스럽 박사가 북미에 여성센터를 설립하셨다는 이야기를 듣고, 한국에도 그런 곳이 있으면 좋겠다고 생각했어요. 루안 브

리젠딘이란 신경 정신분석학자는 최초로 여성 심리와 호르몬을 위한 클리닉을 창립하기도 했다죠. 단지 출산과 관련된 대상자 관점에서 벗어나, 생애주기 동안 여성으로서 경험하는 다양한 증상들을 상담하고 케어받을 수 있는 전문 센터 같은 곳이 있다면 좋지 않을까요?

사실 갱년기도 질병으로 진단받기에는 애매한 지점이 있고, 산부인과에서 여유를 갖고 상담과 진단을 받기에는 현실적으로 한계가 있거든요.

JIIN   제가 예전에 방문했던 곳은 산부인과가 아니라 '여성병원'이라고 이름 지어진 곳이었어요. 사내 의료지원센터 추천으로 가보게 됐는데 '산부인과'와 '여성병원'이라는 단어가 주는 차이는 매우 큰 것 같아요. 물론 그 여성병원도 불임 치료가 메인인 곳이긴 했지만, 산부인과가 주는 심리적 벽을 낮춰주고 여성 케어의 느낌이 더 강하게 와닿았죠.

HEYMI   산부인과에 가보면 여성을 위한 다양한 서비스를 제공하고 있음에도 불구하고 도희 님 말씀처럼 임신과 출산이라는 생식의 영역이 공고해서인지 다양한 연령대의 여성들에게는 여전히 접근하기 부담스러운 부분이 있어요.

저는 최근에 피부과에 갔는데 60대 여의사 선생님이셨어요. 기미가 짙어지는 것 같아서 찾아갔는데 제 나이를 보시더니 생리 여부와 피임약 복용 여부까지 물어보셨어요. 피임약이 기미에 영향을 줄 수도 있다고요. 그러면서 피임약 복용 관련 제 담당 산부인과 선생님과 상의해보라고 조언도 주셨어요. 그렇지 않아도 갱년기가 시작된 것 같은데 피임약을 계속 복용해야 하는지 고민하던 참에 그런 조언을 들으니 도움이 되었어요. 일반적으로 피부과에 가면 피부 증상만 케어해주시는데 이번에는 환자의 나이와 상황을 고려해서 뭔가 종합적으로 진단하려는 의사 선생님의 태도가 신선하고 고마웠어요.

개별적인 증상이 아닌 사람에 맞춘 솔루션을 제공하는 의료기관이 필요하지 않을까 하는 생각이 들고, 그런 의미에서 여성의 생애를 고려한 여성전문케어센터가 있으면 도움이 되지 않을까 싶기도 해요. 현재의 산부인과가 그런 역할들을 하면 좋을 것 같은데 어떤 현실적인 어려움이 있는 건지 모르겠어요. 아니면 단지 병원만의 문제가 아니라 환자들이 치과처럼 주기적으로 방문하지 않으니까 통합적인 치료 관계가 형성되기 어려울 수도 있고요.

DOHEE 혜미 님이 말씀하신 증상이 아닌 개인에 맞춘 솔루션을 제공하는 의료 서비스가 갱년기에는 꼭 필요하다고 생각해요. 여성케어센터는 여성 인권을 옹호하려는 젠더적 관점에서 말씀드린 것은 아니었어요. 신체적 특성에서 남자와 다르다는 '다름'의 관점에서 더 전문적인 케어가 필요하다고 생각했거든요. 생리하는 포유류는 인간과 돌고래밖에 없다고 하죠? 생리한다는 것은 결국 호르몬 변화와 연결되기에 우리는 생애주기 동안 여성으로서 극적인 몸의 변화를 겪을 수밖에 없어요. 첫 생리를 하고, 월경불순을 겪기도 하고, 또 결혼하여 아이를 낳기로 하면서 임신과 출산을 경험할 것이고, 여성으로서 누구나 폐경에 이르죠.

중요한 변곡점마다 필요한 정보를 구하고, 교육을 받을 수 있는, 또 의료적인 상담과 진료가 가능한 통합된 의료서비스가 있으면 좋겠다는 바람이 있어요.

그런 의미에서 여성케어 센터가 설립되고, 호르몬이나 갱년기 관련한 특화된 플랫폼 서비스가 제공된다면, 그곳에서 여성들이 서로의 증상에 대한 유대감을 바탕으로 정보를 나누고 조언을 할 수 있을 것 같아요.

JIIN 찾아보니 산부인과뿐만 아니라 종합 병원 가정의학과와 대형 한방병원 등에서도 "갱년기 클리닉"을 운영하고 있더라고요. 좀 더 종합적이고 갱년기에 집중된 케어가 가

능하지 않을까 기대하면서 살펴봤는데 검사 항목을 보고
좀 의문이 들었어요.

골반 검사, 자궁경부암 검사, 유방암, 갑상선암 검진, 심전
도 및 심장 초음파 검사, 골다공증 검사, 혈액검사가 일반
적 검사 항목인데, 약간의 차이는 있지만, 일반 건강검진
때 다 받을 수 있는 검사인 거예요. 그럼 건강검진 때 검
사 항목을 좀 더 잘 챙기고 결과 상담 때 자세히 물어보면
되겠구나 싶었어요.

특히 저 같은 경우 매년 건강검진을 동일한 곳에서 받고
있는데 몇 년간의 히스토리를 통합적으로 보고 의견을 주
시더라고요. 예를 들어, 검사 결과상 유방암 검사가 필요
하지만, 히스토리를 참고해 보니, 1년 후에 검사받으면 된
다고요. 혜미 님이 말씀하신 사람에 맞춘 솔루션까지는
기대할 수 없겠지만, 매년 받는 건강검진을 일부 대안으로
활용해 볼 수도 있지 않을까 하는 생각도 들었어요.

HEYMI 약간 주제에서 벗어난 이야기일 수도 있는데, 예를 들어
사춘기에 접어들면 호르몬의 변화로 여드름이 생길 수도
있고 또 아이들이 비염이나 축농증이 심할 경우 입을 벌
리고 자면 부정교합이 생겨서 나중에 치과 치료를 받아
야 하거든요. 질환 중심으로 가면 해당 질환 케어에서만

머물고 다음 단계의 예측을 안 하니까 예방에 대한 개념이 없는데 사람 중심의 케어로 가면 다음 단계에 발생할 문제점들을 미리 짚어줄 수도 있어서 선제적으로 대응할 수 있도록 도울 수 있지 않을까 싶어요.

제가 5개월 전에 담당 산부인과 선생님과 상담할 때도 약 잘 먹고 있는지, 약 효과와 특별히 불편한 점 없는지만 물어보시고 5분 진료로 끝났어요.

하지만 제 나이를 고려하면 갱년기 진입 가능성에 따른 피임약 복용의 가이드라인에 대해서도 미리 알려주시면 좋았을 텐데 하는 마음이 생기는 거죠. 물론 제가 먼저 문의했어야 하는 내용이기도 했지만, 의학지식이나 경험이 부족한 입장에서 다음 단계 예측은 의료진이 먼저 알려주시면 좋겠다는 생각이죠. 그래서 한편으론 의사와 상담하기 전에 스스로도 공부가 필요하다는 생각이 들어요.

JIIN 요즘 진료 개념을 바꾸기 위한 젊은 의사 선생님들의 시도도 이루어지고 있더라고요. 증상 해결이 아니라 환자와 1시간 넘는 상담 시간을 갖고 개인의 히스토리와 병력, 생활 습관 등을 고르게 확인하고 총체적인 의견을 주시는 거죠. 아직은 낯설고 드문 케이스이긴 하지만 우리가 적극적으로 찾아 나서고 이런 니즈가 많아지는 분위기가 되면 시스템도 따라오지 않을까요?

DOHEE 맞아요. 플라스틱 빨대가 환경에 좋지 않으니 개선해 달라는 소비자들의 요구가 많아지자 결국 기업들이 제품 패키지와 빨대를 개선하는 결정을 하게 되었다는 기사를 접하고, 의식의 성장과 변화들, 그에 따른 건강한 요구들이 모이면 사회 시스템도 긍정적인 변화를 모색하리라 생각해요. 지인 님이 경험하신 젊은 의사 선생님들의 새로운 의료 시도도 환영합니다. 우리의 몸은 바로 노화로 직행하지 않고 20~30년을 더 건강하게 살아야 하는 시대적 흐름을 안고 가죠. 그런데 갱년기와 호르몬은 여전히 개인에게는 낯선 영역이기에 도움을 받을 수 있는 공간과 서비스가 열린다면, 우리 세대에게도 다음 세대에게도 많은 의지가 될 수 있을 것 같아요.

HEYMI 동시대를 살아가는 사람들이 유사한 니즈를 갖고 있다면 언젠가는 그들의 기대 수준에 맞는 통합적이고 선제적인 의료 케어 시스템이 나올 것 같아요. 아직 병원이나 의료 시스템에 환자들이 맞추고 있지만, 앞으로는 환자들의 요구와 기대를 파악하고 대비하는 의료기관이 필요하다는 생각이 들어요.

특히 갱년기처럼 양상이 다양하게 나타나는 생애 주기적 증상 혹은 질환은 단발적인 대응이 아닌 지속적인 관리와 상담이 필요한 부분이니까요. 단순히 어디가 아픈지를 묻는 것도 중요하지만 왜 그런 질환에 걸렸는지, 환자의 어떤 부분이 질환을 악화시키는지를 알려면 결국 환자 자체를 분석하려는 의료진의 태도가 필요하다고 생각해요. 그래야 환자의 다음 단계까지도 예측하고 예방할 수 있을 것 같아요.

JIIN 그렇죠. 갱년기 증상은 공통적이라기보다는 그 내용과 정도가 제각각인 만큼, 획일화된 솔루션이 아닌 개인별 맞춤 솔루션이 가능한 새로운 움직임들이 이른 시일 내 나타나 주면 좋겠습니다.

**종로에서 나눈** 세 번째 수다

갱년기에 대한 궁금증은
어떻게 해소하셨나요?

평소 운동하던 곳의 연배가 높으신 분들의 이야기를 많이 들었어요. 그분들이 염려되었는지 이런저런 안내도 해주셨고요.

_71년생 회사원 A 씨

산부인과에서는 갱년기가 시작되고 있다는 것만을 알 수 있었고, 몸의 변화에 대한 정보는 인터넷 검색으로 충분했어요. 하지만 제게는 마음의 변화에 대한 것이 더 당혹스러웠어요. 감정의 기복에 대한 것은 변화를 겪으며 알아가는 듯합니다.

_72년생 전업주부 G 씨

주변의 친한 언니와 친구들에게 묻거나, 듣는 것이 대부분이에요. _74년생 전업주부 C 씨

선배들의 경험담과 함께 인터넷 검색을 하거나, TV 건강프로그램을 통해 정보를 얻고 있어요. _72년생 프리랜서 P 씨

친언니의 갱년기 경험담이 나의 주요 정보원이에요.

_74년생 전업주부 B 씨

주변 사람들과 증상을 공유하면서 보조제나 건강보조식품을 먹고 있어요. 전문의를 딱히 따로 찾아보거나 정보를 검색해보

지는 않고 있어요. _72년생 직장인 P 씨

주변에 저보다 나이 많은 분들이나 동년배 친구들로부터 완경 후 몸의 증상이 어떠했는지 듣는 것이 대부분이에요. 그녀들이 내원했던 병원 상담내용이나 먹고 있는 약들에 대해 주의 깊게 듣는 정도로 나름대로 대비하고 있고요. 가끔 아침방송에 의사들이 나와서 여성 갱년기 증상 및 보조 약품 이야기하는 것을 적어 놓는 거로 궁금증을 해소하고 있어요. 딱히 산부인과에서 구체적인 도움을 받지는 못했어요. _70년생 상담가 D 씨

네이버 검색을 시작했는데, 대부분 갱년기 관련 블로그들이 갱년기 제품 광고 같아서 보지 않았어요. 대신 주변 지인들과 동료들에게 물어봤어요. 개인차가 커서 일반화하긴 어려운 것 같고, 갱년기 시작 시기도 개인차가 있어 명확한 정보를 얻기가 쉽지 않더라고요. 병원에서 폐경기 관련 테스트를 진행했는데 의사는 아직 폐경기는 아니라고 건조한 답변을 받았어요. 갱년기를 미리 준비하기 위한 마음가짐이나 생활방식에 대해서는 정보 얻기가 어려워요. _71년생 회사원 K 씨

저희보다 갱년기를 먼저 겪은 선희 언니를 통해 갱년기를
어느 정도 지나고 계시거나, 이미 갱년기를 지나온 분들의
경험을 공유하고자 합니다.

언니의 갱년기는 언제 시작되셨나요?

"갱년기를 지나온 사람이란 표현이 되게 재미있네요."
저는 45살, 46살에 시작했어요. 좀 일찍 시작되었다고 생
각해요. 제가 원래 이렇게 살집이 있던 사람이 아니었어
요. 늘 스스로 몸짱인 줄 알고 살아왔거든요. 인생에서 살
빼기가 지금이 제일 힘들어요. 갱년기 이후에 이렇게 살이
쪘어요. 갱년기 관련 책 보면 '갱년기에는 살이 찌는 게 당
연하다'로 나와 있어요. 이런 내용이 위안이 되고 실제로
도 그렇게 생각하며 생활하고 있어요. 살을 빼기 위해 스
트레스를 받으면 또 하나의 스트레스니까 그냥 내 살도 사
랑하자 그런 생각이에요.

갱년기 시기를 지나며 달라진 것이 있다면 무엇인가요?

좀 게을러졌어요. 그전에는 열심히 살기만 하면 잘하는 건 줄 알았어요. 딴짓 안 하고 열심히 살고, 애도 열심히 키우고요. 우리가 어릴 때 교육받았던 도덕적인 범위 안에서 열심히 살면 다 괜찮은 줄 알았어요. 주변에 다른 것 안 돌아보고 그렇게 지내면 다 잘될 거야 했는데, 어느 날 감정의 기복이 생기더군요. 뜻대로 안 되는 일들이 생기면서 힘들고 화가 나고 분노가 올라오고 그랬어요. 왜 그런가? 그랬는데 나중에 조금 진정되고 나서 생각해보니, 왜 어른들이 늘 하시는 말씀 있잖아요.

"욕심을 내려놔라."

욕심을 내려놓으라는 말씀은 익숙하게 듣던 말이죠.
그 말이 왜 생각나셨을까요?

갱년기가 오기 전까지는 어른들이 말하는 "내려놓으라"라는 말은 욕심이 크고 거대한 걸 의미하는 줄 알았어요. 그런데 어른들이 말씀하셨던 욕심이 일상의 소소한 것들을 얘기하신 거라는 것을 그제야 알게 되었네요. 어른들이 말하는 욕심은 막 바랄 수 없는 큰불을 요구하는 거로 생각했는데, 그게 아니었던 거죠. 어른들이 말하는 욕심이란, 지금까지 살아오면서 당연하다고 여겨왔던 일상이더군요.

10원 있던 사람이 1,000원 받으려고 하는 게 욕심인 줄 알았죠. 남한테 피해 안 주고 내 집, 내 자식은 좀 깔끔하게 잘 키우고 싶고, 개인적으로 잘 살고 싶고, 이런 것은 욕심이라기보다 인간이면 누구나 바라는 그런 것으로 생각했는데 그게 욕심이더라고요.

부모나 형제가 우리에게 요구하는 게 있을 것이고, 제 자식과 남편이 저에게 요구하는 그런 것들에서 벗어나고 싶지 않았어요. 사실 그런 생각도 그 자체가 벌써 도덕적인 범주 안에서만 살고 싶었던 제 욕심에서 비롯된 거였죠. 삶을 타인의 시선에 맞추는 것 자체가 진짜 어리석은 짓 같아요. 그게 그렇게 중요한 게 아니잖아요.

우리가 옳다고 교육받았던 것들 예를 들어 똑바로 앉아야 하고, 하지 말라고 하면 안 했던 게 다 교육이었는데, 그런 것들을 삶에 많이 적용하고 살다 보니, 모두가 다 맞거나 모두가 그래야 하는 건 아니구나 하고 깨닫는 시점이 있어요.

지나고 나니까 그게 다 제가 만든 틀이고, 제가 만든 것 같더라고요. 그래서 그런 것들에 변화가 오니까 모든 가치관이 다 흔들렸어요. 그 흔들림으로 저란 사람 전체가 다 흔들리는 거예요.

'갱년기가 오고 있구나'라는 예상은 하셨나요?

아니요. 누가 얘기해준 적도 없었어요, 자매도 없고요. 혼자 느끼기 시작한 거죠. 왜 차를 운전하면 내비가 알려주잖아요. "전방에 50km 신호 위반 과속 단속 구간입니다." 갱년기는 그런 사전 예고가 없었어요. 저에게 갱년기가 처음 왔을 때는 상상도 못 하는 나이였어요.

지금이 제가 52살이니까 지금으로부터 딱 십 년 전이었던 것 같아요. 완경은 45세에 왔지만 그 전에 서서히 마음으로부터 먼저 오기 시작했던 것 같아요. 그때 아이가 사춘기였는데 저는 그게 힘들어서 그런 줄 알았어요. 나중에 좀 지나고 보니까, 아이의 사춘기도 결국에는 핑계였었고 제가 변하고 있었던 거죠.

갱년기라는 걸 어떻게 확신할 수 있을까요?

친정엄마한테 이야기하니까 엄마가 좀 빨리 왔다. 안 닮아도 될 게 닮았다는 말씀을 하시더라고요. 폐경기 평균 나이가 48~49세라고 들었는데 저는 조금 빠르게 왔구나! 그럴 수도 있다고 생각했어요. 저는 수용을 조금 빨리하는 편이에요. 초경을 16세에 처음 했어요. 늦게 한 편이었는데도 완경은 빨랐죠. 저는 감정 기복이라는 게 없었어요. 사춘기도 없었고요. 인생에서 감정이 흔들리는 게 처음이에요. 예전에 없던 변화가 생겼어요. 살다 보면 무슨 특정한 일 때문에 감정 변화가 생기는데, 그게 아니라는 거죠. 그전까지는 제가 조절할 수 있다고 생각하고 살아왔죠. 의지라는 게 있으니까요. 그런데 갱년기는 제가 할 수 없는 그런 느낌으로 왔어요. 저는 되게 이성적이고, 좀 속상해도 다 잘 넘기고, 화가 나도 순간 폭발은 해도 뒤끝 없고 그냥 그렇게 잘 살아왔는데, 마치 저 자신이 아닌 것 같았어요.

매일 미쳐있는 것 같고, 주변에 실수도 하고, 지금 생각해보니 그게 호르몬 때문이었구나!

그래서 더 힘들었구나! 그런 생각이 드네요. 충분히 이해할 수 있는 객관적인 상황인데도 필요 이상으로 화가 많이 나고, 아이한테도 상처 주고, 주변 모든 사람한테 엄청 화를 내는 거죠. 보통의 사람보다 더 많이 누리고, 더 풀고 살아서 제 속에 한이 있다고 생각은 안 해요. 그런데도 알 수 없는 짜증과 분노… 그런 거죠. 화병까지는 아닌데, 짜증과 화를 무안하리만큼 많이 냈었죠.

그때 누가 가장 많이 생각났나요?

엄마였죠. 저를 평생 보아 오셨던 엄마도 그때 저에게 "아이고~ 저게 결혼해서 아들 키운다고 저렇게 인상이 변하고 저렇게 잘 웃던 애가 맨날 온종일 화내고 있네"라고 하셨어요. 그런 말 하는 엄마가 되게 안타까웠어요. 지나고 나니까 친정엄마랑 "그때 전 갱년기였어요!"라고 얘기할 수 있는 거죠, 돌이켜 보니까 엄마도 평생 딱 한 번 이상한 적이 있었어요. 정말 이해가 안 되던 한 가지 사건인데 엄마가 한 달 동안 밥을 안 해 주셨던 것! 저밖에 모르는 분인데, 그때 엄마가 왜 저러실까 했어요. 아마도 그 시절이 엄마의 갱년기였을 것 같아요.
엄마에겐 딸이 있어야 좋을 것 같아요. 딸은 엄마의 인생을 이해해주잖아요.

갱년기 중 후회하는 부분이 있다면?

지금 생각해보니, 제 아이들은 멀쩡했어요. 하지만 제 눈엔 뭔가 부족하고 아쉬운 부분이 컸죠. 사실 그게 다 욕심이었어요. 이웃 사람이 봤다면 제 호르몬 변화를 모르니까 자식 욕심이 많네 하며 저를 바라봤을 거예요. 큰 문제도 아닌 걸 가지고, 이만하게 문제 덩어리로 만들어 놓고 스스로 힘들어했어요.

두 아들은 그저 아이답게 컸고, 보통 애들보다 훨씬 더 착했어요. 형제들이라 다른 집처럼 쌈박질도 할 만한데 우리 애들은 그런 것도 없었거든요. 조용하게 있는 애들에게 제가 방문을 열고 들어가 공부 안 한다고 온갖 시비를 걸었죠. 여태까지 살아 온 전업주부 인생이 누구를 위해서인데 하는… 그런 억울한 마음으로 애들을 흔들었던 것 같아요.

아이들은 아이들대로 자신의 인생에 대해 고민할 때이고, 아이들 역시 호르몬 변화 때문에 힘들어서 불안하고 초조함도 생겼을텐데… 그런 아이들에게 제가 걱정을 더 얹어준 거죠. 지금 생각하면 참 부끄럽네요.

인생에 억울함이 없다고 하셨어요…

네, 좋아하는 거 다 하고 살았어요. 그래서 한이 없다는 거예요. 여행 가고 싶으면 여행 가고, 놀고 싶으면 놀고, 아쉬운 게 없었다는 거죠.

우리는 삶을 희생적, 헌신적으로 살아오신 분들이 풀지 못한 욕구가 있을 때 정신적 갱년기가 심하게 오지 않을까 생각했었어요. 그런데도 언니 역시 갱년기가 힘드셨다니까 여성 호르몬이 부족해지면 자율신경계가 교란이 와서 자기도 모르게 마음의 평정심을 잃고 그럴 수도 있겠네요.

그때 걱정이라는 걸 처음 해봤어요. 그전까지는 뭐든지 된다 했고, 불안 같은 거 없었거든요. 그런데 불면증에 시달리면서 잠을 못 자니까, 하루에 딱 3시간밖에 못 잤으니까요. 매일 새벽 1시 50분에 눈이 딱 떠지고, 내일 해야 할 것들도 많은데 잠을 못 자고 그냥 눈이 떠지는 거예요. 호르몬이 진짜 무섭다니까요. 새벽에 할 게 없잖아요. 이 시기를 어떻게 살아나가지? 그때 제가 많이 매달렸던 말이… 지금 내가 하는 걱정의 구십 퍼센트는 일어나지 않는

다! 였어요. 지금 내가 쓸데없는 짓을 하고 있다, 일어나지도 않을 일에 마음을 쓰니, 제발 걱정하지 좀 말자 하며 넘겼어요. 원래 종교가 없었는데 그때 처음으로 성당에 갔어요. 새벽 기도 갔다 오면 5시 30분이더라고요. 그리고 애들 차례대로 등교시켰어요. 그때 잠을 너무 못 잤어요. 아이가 고등학생 때라 독서실에서 공부하고 오는 데 저는 너무 졸리니까 그 시간을 못 기다리는 거예요. 애랑은 교감도 안되고요. 정말 미쳐버리는 줄 알았어요. 아이들이 잘되기를 바라고, 잘하고 싶어서 여기까지 달려왔는데, 제 마음대로 안 되니까요. 일이 다 꼬여 버리고 엉망진창 되고요. 그래서 여러모로 힘들었던 것 같아요.

완경은 기억나시나요?

마흔다섯 살에 했어요. 몸으로 느껴지는 게 생리도 막 건너뛸 때고, 양도 쏟아지듯 많기도 해서, 어디 멀리 못 갔어요. 생리 양이 어마어마해지는 거예요. 저는 생리를 매우 규칙적으로 했던 사람이에요. 사실 정신적 갱년기, 감정적 변화는 지나고 나서 얘기하는 거고, 생리가 끊기는 것처럼 갱년기는 몸의 변화로 가장 빨리 아는 것 같아요.

선희 언니의 인터뷰2는 **여덟 번째 수다 뒤**로 이어집니다.

'갱년기'라는 단어를
나와 우리 사회는 어떤 의미와
이미지로 이해하고 있을까요?
갱년기에 관한 고정관념과
사전적 개념을 얘기하면서
우리의 생각을 짚어봤어요.
'갱년기' 이제,
새로운 해석과 정의가
필요하지 않을까요?

'갱년기',
이 단어에
대해 생각해
본 적 있나요?

'갱년기'하면 떠오르는 첫 단어와 이미지,
왜 부정적 느낌이 강할까요?

HEYMI 갱년기라는 단어를 생각하면 일단 부정적인 이미지가 큰 것 같아요. 사전적으로만 보면 갱년기는 여성의 노화 또는 질병에 의해 난소기능이 쇠퇴하면서 폐경과 관련된 심리적, 신체적 변화를 겪는 시기라고 정의되어 있지만, 한국 사회에서는 중년 여성의 쇠락을 상징하는 부정적 단어로 사용하는 경향이 있는 것 같아요. 긍정 부정을 논할 단어는 아닌데 사회적 함의는 그렇게 전달되는 것 같아요.

JIIN 기본적으로 부정적 느낌이 강하죠. 갱년기는 일종의 노화 과정인데 사람들이 노화에 대해 가진 불안함과 불편함, 안타까움과 같은 감정들이 기저에 깔리면서 폐경이라는 극명한 변화가 합쳐지다 보니 그런 것 같아요.
특히 사회에서 언급하는 갱년기가 신체적, 정신적 양쪽에서 대부분 부정적 포인트로 사용되고 있기 때문에 그런 모습이 일종의 스테레오타입으로 굳어져 있고요.

HEYMI 예를 들어 나이 든 중년 여성의 성격이 갑자기 변하거나 느닷없이 짜증과 분노를 표출할 때 우리가 흔히들 '지랄맞다 (정말 이보다 적당한 단어가 없네요)'고 하면서 '갱년기'로 단정 짓는 경향이 있죠. 갱년기의 사회적 의미는 중년 여성의 불안정한 정서, 출산 기능 상실과 감소한 성적 매력 등을 함축하고 있는 것 같아요. 저에게도 갱년기는 노화와 통증의 시기, 그리고 불안정한 심신의 시기로 다가오죠.

갱년기를 맞이하게 되면서 저역시 뭔가 불안했던 이유 중 하나는 그런 부정적인 고정관념과도 맞닿아 있었던 것 같아요.

DOHEE 갱·년이라는 사전적 의미보다 우리의 정서 안에는 '중년 여성, 우울과 분노, 화병, 상실감…' 등으로 연상되는 이미지들이 많은 것 같아요.

우울과 불안… 그러한 감정이나 경험에 부정적이다 VS 긍정적이다라는 해석이나 판단을 내리기 전에 왜 그런 이미지들이 쌓여왔는지가 궁금해집니다. 물론 몸과 마음이 여러모로 변화를 겪는 시기이고도 하고, 그런 것들이 안전하게 표출되지 못한 경우도 있을 것이라 짐작하지만, 갱년기를 표현하는 방식에서 극적인 느낌을 지울 수 없네요.

제 안에도 '화를 내거나 짜증을 내는 갱년기 아줌마 이미지'가 있다 보니 지인들을 제외하고는 "저 갱년기입니다"라는 이야기를 하기 꺼려지는 부분이 있어요. 저 자신을 갱년기라는 전형적인 틀 안에 넣고는 "네가 벌써 갱년기니? 그렇게 나이가 든 거야?"로 보이는 게 싫었나 봐요. 그런 전형적인 이미지가 오랜 시간 고착화되어오는 동안 누군가 의문을 제기하거나 반기를 드는 시도 또한 충분하지 못했던 건 아닌가 하는 의구심이 생겼어요.

JIIN 저는 신체적 변화나 노화는 누구나 피할 수 없는 과정이므로 갱년기 역시 당연히 거쳐야만 하고 또 제가 잘 넘어야 하는 시간이라고 생각해요.

다만 심리적인 부분에서는 제 갱년기가 스테레오타입의 범주에 해당하지 않기 위해 많이 노력해야겠다고 생각해요. 짜증 내고 예민한, 지랄맞은 갱년기를 보내고 싶지는 않거든요. 이런 생각 자체가 저 역시 갱년기의 스테레오타입에서 벗어나지 못하고 있다는 증거겠죠.

DOHEE 갱년기에 대한 부정적 스테레오타입이 있다는 건 부정할 수 없는 사실이죠. 검색해보면 '노화'의 직전 시기로 해석되거나 육체적, 정신적으로 굉장히 불안한 지점을 얘기할 때 관용적으로 쓰이기도 하더군요.

그러다 보니 이 단어에 대해 우리가 선입견을 품거나 생각의 흐름이 비슷해져 가는 것은 아닐까 싶어요.

JIIN   사춘기와 비슷한 경우라고 생각해요. 사회적 라벨링과 일
반화의 결과라고 봐요. 생물학적 사춘기는 분명 존재하고
누구나 겪죠. 하지만 좀 다른 관점으로 보면, 사회적으로
그 연령대의 아이들을 사춘기라고 라벨링하고 일반화시
키지만, 실제 사춘기를 겪는 양상은 천차만별이에요.
그리고 꼭 사춘기 때문이 아니라 우리나라 교육 시스템이
나 가정환경 등 다른 요소 때문에 날카로워지고 반항할
수도 있는데 우리는 이걸 모두 사춘기라는 단어로 뭉뚱그
려 평가하려고 하죠. 실제 도희 님과 혜미 님은 사춘기를
겪지 않았다고 하셨잖아요. 저 역시 비슷하고요.
갱년기도 이런 프로세스가 동일하게 적용됐다는 생각이
들어요. 또 다른 사회적 라벨링과 일반화인 거죠. 특히 부
정적 측면을 강조해서요.

HEYMI 사회적 라벨링(labeling)이라는 것이 정확한 정보를 토대로
붙여지는 것이 아니라 한두가지의 특징을 일반화하는 경
향이 있고 그런 비약의 오류가 고착화되는 경향도 존재하
는 것 같아요. 특히 우리 사회나 대중문화에서는 갱년기
여성을 심지어 희화화하기도 하고요. 갱년기 당사자의 시

각이 아니라 제3자의 시각에서 누군가의 걱정을 유발하는 수동적인 대상으로 갱년기를 표현하는 것이 요즘에 와서 불편해지기 시작했어요.

아마도 제가 갱년기 당사자라는 자각이 드니까 갱년기에 대한 편협하고 부정적인 인식이 중년 여성에 대한 무시에서 시작된 건가 하는 의심이 들고 존재 가치가 매도당하는 느낌이 들었죠. 그래서 역사이래, 한 번도 논의조차 제대로 되지 않았던 대한민국 갱년기에 대한 편협한 시각에 왠지 저항하고 싶은 생각도 들었어요.

DOHEE 저 역시 당사자가 되고 보니 저항하는 마음이 드네요. 분명 갱년기의 전형적 이미지에서 탈피한 개인의 노력과 흔적들, 서사가 있으리라 생각해요. 다만 그런 전형적 프레임에 저항하며 누군가 사회적으로 화두를 던지지 않다 보니 갱년기에 대한 극단적인 이미지만이 부각되어 온 건 아닌가 싶네요. 상업적인 시장에서는 갱년기의 불편하고 불안한 이미지가 마케팅적으로 활용하기에 더 용이했을 것 같고요.

특히 갱년기의 부정적 이미지 이면에는 호르몬 마케팅이 많은 영향을 주었다고도 해요. 1970년대 미국 호르몬 제약회사들과 연계한 산부인과 의사들이 폐경기 여성은 남편에게 짜증을 내고 집안일을 제대로 하지 않는 등 가정의 평화를 위협하는 존재로 그려 왔다고 하죠. 그렇게 굳어진 이미지가 우리나라까지 들어와 50년이 지난 지금까지 사용되고 있다는 게 신기할 따름입니다.

JIIN   긍정이든 부정이든 일단 사회의 암묵적 합의가 강하게 이루어지고 그 합의가 지속되기를 원하는 그룹 - 예를 들어, 위에서 도희 님이 말씀하신 마케팅적 사용 같은 - 이 있다면, 인식 변화를 가져오기는 쉽지 않다고 생각해요.

특히 부정적 인식은 그 프레임을 깨기가 더 힘든 것 같고요. 얼마 전 여성가족부에서 비혼 동거의 가족 인정을 추진한다는 뉴스를 봤어요. 이렇게 현시대를 정확하게 바라보고 맞춰가는 정책이 추진되기 전에 물밑에서 수많은 논의와 노력이 있었겠죠.

결국 갱년기, 노년기, 사춘기 등의 개념들도 변화하는 시대와 그 시대를 사는 사람들의 문제점 인식, 개선하고자 하는 의지에 따라 그 견고한 틀이 조금씩 바뀌어나가지 않을까요?

DOHEE   갱년기를 단편적인 증상으로만 규정한다거나 개인 혹은 가정의 문제로만 제한하다 보면 사회적 측면이나 세대 이슈로 확장하여 바라보는 데 한계가 있죠. 현재는 증상의 불편함과 그로 인한 감정적 문제 이 두 가지 관점 안에 갇혀 있는 느낌이에요.

그래서 그다음은? 어떻게? 무엇을? 이후 단계의 해답을 구하거나, 새로운 탐험지점들을 발견하며 좀 더 발전적인 고민들이 모색되어야 하지 않을까요? 갱년기를 여성, 혹은 개인, 그들이 속한 가정의 이슈로만 남겨두기에는 사회 전반에 미치는 영향이 크다고 봐요. 생애주기측면에서 볼 때 한 세대가 겪는 시기는 그 세대만의 몫은 아니라고 생각해요. 연결된 다른 세대에도 영향을 줄뿐더러, 사회 전반의 색채감을 좌우하기도 하죠. 그런 의미에서 다채로운 논의가 부재인 것은 아쉬워요.

HEYMI 그렇죠. 갱년기를 여러 각도로 들여다봐야겠다는 생각이 들어요. 갱년기가 내포하는 의미가 절대 단순하지 않을 텐데 갱년기에 대한 깊이 있는 논의가 부족한 것이 아쉽죠. 갱년기라는 정의부터 갱년기의 원인과 증상 그리고 중년 세대의 고민이 맞물리면서 발생하는 갱년기의 화두에 대해 심도있게 탐구해야 할 것 같아요.

지금처럼 단편적이고 평면적인 갱년기가 아니라 보다 다차원적이고 입체적인 갱년기의 세계가 존재하지 않을까 싶거든요.

우리나라는 갱년기 세대나 중년 세대뿐만 아니라 심지어 청년 세대 혹은 노년 세대를 이야기할 때도 세대별 특성을 단순화시키는 경향이 있잖아요. 사회적으로 규정된 정의와는 다르게 세대별로 개성 넘치고 역동적인 에너지가 가득한데 지금의 단편적인 세대 규정이 어떤 기준에 의해 만들어지고 이야기되는지 모르겠어요. 일부분이나 파편적인 팩트로 전체를 규정짓는 오류와 편협한 관점들이 한 세대를 바라보는 시각에 편견을 만들거나 한 세대에 대한 생산적인 고민을 가로막는 것은 아닌가 싶기도 해요.

JIIN 우리 사회는 어떤 세대를 새롭게 이름 짓고 규정하고 일반화하는 작업을 할 때 그 안에 움직이는 개개인을 보고자 하는 노력은 부족한 것 같아요. 개개인이 중심이 돼서 출발한 시각이 아니라 한 세대라는 덩어리로만 묶는 작업에 더 치중하죠. 그러다 보면 단편적인 몇몇 사실만으로 세대를 단순화시키는 작업을 반복하게 되는 것 같아요.

그리고 항상 문제와 솔루션을 제시하는 강박관념도 있어서 부정적인 문제를 부각하거나 도출하는 경향이 큰 것도 같고요. 개인의 관점에서 보면, 그게 왜 문제지? 왜 해결해야 하지?라는 생각이 드는 포인트들도 있거든요.

DOHEE　맞아요. 개인이 이룬 다양한 씨앗들이 분명 싹트고 있을 텐데, 새로운 의미가 있을까 하는 호기심보다는 하나의 앵글 속에 단순화된 이미지나 현상으로만 풀어내는 경향이 있죠. 그러다 보니 새롭게 열리는 지점들을 만나기 어렵고, 사회는 늘 단순화된 이분법으로 대립각을 세우게 되죠. 세대의 전형적 이미지에서 벗어나 시대의 변화, 개인의 다양한 서사가 담길 때, 새로운 전환점을 맞이할 수 있을 거라 믿어요.

그것이 가능해진다면 예전처럼 문제를 제기하고 솔루션을 찾는 강박관념에서도 벗어날 수도 있을 거고요. 갱년기를 문제로 바라보는 것도, 그래서 해결책을 찾아야 하는 것도 어찌 보면 시대착오적 접근법이라는 생각이 들어요. 그냥 다양한 시선으로 편견 없이 관찰해보고 싶네요.

여성성 관점에 머물러 있는
'갱년기'의 해석

DOHEE　오랜 기간 부정적 이미지에 가려진 갱년기라는 단어 자체의 원래 의미는 무엇이었는지 그리고 언제부터 쓰였고, 왜 그렇게 이름 붙여졌을까 궁금해졌어요.

국어사전 단어

갱년기 (更年期)
인체가 성숙기에서 노년기로 접어드는 시기.
대개 마흔 살에서 쉰 살 사이에 신체 기능이 저하되는데, 여성의 경우 생식 기능이 없어지고 월경이 정지되며…

갱년기 장애 (更年期障礙)
갱년기의 여성에게 일어나는 신체적, 생리적 장애.
두통, 수족 냉감(冷感), 어깨 결림, 기억력 감퇴 따위의 증상이 나타난다.

갱년기 우울증 (更年期憂鬱症)
초로기에 볼 수 있는 정신병.
보통의 우울증보다 불안이나 고민이 심하여 침착성이 떨어지며 초조와 흥분의 정도가 강하다.

사전적 의미로서 갱(更)은 '바뀌다, 새로워지다'의 뜻이 있어서 몸이 바뀐다는 신체적 변화의 의미를 표현한 의미라고 해요. 그리고 추가로 갱년기라는 단어가 사회, 문화적으로는 어떻게 다르게 접근되어 왔나 찾아봤는데 기본적으로는 단순히 폐경으로 인한 노화로 정의하거나, 제 2의 사춘기로 접근할 경우 질풍노도의 시기로 규정하고 있어요. 중국어 사전에서는 생리, 임신, 출산, 수유, 갱년기의 다

섯 단계 중 하나로 정의되어 있더군요. 철저히 여성의 자녀 생산적 관점에서 해석하고 있는 것 같아요. 영어 단어의 메노포즈(menopause)는 월경(mensetruction)과 중지(pause)가 합쳐진 말로 생리가 멈춘다는 뜻도 있지만, 일부 여성학자들에게서 섹스나 출산, 남자로부터 Free 해진다는 뜻으로 해석되기도 한대요. 갱년기라는 단어 하나에도 국가별 시대별로 다양한 사회 문화적 시각들이 담겨있어요.

HEYMI 갱년기라는 개념이 국가별로 시대별로 다르게 사용되어 왔다는 것이 특이하네요. 여성의 역할에 대한 사회적 인식에 따라 갱년기를 바라보는 시각도 다르게 바뀌는 것이 아닌가 싶어요. 남성 중심적 사회에서 갱년기는 여성의 생식기능이나 성적매력 측면에서 논의된 측면이 있었던 것 같고 근대사회에서는 갱년기를 성숙에서 노년기로 접어드는 시기로 규정하다 보니 '노년이 시작되는 갱년기'로 바라보게 되겠죠.

지금을 살아가는 우리 세대에게 갱년기는 어떤 의미인지 고민하게 되네요. 저는 개인적으로 우리 사회가 중년 세대에 대한 존중이 부족하고 중년 세대의 가치를 평가절하하는 경향이 있는데 이런 것들이 갱년기에 대한 부정적 인식을 더 강화한 것은 아닌가 싶기도 해요.

한국 사회가 많은 것들을 '효용성' 차원에서 가치판단을 하니까 중년 여성과 갱년기에 대해 '폐경 이후의 여성', '은퇴 이후 세대', '엄마의 역할이 끝난 여성' 등등 여러모로 생산적이지 않은 여성의 시기로 바라본 것은 아닐까 싶기도 해요.

DOHEE 여러모로 복잡한 생각이 드네요. 인간의 수명이 두 배로 늘어난 지금, 폐경을 노화의 흐름으로 해석하는 게 맞는지도 의문이 들었어요. 인간수명이 평균적으로 60대였던 196-70년도에는 그렇게 해석할 수 있었겠지만, 30년의 수명이 덤으로 주어진 지금은 조금 다르게 바라봐야 할 시점이라고 생각해요. 폐경이 오더라도 지금의 4~50대를 예전의 나이로 바라보기에는 외모와 가치관, 삶의 방식이 많이 달라졌다고 생각하거든요. 이 시기에 겪는 신체적 증상을 모두 노화라는 프레임에 가두는 순간 삶도 그렇게 바라보게 될 것 같았거든요. 제가 갱년기를 두려워했던 것도 갱년기가 오면 노화된 채로 살아야 하느냐는 고정된 사고 때문이었어요.

그래서 혼자 또 상상을 시작했죠. 노화의 구분에서 벗어나 인간의 삶은 두 가지 섹션의 흐름을 반복한다. '주 호르몬과 함께 하는 시기 VS 주 호르몬으로부터 자유로운 시기' 의학적으로 말도 안 되는 구분이겠지만요.

아니면 단순히 갱년기를 노화나 여성성의 관점에서만 해석하기보다는 인간이 살아오는 여러 시기 중 '3번째, change, 변화'의 전환기적 측면에서 보는 건 어떨까 하고요. 혹은 남녀 공통적인 호르몬의 변화 시기로 노화의 관점이 아닌 생물학적 변화 시기로 담백하게 정의하는 건 어떨까요?

HEYMI 도희 님 말씀처럼 수명이 길어져서 이제는 중년이 예전의 노년이 아니고, 요즘 노년도 예전의 노년이 아닌 사회가 되었으니까 갱년기와 노화는 유의미하지만, 갱년기가 노년으로 진입한다는 해석은 시대 흐름에 적합한 것 같지는 않아요. 게다가 노화라는 것도 쇠락의 의미로도 볼 수 있지만, 성숙의 의미로 받아들일 수도 있고 어떻게 바라보고자 하는 관점에 따라 갱년기는 다양하게 해석될 수 있는 여지가 있다고 봐요.

우리 시대에 맞는
새로운 해석이 필요해

JIIN   '갱년기' 단어 자체의 문제이기보다는 시대와 환경이 변하면서 이 단어를 해석하고 의미를 부여하는 관점이 어떻게 바뀌어야 하는가의 문제라고 생각해요. 갱년기라는 단어가 처음 사용된 이후, 사회 속에서 붙여진 여러 함의와 이미지가 있는데 이 부분이 변해야 하고 우리 시대에 맞는 개념 해석과 정의가 필요한 거라는 생각이 들어요.

어학 사전이나 백과사전의 틀을 벗어나서 사회 또는 우리 세대가 같이 갱년기를 재해석하는 새로운 오픈 사전이 필요하다고나 할까요.

HEYMI   기존 갱년기의 부정적 이미지 외에도(부정적인 것도 사회적으로 형성된 것이니까 무조건 배척할 수는 없을 것 같아요) 요즘 시대에 맞는 다양한 모색을 담아낼 수 있는 새로운 정의가 있으면 좋겠다는 생각이 들었어요. 요즘 저는 갱년기가 사람들을 변화하게 하는 기회가 될 수도 있겠다는 생각이 들어요.

억지로 긍정적인 의미를 붙이는 것이 아니라 그냥 있는 그대로 요즘 갱년기에 대한 당사자들의 인식이나 현상을 담아내기라도 한다면, 그것 자체로도 갱년기를 새롭게 조명할 수 있을 것 같아요. 갱년기라는 프레임이 좋고 나쁨과 옳고 그름의 이슈는 아니니까요.

제가 찾아본 갱년기는 영어 단어로 Menopause 혹은 Climacteric과 혼용해서 사용하는데 전자는 생리가 멈춘다는 것에 방점이 있고 후자는 어원이 Climax에서 시작되었는데 정점을 찍고(젊음의 정점이라고 칩시다) 인생의 완숙기로 전환한다는 의미로 알고 있어요. 저는 두 가지 모두 갱년기가 담고 있는 의미라고 보는데 무엇보다 '폐경'이 주는 의미를 읽어내는 것이 중요하다고 봐요.

인생의 전환기는 중년이라는 시기가 아니어도 생애주기별로 보면 언제든지 올 수 있는 것인데 '폐경 이후 인생의 전환기'는 조금 더 묵직하게 다가오는 것 같아요.

JIIN   방금 말씀하신 내용 중, 인생의 전환기는 갱년기가 아니어도 언제든지 올 수 있다는 것이 갱년기를 조명하는 또 하나의 포인트라고 생각해요.

앞에서 사춘기의 일반화를 얘기했었는데, 갱년기도 생리적 변화는 폐경이라는 공통 과정이 있지만, 신체적, 심리적, 사회적 변화는 개인별로 굉장히 다양하죠. 즉 모든 사람이 갱년기에 인생의 전환기라고 느낄 만큼의 변화를 맞이하는 건 아닐 수도 있고, 인생의 전환기라고 강요하는 것도 부적절하다는 생각이 들어요. 앞에서 우리가 개인의 서사와 다양성을 얘기했듯이, 갱년기의 의미 역시 좀 더 융통성 있는 관점과 해석이 필요하다는 생각입니다.

DOHEE 갱년기의 의미를 좀 더 융통성 있게 봐야 한다는 지인 님 말씀에 동감입니다. 모든 사람이 다 갱년기에 인생의 전환점을 경험하는 것은 아닐 거예요.

다만 그 어느 시기보다 신체적 변화에 따른 정신적 파장도 클 수 있다 보니 전환기로서의 의미는 있다고 봐요. 제가 이 책을 통해서 이야기하고 싶었던 것은, 중요한 전환의 시기에 갱년기에 대한 전형적 틀에 갇히지 않고, 좀 더 변화된 시각을 부여하자는 것이었죠. 우리가 너무 익숙하게 받아들이는 것들에 의문점을 갖거나, 변화된 시각을 부여한다면, 다음 세대의 시작점은 또 달라지지 않을까 하는 바람을 얹어봅니다.

HEYMI 저 역시 일반적인 측면에서 갱년기라는 전환기가 다른 어떤 생애주기보다 변화가 많다는 생각은 들어요. 몸과 마음이 동시에 변곡점을 맞이할 가능성이 높고, 개인을 둘러싼 환경과 역할들도 변화가 많은데 여러모로 그 교차지점이 중년의 갱년기라는 생각이 들거든요. 인생의 중요한 터닝 포인트인 갱년기에 사람들이 어떻게 변화되는지, 어떤 에너지로 움직이거나 바뀌게 되는지, 있는 그대로 조명하는 것만으로 의미가 있지 않겠냐는 생각을 하거든요. 사실 갱년기에 진입하면서 사람들은 신체 건강에 새로운 관심을 기울이거나 건강관리를 적극적으로 시작하기도 하잖아요. 신체뿐만 아니라 자신의 마음을 들여다보고자 노력하기도 하고, 자신의 발전을 위해 새로운 모색도 시도하고요. 갱년기 진입을 앞두거나 갱년기에 직면해서 에너제틱하게 움직이는 사람들이 존재하는데 그런 모습과 시도는 시대가 달라졌다는 것을 보여주는 것 같아요. 아니, 사람들이 달라졌다는 것이 맞겠네요.

DOHEE 동감입니다. 시대와 사람은 계속 진화 중이죠. 저 역시 동양권에 살다 보니 제가 의식하지 못하는 '여성의 몸과 역할에 국한된 어떤 잠재된 고정관념'이 있을 것으로 생각하는데 이제 저 자신도 '여성의 몸, 폐경'에서 벗어날 때가 되었다고 생각해요. 단순히 몸의 변화, 증상적 관점에서 벗어나 인간의 보편적 생애주기 중 어느 한 시기에 초점을 맞추어 보면 어떨까요. '갱'이라는 한자가 원래 전하고자 했던 '변화, 전환, 성장, 새로움' 등 좀 더 포괄적이고 광범위한 의미를 담을 수 있다면 우리 세대가 겪는 몸과 마음의 '또 다른 change' 시기로 의미 있게 바라볼 수 있을 것 같아요.

JIIN 좀 극단적인 방법으로는 갱년기는 폐경으로만 정의 내려 버리고, 지금 우리가 논의하는 넓은 의미의 갱년기에는 다른 이름을 붙여줄 수도 있지 않을까요? 이미 갱년기라는 단어는 폐경과 직접 연결되어 있고 사회적으로 부정적 이미지가 굳어져 있어서 이를 바꾸는 건 쉽지 않으니까요. 아예 분리해서, 폐경은 폐경, 광의의 갱년기는 다른 이름으로 명명하고 새로운 정의와 해석을 새로운 그릇에 담는 거죠. 기존의 의미를 변화시키고 확장하는 것도 방법이지만 아예 논의의 틀을 바꿔버리면 어떨까요?

HEYMI 우리가 예전에 기르던 동물들을 '애완동물'이라고 했지만, 요즘엔 '반려동물'이라고 단어를 아예 바꿨잖아요. 단어를 바꾼다는 것은 시대가 요구하는 무언가가 달라졌기 때문이죠. '애완동물'이라는 단어가 주인이 좋아서 기르는 '사람 중심적인' 단어였다면 '반려동물'은 함께 사는 동물의 권리와 입양인의 책임에 대해 고민해야 하고 행동해야 하는 사회적 과제를 담은 단어예요. 갱년기에 대해서도 어디까지 가능할지 모르겠지만 갱년기에 대한 기존 인식을 깨줄 수 있는 새로운 모색은 필요하다고 봐요.

JIIN 닭이 먼저냐, 달걀이 먼저냐의 문제일 수도 있지만, '애완동물'이라는 단어를 계속 사용했다면 지금과 같은 생각의 변화가 자리 잡기까지는 더 오랜 시간이 필요했을 거예요. 단어를 바꾸면서 사회적 의미를 새롭게 규정한 거잖아요. 그런 측면으로 갱년기라는 단어의 변화도 접근해 볼 수 있지 않을까요? 갱년기를 폐경, 노년기, 지랄맞음 같은 카테고리에서 change와 같은 좀 더 긍정적이고 넓은 관점으로 확장하려면 크고 작은 계기들이 필요하고, 새로운 단어의 등장은 작은 실마리가 될 수도 있지 않을까요?

DOHEE 반려동물처럼 사회적 합의를 통해 탄생한 단어들은 사람의 생각과 가치관을 이끄는 힘이 있죠. 많은 사람의 의식을 전환해주고, 존재 간 평등한 시선으로 바라볼 수 있게 기여해왔고요. 그런 단어가 태어날 수 있는 개인과 사회의 성숙한 토양은 이미 형성되고 있다고 봐요.
그런 의미에서 감히 갱년기에 새롭고 확장된 이미지를 부여하는 것도 가능하지 않을까요?

HEYMI 네 맞아요. 저도 갱년기를 자연스럽게 나이 들어가는 과정으로만 가치 중립적으로 바라보고 싶고, 세대의 변화에 따라 추가적인 의미들이 붙으면 좋을 것 같아요.

하지만 기존의 단어를 새롭게 바꾸려면 합의되는 방향이 있어야 하는데 아직 갱년기에 대해서는 그런 새로운 방향성에 대한 논의가 충분히 이루어지지 못해서 누군가가 선제적으로 새로운 단어와 의미를 이야기한다 해도 사회적으로 합의되는 데까지 시간이 필요하거나 오히려 더 혼란스러울 수도 있지 않을까 싶기도 해요. 우선은 갱년기에 대한 관심과 고민이 모이면 좋겠다는 생각이 들고 거기에서부터 새로운 갱년기 논의가 시작될 수 있을 것 같아요.

JIIN 물론 다수의 관심과 논의가 우선되어야 새로운 정의가 가능하겠죠. 저도 충분히 공감하고요.

최근 갱년기에 대한 언급이 많아지고 있는데, 대부분은 요즘 트렌드인 건강과 연결된 지점에서만 관심을 받는 것 같아요. 갱년기가 아직은 지극히 개인적 시점에 머물러 있지만, 관심이 쌓이다 보면 광의의 건강한 논의들이 덧붙여지겠죠.

HEYMI 갱년기라는 시기가 몸과 마음이 동시에 변하니까 복잡한 양상이 펼쳐지는 것 같아요. 복잡하니까 논의하기도 복잡해지고요. 갱년기 호르몬의 변화에 따른 심신의 변화양상을 일차적인 생리적 갱년기로 보고, 갱년기와 맞물리는 중년 세대의 심리적 불안이나 새로운 자아 찾기 등은 이차적인 갱년기로 본다거나… 뭔가 재분류를 하고 정리를 하면 논의하기가 조금은 용이하지 않을까 싶기도 해요.

DOHEE 아니면, 갱년기를 신체의 변화지점에 따라 바라보는 건 어떨까요? 호르몬 변화가 급격해지고, 폐경 진단을 받는 시기가 오기까지 수동적으로 기다리기보다는 '증후군'이 시작되는 40대 초반은 갱년기 시작점인 'pre-갱년기'로 보는 거죠. 'pre 갱년기=갱년기 초입, 폐경은 아니지만, 유사 증상이 시작될 수 있으며 몸의 변화를 감지하기 시작하는 시기, 몸으로 신호가 오는 순간 우리 삶의 전환기임을 자각하고 본격적인 갱년기 준비를 시작한다'로 보면 어떨까요? 사실 이렇게 제멋대로 이름을 붙인 건 50을 잘 맞이하고자 하는 목표를 갖고, 40대부터 나름 능동적으로 준비해왔던 시기적 의미가 있었거든요. 제게는 나름대로 '주변에서 쉽지 않다고 하는 갱년기를 나만큼은 연착륙해보자'라는 각오를 다진 시기였답니다.

JIIN 저는 솔직히 좀 과격할지 모르겠지만 갱년기라는 개념 자체를 없애 버려야 하는 건 아닐까도 생각해요. 우리 스스로 '갱년기'라는 단어에 뭔가 대단한 시기인 듯 틀을 만들고, 부정적 의미를 부여하고 가둬 놓으니까 이런 단편적 정의와 생각들이 계속 사회화되고 있다는 생각이 들어요. 갱년기라는 시기의 정의, 단어가 없다고 생각해 보면 그냥 자연스럽게 나이 들어가는 과정 중 하나, 조금 더 명확하게 드러나는 나이 듦의 현상일 수도 있는 거잖아요.

DOHEE 지인 님 말씀처럼 갱년기라는 기존 단어로는 새로운 의미 전환이 어렵다면 과감히 단어 자체를 없애는 것도 저는 환영이에요. 폐경, 호르몬 변화 등 신체적 증상만 발라내고, 그 시기를 지나는 새로운 풍경을 담은 가치 중립적 언어로 대체될 수 있다면 더 좋겠어요.

그것이 가능하게 하려면 앞서 이야기한 대로 사회적인 합의가 있어야 하겠지요. 사회적 합의 역시 결국 개인의 다양한 노력과 시도가 모여 하나의 흐름으로 그 존재감을 드러낼 때 시작될 거구요. 기존 스테레오 타입의 갱년기 스토리에서 벗어나 100인 100색의 다채로운 스토리들이 펼쳐지고, 세대를 초월해 그 변화를 공감하고 따라 하고 싶어질 때 누군가에 의해 자연스럽게 새로운 네이밍이 제안

되지 않을까요?

JIIN 갱년기에 대한 인식이 단순히 단어 선택으로 변화될 문제
는 아님을 잘 알고 있지만, 이름, 명명이 주는 힘은 굉장히
강하다고 생각해서 드린 말씀이었어요.
또 한편으로는 영향력 있는 오피니언 리더의 발의가 점화
역할을 해 주면 좋겠다는 생각도 들어요. 분명히 저희와
같은 생각을 하고 고민하는 분들도 많을 것 같은데요. 사
회적으로 함께 갱년기에 대한 재해석을 논의할 수 있는 분
위기가 형성되면 좋을 것 같아요.

_ZOOM에서 **나눈** 네 번째 수다

당신에게 '갱년기'는
어떤 의미인가요?

그 단어에 별다른 느낌이 없어요. 저는 갱년기보다는 노화가 더 크게 와닿아요. 갱년기는 노화의 한 현상 정도의 의미인 거죠.
_72년생 프리랜서 M 씨

멀지 않은 시기에 오겠다고 생각해요. 그런데 여전히 막연하고 막막한 느낌이 있어요. 그러면서도 사춘기보다는 무섭고 컨트롤하기 어려운 이미지가 떠오르기도 해요.
이 시기에 나는 나 자신의 삶을 다시 리셋해야 할 것도 같아요.
_72년생 전업주부 C 씨

허물어지는 나이라는 생각이 들어요. 여성에서 노인으로 변화하는 변태기. _72년생 회사원 A 씨

신체적으로는 폐경이 있고, 호르몬 변화가 있는 시기이죠. 사회적 지위의 변화에 따른 자아 고민과 성장의 시기가 아닐까… 그러나 모든 것은 과정인데, 신체적으로 명확한 변화가 있는 폐경이 더 명료한 것 같아요.
그 외 심리적 부분은 나이 드는 과정인데, 특별히 어떤 시기 및 단어로 규정하는 것은 마치 중2병이라고 규정함으로써 개인차와 성장의 질감이 다른 것을 일반화하는 경향성이 생겨 다른 친구들과 동일한 행동 패턴을 보이도록 사회적으로 확정하는 것

이 아닌가 싶어요.

변화의 시기인 것은 맞으나 변화는 인생 전체를 보면 늘 필요하고 게다가 요즘처럼 사회, 환경적 변화가 큰 경우에는 20, 30대들도 늘 '갱년'해야 할 텐데, 너무 40, 50대 아줌마들의 감정 변화에만 초점이 맞춰지는 것 같아 갱년기란 단어가 마음에 들지 않아요.

신체적으로는 폐경이 있고, 갱년기라는 단어보다 '나 그냥 신체적으로 폐경했어'가 더 적절하다고 생각해요.

_70년생 회사원 B 씨

사춘기와 갱년기 사이에 자잘한 긴장이 대형전쟁으로 번질까 아슬아슬한 시기이기도 해요.

어느 날은 내 삶이 너무 완벽하다고 감사했다가, 어느 순간에 세상 제일 불쌍한 늙은 아줌마가 되기도 해서, 만족도가 시시각각 극단적으로 변하는 느낌이에요.

_72년생 전업주부 C 씨

처음에는 자연스럽게 찾아온 손님이라고는 생각도 못 했어요. 여름에 찾아온 귀찮은 손님 같았거든요.

지금 저에게 갱년기는 지나온 삶을 돌아보게 하고 앞으로의 시간을 어떻게 살아야 할지 질문을 던지는 친구입니다.

_72년생 회사원 A 씨

거울을 보면서 늙어가는 모습에 가끔은 벅차게 슬픔이 다가오기도 하지만, 시간의 흐름은 누구에게나 똑같을 거란 사실을 마음 편히 받아들여야겠다는 생각이에요.

모두가 동일한 여자인 것 같아서, 늙어가는 게 한편 편해지기도 하네요. _74년생 전업주부 C 씨

늙어가는 과정의 한 부분으로, 노년을 준비하는 시기이죠.
_72년생 프리랜서 M 씨

성 정체성이 바뀌는 시기라고 생각해요. 또 다른 나로 태어나는 느낌을 주니까. _74년생 전업주부 B 씨

자연스러운 일이라고 생각하면서도, 한편으로는 맘이 참으로 헛헛해지는 건 왜일까요? _72년생 프리랜서 P 씨

나의 삶에서 처음으로 나답게 사는 것에 대한 진지한 고민과 그 동안 그것을 찾지 못해 헤매며 누군가에게 필요한 역할 속에서 자신을 찾았던, 지난 삶에 대한 애도의 시기라고 말하고 싶어요. 정신적 고통을 받아들이고 자유로워지니까 신체적 증상(예를 들면 불면증) 등은 편안하게 받아들여졌어요. _70년생 프리랜서 A 씨

사회적, 가정적, 개인적 전환기라고 생각해요.
_70년생 회사원 K 씨

당신은
'폐경'이 익숙한가요?
'완경'이 익숙한가요?
언젠가 경험하게 될 폐경,
당신에게 생리가 주는 의미
그리고 생리가 멈춘다는 것은
어떤 의미인가요?
'완경' 이라는 단어를 통해
변화하는 우리의 생각을
읽어봤어요.

폐경 VS 완경,
그 차이를
아시나요?

머리로는 완경
입으로는 폐경

DOHEE 여러분들과 이야기하는 이 순간에도 머리로는 완경이라 의식하면서도, 입에서는 자연스럽게 폐경이란 단어가 튀어나오네요. 두 단어가 혼재되어있음을 느끼게 되는데요. 여러분들에게는 어떤 표현이 더 자연스러우신가요?

JIIN 도희 님처럼 저도 폐경이 익숙해요. 실제 맞춤법검사기에서도 완경으로 적으면 폐경으로 교정 안내하고 있기도 하고요.

DOHEE 완경이라 바꿔 부르자는 캠페인을 인지한 지 꽤 되었는데도, 오랜 시간 무심하게 써왔던 폐경이란 단어가 익숙해요. 의식하면 완경이라 표현하다가도, 습관적으로는 폐경이란 단어가 자연스럽게 튀어나오고 있어요.

HEYMI 저도 마찬가지예요. 완경이라는 단어 사용의 취지를 알고 있음에도 고착화된 단어를 바꾸기가 쉽지 않네요.

DOHEE 완경이란 단어가 우리 사회에 최초로 쓰였던 것은 90년대 중반이었대요. 단어가 소개된 지 30년이 다 되어감에도 불구하고 마치 최근에 알게 된 듯한 느낌이 있어요. 제 주변의 많은 분이 오랜 기간 익숙했던 단어와 쓰여지기를 희망하는 단어 사이를 여전히 오가고 계시죠.

최근에 '폐경과 완경' 단어를 검색해보니, 폐경은 신체적 증상 위주로 제시되는 반면, 완경은 여성의 의식변화를 기대하는 캠페인과 연관된 내용이 주를 이루고 있더군요.

JIIN '완경'에 대한 오픈 사전과 기획 기사 내용을 가져와 봤어요. 완경의 의미와 배경에 대해 이해하기 쉽게 정리된 것 같아요. '완경' 단어가 처음 사용된 지 30년, 그리고 아랫글들이 2016년, 2018년 작성된 것을 보면, 하나의 사회화된 단어를 새롭게 정의하고 그 안에 담긴 의미를 변화시키는 것이 얼마나 어려운 일인지 새삼 느끼게 되네요.

한국인들은 여성이 마치 아이를 낳기 위해 사는 것으로 이해하는 잘못된 인식 때문에 '월경이 닫혔다'며 '폐경'이라는 말을 써왔다. 그러나 월경이 끝난 것을 여성의 상징성 상실로 생각해서는 안 된다. 오히려 월경이 끝난다는 것은 더는 아기를 낳지 않겠다는 몸의 자연스러운 변화이며, 드디어 월경에서 해방된 여성의 삶을 뜻한다. 이러한 점에서 완

경이라는 말은 월경이 완성되었다는 의미이다. 1990년대의 사회가 받아들이지 않았던 단어 완경. 여성에 대한 인식이 개선되고 여권이 눈에 띄게 신장한 2016년인 지금, 폐경에서 완경으로의 언어 순화는 보다 나은 인식을 형성할 것으로 보인다. _네이버 국어 오픈사전

언어는 그 자체로 의미를 규정하거나 특정한 관념을 갖게 하는 효과가 있다. '폐경'이라는 말이 여자로서의 생이 끝난 것 같은 느낌을 갖게 하는 반면, '완경'이라고 하면 임무를 완전하게 마무리했다는 느낌, 뭔가 새로운 일을 시작해야 할 것 같은 마음을 갖게 만든다. 이유명호 선생에 따르면 완경(完經)은 여성이 재생산의 임무를 잘 마치고 자기의 삶을 준비하는 출발점이다. 재생산의 임무와 양육의 임무를 잘 마쳤으니 이제 한 사람으로 자기의 생을 개척하고 살아갈 수 있는 시간이 완경 이후인 셈이다. 닫는다, 버린다는 의미의 '폐경'이라는 말은 여성으로서의 정체성 종말을 강조하는 듯하다. 마치 여성은 재생산을 할 때만 여성으로서의 정체성을 인정하는 것처럼 생각하게 만든다. 반면, 완경(完經)이라는 말은 한 과정을 잘 완성했다는 느낌이 든다. 더 넓은 사회로 발을 내딛거나 더 높은 곳을 향한 도약의 디딤돌이 되듯이 말이다. 우리가 언어를 골라 사용해야 하는 이유다.
_오마이뉴스, ("폐경"이 아닌 "완경"이라고 불러야 하는 이유. 18.12.24)

HEYMI 단어 하나를 바꾼다는 움직임의 뒤에는 사고와 생각의 전

환이 필요한 일이고, 다수가 함께 동의하고 움직여야 이루어질 수 있는 일이니까 사회적 관심과 동의 그리고 정착을 위한 시간이 필요한 것 같아요.

아직 현실적으로는 폐경이라는 단어를 습관처럼 사용하고 있는데 그것 자체가 갱년기 논의가 어느 지점에 와 있는지 보여주는 지표가 되지 않나 싶기도 하고요.

폐경, 우리에겐 아직
여성성의 상실?

DOHEE 맞아요. 폐경을 완경으로 바꿔 부르려는 노력 뒤에는 여성의 서사를 다르게 해석하려는 의지가 반영되었다고 봐요. 폐경이란 단어는 말 그대로 생물학적 변화를 표현한 것인데, 우리는 '폐'라는 단어에 관습적인 의미를 부여하고 있죠. 솔직히 갱년기를 새롭게 바라보고 싶다는 목표를 두었을 때만 해도 폐경이 오면 쿨하게 반응해야지 했어요. 말로는 '뭐 어때' 했지만, 어느 날 저 역시 폐경을 여성성의 상실과 두려움으로 바라보고 있었다는 것을 깨닫게 되었죠. 인정하고 싶지 않지만 그랬어요. 그것도 넷플릭스에서 『빨간 머리 앤』을 정주행하다가요. 생리를 시작한 앤과 친구들의 대화 장면을 보다가 문득 초경을 시작했던 10대 때 제 모습이 떠올랐어요. 오랜 기간 의식하지 않고 살았는데 생리를 멈출 때가 되어서야 제 초경이 생각나더군요. 그러면서 첫 생리의 경험이 폐경에 대한 저의 사고와 관점에 얼마나 오랫동안 영향을 주었는지 깨닫게 되었어요.

HEYMI 생리에 대한 최초의 인식이 폐경에 대한 사고와 관점에 영향을 주었다는 점이 인상적이네요. 구체적으로 어떤 인식이었나요?

DOHEE 제가 생리를 시작했을 때, 엄마는 저에게 이제 자식을 낳을 수 있는 진짜 여자가 되었다는 것과 고생길이 열렸다는 것, 그리고 어른이 되었으니 동생과 싸우지 말라는 당부를 하셨죠. 축하보다는 측은한 느낌으로 초경을 시작한 딸을 대하셨어요.
지금 생각해보니 고작 10대 초반인 딸에게 진짜 여자와 어른이라는 역할 부여는 참 부담스러웠을 것 같아요. 생리를 안 하면 가짜 여자냐고 지금 같으면 항의라도 했을 만도 한데 그때는 그게 사실이라고 믿었죠. 제가 초경을 시작했던 80년대만 해도 생리는 축하 받을 일이 아니었거든요. 숨기듯 시작해야 했고, 뭔가 부끄러웠죠.

마치 생리를 해야 진짜 여자로 인정받을 수 있다고 받아들였던 것 같아요. 첫 생리에 대한 최초인식이 폐경에 대한 제 인식에 영향을 주었겠다는 생각이 들어요.

HEYMI　도희 님 이야기를 듣고 생각해보니 저도 생리를 시작하면서 엄마가 계속 몸조심해야 한다고 강조하셨어요.

생리가 주는 임신 가능성에 대해서 '조심'과 '경계'가 시작된 건데 생리를 인간의 자유로운 생리적 현상으로 받아들이기 전에 여자로서의 몸가짐을 먼저 교육받은 거죠. 그래서 어릴 때는 생리가 빨리 멈추기를 바랐던 것 같아요. 생리가 일종의 구속이었으니까요. 신체적으로 불편하기도 했고요. 생리에 대해 부정적인 인식들만 가득하니까 생리를 몸속의 순기능으로 봐야 하는 기초적인 지식까지 오랜 기간 망각하고 살았던 것 같아요.

JIIN　엄마로부터 저도 비슷한 얘기를 들었을 것 같은데 기억에 없는 걸 보면 별다른 영향을 미친 것 같지는 않아요.

다만 어느 날 시작된 생리는 낯설고 불편한데, 그 당시 우리 집 형편상 편하게 위생 관리하기가 쉽지 않아서 여러 모로 예민했었던 기억이 나요. 불편하기만 했던 생리에 대한 추억들이 폐경을 대하는 제 생각과 태도에 영향을 주었을지도 모르겠네요.

30대 후반부터 폐경은 저에게 일종의 '자유' 같은 느낌이거든요. 솔직히 30대 중반까지는 폐경에 대해 전혀 생각할 나이가 아니었으니 깊게 접근해 본 적이 없었고, 30대 후반에 접어들며 결혼과 출산에 대한 가능성을 전혀 고려하지 않다 보니, 폐경이 그다지 부정적이거나 부담스럽지 않았어요. 지금은 그저 자연스러운 과정 중 하나라고 생각하고요.

생리가 제 정체성이나 여성성에 영향을 미치는 요소가 아니라고 생각하기 때문에 오히려 빨리 끝내고 편해지고 싶은 것 같아요. 심리적이든 신체적이든 제 생활 반경에 자유도가 조금 더 높아질 거라는 생각이 지배적이죠.

HEYMI 지인 님은 생리 스트레스가 심하셨나요?

JIIN 아뇨. 생리 스트레스가 심했다기보다는 귀찮았다는 표현이 더 맞을 거 같아요. 특히 최근에 폐경이 가까워지면서 생리가 앞뒤로 찔끔찔끔 계속된다거나 없던 생리통이나 생리 전 증후군이 심해지는 증상들이 생기니까 더 신경 쓰게 되고 차라리 빨리 끝났으면 좋겠다는 생각이 계속되는 것 같아요.

이렇게 얘기하니, 40년 가까이 동고동락한 친구인 셈인데, 너무 냉정한 것 같기도 하네요. 아마 저 역시 출산과 여성성이라는 프레임 안에서 생리를 바라보고 있고 그 프레임이 개인적으로는 의미가 없다 보니 더 냉정해질 수 있는 것 같기도 해요.

삶의 질과 연결된 생리, 생리의 의미는 무엇일까?

DOHEE 제게 생리는 삶의 규칙성을 확인해주는 일종의 '알람'이었어요. 생리 주기가 워낙 일정해서 더 그랬던 것 같아요. '매달 정해진 날짜에 규칙적으로 찾아오는 건 내 몸속이 건강하게 잘 있다는 증거다'라는 사인으로 받아들이며 살아왔죠. 폐경이 시작되면 오랫동안 익숙하게 해왔던 건강 체크를 무엇으로 대체할 수 있을지 그리고 폐경 후 몸이 불안정해진다는 이야기를 많이 들었던 터라 걱정도 있죠. 그런데 생각을 바꿔보면 생리가 아니더라도 건강을 확인할 수 있는 어떤 대안들이 또 찾아질 것이고, 아프면 아픈 대로 몸을 더 보듬을 수도 있겠다는 마음도 생겨요. 한편으로는 일상에서 제외되었던 불편했던 며칠이 평안해지면서 한 달이란 시간 내내 진정한 자유를 맞이할 수 있다는 기대감도 들고요.

이렇게 이야기하다 보니 폐경이 와도 제 몸은 많은 관심과 돌봄을 받으며 새로운 질서를 찾아 나갈 수 있을 것 같은 기대감도 생겨요.

JIIN   도희 님 말씀을 듣고 보니, 저 역시 스트레스를 받으면 생리를 한 달에 두 번씩 했으니, 저의 건강 상태나 스트레스 상태를 알려주는 바로미터 역할을 해 준 셈이네요. 그런데 저는 이런 점이 오히려 불안감을 키웠던 것 같기도 해요. 편안하게 휴식을 취하면 나아짐에도 불구하고 제 몸에서 한 달에 혈액이 2번 쏟아진다는 건, 건강에 무심한 저에게도 차원이 좀 다르게 느껴졌거든요.

HEYMI   생리는 오랜 스트레스였어요. 잠도 제대로 못 자고 약속 날도 생리 일정을 고려해서 잡아야 할 정도였죠. 과다 생리 때문에 빈혈이 심해서 피임약을 복용하게 되었고, 그러면서 생리의 물리적 불편함은 어느 정도 해소되었어요. 피임약 덕분에 생리가 더이상 불편하지 않게 되었고, 또 건강에 관심을 두게 되면서 생리에 대한 생각이 달라졌어요. 그전에는 생리의 역할이나 의미에 대해서 생각해본 적도 없었죠. 무조건 싫었으니까요. 하지만 생리를 한다는 것은, 몸속에서 여성 호르몬이 잘 작동하고 있다는 신호니까 생리가 멈춘다는 의미는, 이제 여성호르몬 없이 살아가야 하는 몸으로 재편되는 시기에 접어들었다는 것이죠. 여성에게 생리는 매우 중요한 신체적 활동이고, 소중한 기능이라는 사실을 뒤늦게 깨달은 거죠.

JIIN   혜미 님은 생리 스트레스가 크셨군요.

피임약을 언급해 주셔서, 약간 다른 얘기를 해보자면, 생리와 연결된 부정적 포인트 중의 하나가 피임약인 것 같아요. 제 또래는 피임약에 대한 부작용 때문인지 부정적 인식이 꽤 강했죠. 우리나라 성문화를 보면 대부분의 피임은 여자들의 몫이었잖아요.

이런 사회적 인식들이 생리와 맞물려 엉켜 있다는 생각이 들어요. 실제 피임약이 얼마나 발전했는지에 대해서도 정보가 많지 않은 것 같고요. 저도 20대 해외여행 때 두어 번 복용한 후로는 사용한 적이 없어요. 불편했던 기억이 남아 있거든요.

여하튼, 피임약이 실제 생리 생활을 편하게 하는 데 도움을 줄 수 있다는 관점이 저에게는 굉장히 새롭네요.

실제 피임약을 오래 복용하신 결과, 신체적으로 무리는 없으신가요?

HEYMI 일단 경구피임약은 체내에 흡수되는 것이니까 무리가 없을 것 같지는 않아요. 약 설명서를 읽어보면 부작용이 빼곡하게 나열되어 있는데 자세히 읽다 보면 두렵기도 하거든요. 저는 맹장 수술받으러 갔다가 의사가 빈혈 수치를 보고는 치료해야 한다고 권유하셨어요. 빈혈의 원인을 여러모로 검사했는데 과다 생리가 원인으로 의심되었기 때문에 피임약 복용을 시작했어요.

피임약 복용 후에는 산부인과를 다니면서 약 부작용을 지속적으로 추적했어요. 피검사를 통해 간에 무리가 없는지를 살폈고 일정기간 약의 부작용 반응도 확인했어요. 경구피임약 복용 시 초기에 오히려 과다출혈이 발생할 수도 있다고 하는데 약이 몸에 적응하는 기간이 필요하기 때문이라고 들었어요. 저도 대략 4개월 정도 부정기 출혈이 있었어요. 피임약을 무조건 옹호하지는 않지만 그렇다고 부정적인 선입견으로 복용에 대해 과도하게 걱정할 필요는 없는 것 같아요. 생리 때문에 생활이 너무 불편하다거나 저처럼 빈혈의 원인이 생리 때문이라면 전문의랑 상담하면서 적절한 솔루션을 찾으려는 노력은 필요하다고 봐요.

DOHEE 생리나 피임약이 여성의 삶과도 관련 있다는 새로운 시각이 필요한 것 같아요.

삶의 질은 무엇과도 바꿀 수 없을 만큼 중요하죠. 삶의 질을 유지하는 관점에서는 옳고 그름의 객관적 기준은 없다고 봅니다. 가장 중요한 것은 '자신이 선택할 수 있다'에 있지 않을까요. 피임약 역시 각각의 장단점을 알고 있고, 그 속에서 스스로 주도적으로 선택할 수 있다면 여자이기 이전에 한 사람으로서 더 역동적인 삶을 살 수 있을 거예요. 제가 젊었을 때는 정보도 거의 없었고, 피임약은 철저히 아이를 가질 것 인가에만 초점이 맞추어져 있었지 생리양을 조절해서 삶의 질을 높여줄 수도 있고, 상황에 따라서는 생리를 하지 않는 것을 선택할 수 있다는 측면에서는 다뤄지지 않았거든요. 속설만이 들려왔고, 엄마에게 묻거나 산부인과에 가서 친절하게 상담받을 수 있는 상황이 아니었죠. 좀 더 많은 정보가 공개되어 있다면 자신의 가치관과 삶의 질 관점에서 다양한 선택을 할 수 있을 텐데요.

HEYMI 중요한 포인트라고 생각해요. 여성이 평균 40년, 약 480회 이상의 생리를 한다고 하니 생리가 삶의 퀄리티에 영향을 미칠 수밖에 없죠. 여자친구들끼리 생리 고통담을 공유하지만 어쩌면 '생리는 원래 불편하대'에서 끝나버린 자발적 수긍이 생리로부터 조금 더 편해졌으면 하는 우리의 욕구를 참게 했던 것은 아니었을까 싶기도 해요.

생리와 관련된 의학의 발전이 더디기도 했고 여성의 불편을 의학계가 외면하고 있는 건 아닌가 하는 억울한 생각도 참 많이 했던 것 같아요. 단순히 생리 양을 조절하기 위해서 무조건 피임약을 사용하는 것은 적절하지 않다고 생각해요.

다만 제가 하고 싶은 이야기는 정보를 찾는 것도 솔루션을 찾는 것도 당사자인 여성들이 움직여야 한다는 거죠. 저는 생리컵이 국내에 처음 소개되었을 때 깜짝 놀랐었어요. 다른 선택지가 있다는 게 새로웠죠. 이미 생리대만 익숙해서 탐폰조차 못 쓰지만 요즘 젊은 세대들은 생리의 불편함을 무조건 감수하지 않았으면 해요. 당연한 불편함은 없으니까요.

JIN　네, 생각해 보면 우리는 한 달 중 일주일을 불편함 속에서 생활하는 것에 대해 너무 당연하게 받아들이고 있었던 것 같아요. 제일 활발하게 활동하는 20~40대 시기에 무려 25%에 달하는 시간임에도 불구하고요. 생리통 역시 당연한 것으로 여기고 무조건 진통제만 먹었던 것 같고, 혹시나 새지 않을까 전전긍긍하기도 하면서, 여러 불편을 감수하거나 혹은 하고 싶은 것들을 포기했던 것 같아요. 한편으로는 국가가 지정한 보건 휴가를 명목에 맞게 사용하지도 못했고요. 두 분과 말씀 나누다 보니, 40년의 생리 기간을 무지와 무관심으로 일관되게 보내고 이별하는 것 같아 미안한 생각이 드네요.

DOHEE　저 역시 더 적극적으로 알아보고 선택할 수 있었을 텐데, 한쪽으로 밀어놓았던 부분이 있어 아쉬움이 큽니다. 생리를 대하는 제 태도 역시 그렇네요. 왜 마지막이 되어서야 아쉽고 잘 대우하고 싶은 마음이 드는 건지요. 최근에 유기농 생리대라는 것을 처음 써봤어요. 늦었지만 저 자신이 소중하니 가격 부담 없이 선택해도 괜찮겠다는 생각을 했던 것 같아요. 그러면서도 얼마 안 남았는데 뭘 또 이렇게까지 유난을 떠나 하는 마음도 있었어요. 이제 완경을 앞두고 있지만, 생리하는 제 몸을 더 잘 대해

주고 싶고 제 자신을 위한 최선이 무엇인지의 관점에서 선택하고 싶었나 봐요.

HEYMI **맞아요.** 저도 곧 생리대랑 굿 바이 하겠지만 딸에게는 유기농이든 뭐든 좋은 것을 사용하라고 이야기하고 있어요.

JIIN 저는 유기농 생리대를 사용한 지 7~8년 정도 된 거 같은데, 바꾸게 된 계기는 기억이 나지 않지만, 유기농 생리대라는 정보를 듣고 이왕이면 좋은 것 쓰자는 단순한 접근이었던 것 같아요. 삶의 질을 판단하는 개인 기준은 각각 다르니까 각자의 무게 중심에 따라 투자하면 되겠죠. 생리 케어보다 자신의 라이프에 영향을 미치는 다른 축이 크다면 그곳에 비용을 사용하는 것이 맞고요.

다만, 그 판단을 할 때 정보량과 정보의 질은 중요한 요소이기 때문에 생리, 성문화, 피임 같은 그동안 대중적으로 소외되었던 소재들이 양지의 정보로 조금 더 활성화되면 좋겠어요.

완경 파티가 보여주는
사회적 시선의 성장

DOHEE 생리와 관련한 다양한 양질의 정보가 공유되면 좋겠어요.
블로그나 SNS를 통해 완경 정보를 찾다보니 최근의 완경
문화가 엄마 세대가 아닌 딸 세대에 의해 더 적극적으로
전개되고 있다는 것을 알게 되었거든요. 딸이 주도적으로
엄마의 완경 문화를 지지해주고, 새로운 의미도 부여하고
있더군요. 완경 박스나 완경 파티 역시 딸이 엄마를 위로
하는 취지에서 시작되었다고 해요. 딸들이 어떻게 이런 기
특한 생각을 했을까 들여다보니, 새로운 MZ 세대들은 부
모에게서 첫 생리를 축하받고, 생리 파티를 경험했었더군
요. '생리에 대한 경험과 출발점이 달라지니까 생리를 마치
는 것에 대한 의식도 달라질 수 있겠구나!'를 깨닫는 순간
이었죠. 엄마 세대와 딸 세대가 서로 연결됨이 느껴졌어요.
이들 젊은 세대가 그녀들의 엄마와 친구처럼 완경이라는
단어와 연결되고, 긍정적인 기억을 공유하게 된다면 다음
세대의 완경 문화는 더욱 성숙한 모습일 것 같아요. 보다
긍정적이고 밝은 해석들도 가능할 것 같고요.

아직은 폐경이냐 완경이냐로 논쟁을 하고 있고, 완경이란

단어를 의식적으로 쓰고 있는 단계지만, 지금의 딸 세대들이 완경을 할 때쯤이면, 생리와의 이별에서 더 건강하고 현명한 장면들이 추가될 것 같아요.

HEYMI 우리 딸의 세대는 갱년기를 대할 때 엄마 세대보다는 더 유연하고 담대했으면 좋겠고 그럴 것 같아요.

저랑 딸은 30년의 나이 차이가 나는데 그때쯤이면 갱년기에 대해 두렵고 부정적인 인식이 어느 정도는 감소할 것 같고, 갱년기와 관련된 의학적 관심과 중요도가 높아질 테니까 의료서비스도 더 적절하게 받을 수 있겠죠. 아니면 도희 님 이야기처럼 벌써 생각이 다른 세대들이 움직이고 있으니까 조금 더 빠르게 인식들이 변할 것 같기는 해요.

DOHEE 사실 생리와 완경에 대한 생각은 우리 부모 세대보다는 요즘 젊은 친구들에게 더 듣고 싶고, 배우고 싶어요. 여성으로서 생리가 힘든 것은 세대와 상관없이 누구나 다 공감할 수 있는 부분이지만, 생리의 시작을 축하 파티로 경험한 세대이기에 좀 더 새롭고 주체적인 시각을 가지고 있지 않을까 기대도 되고요. 엄마의 손을 잡고 완경 문화를 이끌어 가는 그들의 성숙함에 마음이 따뜻해졌거든요.

저 역시 아이에게 파티해주었던 기억이 납니다. 어른이 되었으니 성숙해져야 한다는 도덕적 조언은 하지 않았어요. 그저 아이 몸에 나타나는 낯설고 새로운 변화에 친근해질 수 있도록 즐거운 첫 기억을 만들어주고 싶었던 것 같아요. 우리가 어린 세대에게 해주었던 새로운 경험이 토양이 되어 결국 우리 세대의 문화를 바꿔주는 선순환을 보는 것 같아 뿌듯하기도 해요.

HEYMI 그런 의미로 보면 지금 우리 세대가 어떻게 갱년기를 보냈는가도 후대를 위해 좋은 선례가 될 수 있을 것 같아요. 완경문화가 형성될만한 실질적인 토대가 마련되지 않는다면, 앞으로도 지금과 같은 수준의 갱년기 논의에서 그다지 벗어나지 못할 수도 있겠죠. 이제 막 시작되는 완경문화가 감사하긴 하지만 여전히 갱년기나 폐경에 대한 선입견이나 부정적 고정관념이 존재하는 현실에서는 장벽이 많을 수밖에 없으니까요.

그럼에도 불구하고 이제 딸에게 생리 파티를 해주었던 엄마들이 갱년기를 맞이하게 되었으니 새로운 갱년기 관점들과 행태들이 나타나지 않을까 기대가 되기도 해요.

JIIN 도희 님, 혜미 님이 말씀해 주셨지만, 엄마에게 보내는 MZ세대의 완경 파티 선물은 딸에게 초경 파티를 선물한 엄마들이 있었기 때문에 가능하다고 생각해요.

이런 흐름은 완경뿐만 아니라 갱년기 전반에서 조금씩 나타나는 것 같아요. SNS에 올라오는 갱년기 제품의 메시지 타깃이 이삼십대 여성인 경우가 많더라고요. 엄마에게 선물하라는 거죠. 저희 세대는 엄마의 갱년기에 관해 관심두고 챙겨드리지 못했는데, 분명 갱년기를 둘러싼 문화가 조금씩 바뀌고 있는 것 같아요.

어쩌면 이미 우리 사회 여성들은 완경과 갱년기를 새롭게 해석하고 받아들일 만큼 충분히 성장했는데, 완경이 아직은 개인적 영역이란 인식이 강하다 보니 수면 위로 올라오는 데 시간이 필요한 것일지도 모르겠어요. 저희와 같은 생각을 하는 사람들이 많을 거라는 생각이 드네요.

DOHEE 다행히 여기저기서 변화가 감지되고 있어요. 완경을 여성성의 상실과는 다른 문화적 해석도 새롭게 시도되고 있더군요. 최근 스웨덴의 여성 방송인은 완경 후 호르몬에 종속되었던 자신의 몸을 이제야 온전하게 찾았다며 인스타를 통해 누드 퍼포먼스를 했대요. 우리나라에는 완경 박스가 등장했고, 세계 완경의 날이 제정되어 매년 대회가 열리고 있네요. 더 놀라운 건 다른 문화권에서는 폐경기 여성을 지혜와 경험의 전달자이자 존경받는 존재로 인식하기도 하고, 완경 이후 여성을 좀 더 성숙한 어른으로서 대우하고 차원 높은 역할을 부여하기도 한다고 해요.

JIIN 다양한 퍼포먼스들이 이루어지고 있네요. 완경을 맞은 여성을 닫힌 여성이 아니라 다른 시선으로 바라보는 것은 의미가 큰 것 같아요.

하지만 한편으로는 '완경 여성=지혜롭고 성숙한 여성'으로 일반화해서 끌어가는 관점까지는 무리가 있을 것 같아요. 모든 어른이 다 지혜롭거나 본받을 만한 것은 아니잖아요. 어른다운 어른, 잘 나이 먹은 사람들에게만 해당하는 얘기죠. '완경'에 대해 너무 확대 해석된 의미가 부여되는 건 좀 부담스럽기도 하고 지양해야 하지 않을까 싶어요.

DOHEE 물론입니다. 모든 완경기 여성에게 지혜롭다는 타이틀을 졸업장처럼 줄 수는 없지요. 다만 다양한 문화적 해석이 존재한다는 것은 주목할 만하다고 봐요.

예를 들면 탄자니아 북부의 하드자 부족에게 폐경기 여성은 부족의 건강 유지에 매우 중요한 존재로 인식된다는군요. 생식능력 있는 여성보다 좀 더 자유롭게 식량을 찾는 활동을 할 수 있고, 문화적 지식, 기억, 경험의 전달자로 존경받는다고 해요. 폐경기 여성은 지혜를 더 갖추었다고 해서 부족의 리더로 많이 의지하며 공동체 생활을 영위한 다고 합니다. 인도 문화권에서는 폐경기 여성에게 일종의 자주권을 부여하고 있데요. 힌두교 여성들은 완경이 되면 사원에 출입하고 종교의식에 참여할 수도 있다고 해요. 그런 여성들의 삶의 경험 또한 존중받는다고 해요.

분명한 건 우리에게 익숙한 갱년기 여성의 전형적 이미지인 '짜증 내고 열나는 아줌마' 역시 우리가 속한 문화권에서 만들어낸 허상일 수 있다는 거예요. 오히려 성장을 이룬 진짜 어른으로 의미부여를 할 수도 있는데 말이죠. 그런 의미에서 완경기 이후 여성의 이미지를 재창조하는 작업 또한 필요하지 않을까요?

HEYMI   완경기 여성의 이미지가 사회마다 다르다면 절대적인 것이 아니라 사회적 산물이니까 시대의 변화에 따라 자연스럽게 달라져야 하는 것 같아요.

완경을 했다고 곧바로 괜찮은 어른이 되는 것은 아니지만 완경을 잘 넘기고 성숙한 중년을 보내는 분들의 이야기들을 통해 완경이라는 의미가 중년 세대의 인생을 재포지셔 닝하는 계기가 된다거나 혹은 노화라는 것이 인생의 마이너스만은 아니라든가 아니면 완경 전후에 무엇이 끝나고 무엇이 시작되는지 등 다양한 축으로 다시 이야기되는 사회적 분위기가 형성되어야 할 것 같아요. 그러기 위해서는 갱년기 세대의 사회적 가치와 역할에 대한 고민도 함께 필요할 것 같아요.

JIIN

네. 부정적 이미지에 편중된 완경기 여성에 대한 인식의 틀을 현시점에 맞게, 그리고 다양한 시각으로 재정립해야 한다는 것에는 저도 적극적으로 공감해요.
무엇보다 그 주인공인 갱년기 여성들이 어떤 모습을 보여줄 것인가가 중요한 열쇠가 될 것 같아요. 결국, 우리 셋을 포함한 저희 세대의 역할이 아닐까 싶네요.

**종로에서 나눈** 다섯 번째 수다

|

'완경'은 여러분에게
어떤 의미인가요?

저는 지금 완경이 진행 중이에요. 완경이 다 되고 나면 몸이 좀 더 아픈 곳이 있다고 들어서 걱정되기도 하지만, 저에게는 불편했던 시간이 정리되는 과정처럼 느껴지네요.
완경은 나를 돌보는 새로운 삶의 시작인 듯합니다.
_72년생 회사원 A 씨

건강에 별다른 문제가 없다면 나는 완경이 좋아요. 한 줄로 말하자면 귀찮음이 사라진 자유로운 시기이죠. _74년생 프리랜서 B 씨

불편했던 생리 기간과의 단절, 이제 생리대 코너를 들르지 않아도 되니까, 경제적으로 이득일 것 같기도 해요.
물론 내 몸을 위해 영양제를 챙겨 먹어야 하는 시기라고 생각해요. _72년생 프리랜서 M 씨

나에겐 자유로움의 시작이에요. _71년생 전업주부 O 씨

별다른 의미가 없었기에, 그저 '시원했다'고 표현하고 싶네요.
_69년생 회사원 P 씨

여자로서의 삶이 끝나는 것이 아니라, 이제부터 역할을 떠나 한 인간으로 살라는 신호로 느껴져요. 그러면서 내 몸 안에서 열일

해온 자궁과 난소 등 여러 신체 기관에 대해 감사함도 올라오고, 애도하고 싶은 마음도 생기고요. 앞으로 펼쳐지는 삶에 대해 좀 더 여유를 가지고 자유롭고 편안하게 즐기며 살라는 의미로 받아들이고 있습니다. _70년생 프리랜서 D 씨

새로운 신세계로 이동하는 느낌이랄까… _70년생 회사원 L 씨

해방감으로 편안해지는 한편, 건강이 힘들까 봐 다소 걱정되기도 하네요. _72년생 회사원 씨

번거로운 생리가 끝나서 아무 때나 여행 갈 수 있겠구나 하는 자유로움으로 느껴져요. 한편으로는 선배들의 얘기를 고려하면 심리적으로는 우울, 서운함과 육체적으로는 여성호르몬 변화로 인한 비만, 성인병 등 다양한 질병에 대한 막연한 걱정이 생겨요. _70년생 회사원 K 씨

에.스.트.로.겐,
여러분도 들어 보셨죠?
얼마나 자세히 알고 계시나요?
내 몸 안에서 잘 작동될 때는
의식하지 못했던 여성호르몬,
헤어질 때가 돼서야
그 고마운 존재에 관심을 두고
알아가고 있습니다.

여성호르몬,
얼마나 알고
계시나요?

얼마나 알고 있니?
'여성호르몬'

DOHEE 호르몬이 우리 몸에서 중요한 역할을 하고 있는데 두 분
은 호르몬에 대해 얼마나 알고 있나요?

HEYMI 호르몬에 대해 단편적인 지식이 전부였어요. 갱년기가 오
면 에스트로겐이 감소하니까 대체재인 석류를 챙기는 게
좋다는 수준이었죠. 이전까지 몸에 관한 공부를 별도로
해본 적이 없어서 미디어에서 이야기하는 수준 정도로만
알고 있었어요.

DOHEE 이 책을 준비하기 전까지 저 역시 호르몬에 대해 무지한
상태였어요. 사춘기 아이를 보며 '다 호르몬 때문이야'라
고 입버릇처럼 얘기했지만, 막상 제 몸의 호르몬에 대해서
는 잘 몰랐답니다.

JIIN 저도 마찬가지예요. 여전히 무지한 상태고요. 솔직히 아
직도 관심이 그렇게 크지 않습니다.

HEYMI 심지어 여성호르몬만 모르는 게 아니었고 자궁, 난소와 난자 등 제 몸속에 대해 정확하게 알고 있지 않았어요. 생리의 원리와 임신 그리고 출산과 완경까지 여성으로서 알아야 할 기본적인 건강 지식도 부족했고요. 이 프로젝트를 시작하기 전까지 제 몸에 대해 기본적인 관심조차 없었던 것 같은데 어떤 관점에서 보면 몸에 대해 어떤 이유로 이토록 무심했는지가 더 궁금해지네요. 당연히 알아야 하는데 모르고 살아온 게 많아요.

JIIN 저도 혜미 님처럼 여성호르몬은 말할 것도 없고 여성 신체 전반에 대해 부끄러울 정도로 전혀 관심이 없었네요. 핑계일 수 있지만, 결혼, 피임, 출산 등의 과정을 겪지 않다 보니 관심 가질 만한 이유가 더욱더 없었던 것 같아요. 심지어 중고등학교 때 배운 지식도 명확하게 기억나지 않으니, 거의 백지상태라고 할 수 있겠네요. 정말 왜 이렇게 관심이 없었을까요?

DOHEE 몸에 대한 무관심은 동양권에서 더 강하게 나타난다는 이야기가 생각나는군요. 저 역시 첫 생리와 임신, 출산을 거쳐 이제 완경으로 가고 있으면서도 이토록 무지하다니요. 주인이 관심을 기울이지 못하는 동안 벌써 제 몸의 생일은 49세를 맞이했습니다. 사실 고등학교 가사 시간에 배웠던 생리 주기와 배란일, 그때 배운 여성호르몬이 제가 아는 전부였거든요. 그 후로 지식이 확장된 게 없다는 게 신기할 정도예요. 책을 쓰기 위해 호르몬 관련 공부를 하면서도 에스트로겐과 프로게스테론이 입에 안 붙어 제 마음대로 네이밍을 해버렸어요 'S 사와 P 사로'.

HEYMI   갱년기 관련 책을 읽다 보면 다양한 호르몬들이 언급되는데 에스트로겐을 제외하고는 아주 낯설었죠.

DOHEE   호르몬을 공부하다 만난 책의 구절들이 생각나네요. '어느 날 한 시점에, 호르몬 분비가 뚝 끊기고 결국 내분비체계가 작동을 멈춘다.', '난소와 뇌가 연락을 끊어버린다.'를 읽는 순간 "뭐라고 작동을 멈춘다고? 호르몬이 내 몸의 제어장치, 지휘관이었다는 거네?"라며 반문하고 있더군요. "호르몬과 뇌가 서로 연결되어 있었다니…" 뇌가 명령해도 감소한 호르몬이 그 명령을 받아들이지 못하는 지점이 갱년기라는 거죠. 그때서야 갱년기 동안 제 몸 안에서 일어나는 시스템의 변화를 이해하게 되었어요.

JIIN   도희 님 말씀을 듣는 순간 제 머릿속에 꽂힌 건, 공교롭게도 '호르몬이 내 몸의 지휘관이었네'가 아니라 '한 시점에 뚝 끊기고', '작동을 멈춘다'와 같은 문구였어요. 논점에서 빗겨 나가는 얘기지만, 갱년기를 이렇게 꼭 극단적으로 표현하고 부정적으로 전달해야 하는 걸까요? 호르몬에 대해 무지한 갱년기 여성 입장에서는, 이것이 팩트라 하더라도 너무 위협 소구로 다가와 거부감이 드는 것 같아요. 더군다나 노화는 20대부터 이미 시작되고, 호르몬도 계속 서서히 감소하고 있었을 텐데 말이죠.

여성호르몬이 줄어든 '몸', 새로운 질서에 적응하는 '나'

DOHEE 표현이 불편하게 느껴지셨을 수도 있겠네요. 앞의 문장은 실제로 완경을 경험한 작가가 자신의 몸 상태를 표현한 것이고, '난소와 뇌가 연락을 끊어버린다'는 표현은 사라 매케이라는 신경과학자가 갱년기 여성의 뇌와 난소의 상태를 묘사한 것이었어요. 저는 위협적이거나 부정적으로 느끼기보다 몸 안에서 일어나는 호르몬의 변화를 표현한 것으로 이해했어요. 호르몬과 뇌가 그렇게 긴밀하게 연결되어 오랫동안 제 몸을 이끌어왔다는 것이 좀 신기했고(정말 몰랐습니다), 혼돈의 지휘체계 때문에 폐경기 전조증상(홍조, 몸의 온도변화…)이 발생한다는 것을 명료하게 이해했어요. 그동안 에스트로겐이 우리 몸에서 아주 중요한 역할을 해왔다는 것과 그 역할을 내려놓는 과정에서 오랜 파트너였던 뇌와 사인이 안 맞다 보니 몸이 컨트롤이 잘 안 되는 상황에 놓일 수 있다는 것 그래서 완경 즈음에 땀이 흐르고, 몸이 더웠다 추웠다 하는 증상을 겪을 때마다 이제는 "호르몬 때문이야"라고 정확히 알고 표현할 수 있게 되었죠.

HEYMI 저도 갱년기가 온다는 의미를 체내의 에스트로겐이 감소가 됐는데 뇌에서는 그것을 잘 모르고 예전처럼 뭔가 명령을 내렸을 때 한쪽에서 적절한 반응을 안 하게 되면 상호 문제가 생기면서 제 몸에 어떤 증상들을 야기시키는 것이라고 이해를 했거든요. 하지만 갱년기는 사람마다 개인차가 있어서 누구는 극심한 변화와 고통을 수반할 수도 있지만, 누구는 부드럽게 진행된다는 것도 관련 서적이나 전문가들이 공통으로 이야기하고 있어요. 에스트로겐이 감소가 되어도 몸은 또다시 줄어든 호르몬에 적응되는 데까지 시간이 필요하긴 하지만 결국 남은 인생을 살아갈 수 있도록 재조정이 가능하다는 거죠.

JIIN   혜미 님이 마지막에 말씀하신 이야기가 갱년기 여성에게 더 필요한 얘기가 아닌가 싶어요. 제게 호르몬은 무지한 영역이지만 이 시기가 힘들고 변화가 큰 시기라는 것은 알고 있는 사실이죠. 아마 대부분의 여성도 그럴 것 같아요. 이들에게 중요한 포인트는 에스트로겐이 감소하면 문제가 생긴다는 것에서 끝나는 것이 아니라 결국은 각자의 적응 시간을 거쳐서 새로운 흐름 속에서 잘 살아가게 된다는 사실 같아요. 이런 시각의 뒷받침 없이 무조건 갱년기는 힘들다고만 이야기되는 것은 불편하고 부담스러워요.

DOHEE   호르몬이 많이 감소하는 시기(완경기)에는 비관적인 반응들도 다수 있을 거라 짐작해요. 그래도 위안이 되는 것은 국가나 문화권에 따라 차이는 있겠지만, 여성 가운데 일상에 지장이 있을 정도로 심각한 증상이 나타나는 사람은 20~30% 정도라는 분석 결과이죠. 전혀 증상없이 지나가는 비율도 20%, 나머지 60%는 아주 미약하거나 견딜 수 있을 정도의 증상을 경험한다고 해요.

JIIN   제가 20~30%에 속할 수도 있겠지만, 긍정적으로 생각해

보면 만일 '에스트로겐 분비가 감소하면 문제가 발생한다'에서 끝난다고 하면 저희 엄마 세대들이 어떻게 생활을 해 오셨겠어요? 결국은 나름의 힘든 시기를 겪지만, 적응기를 거쳐서 갱년기 이후의 생활을 하고 계신 거잖아요. 저는 호르몬의 감소도 우리 몸이 자연스럽게 예상하고 대응하는 흐름 속의 한 변화라고 생각하고 싶어요.

DOHEE 그럼요. 최소 3년에서 길게는 10년 사이에 줄어든 호르몬에 적응하고, 새로운 몸의 질서가 자리 잡는다고 해요. 어제 선배 언니를 만났는데, 완경 후 한참 힘들었는데 3년 차가 되니 이제 몸이 좀 자리를 잡는 것 같다며 불면증도 줄고, 땀 흘림도 덜 해졌다고 하더군요. 그 기간은 좀 힘들었지만, 결국 몸이 새로운 질서를 받아들인 것 같다며 반가워했어요.

저도 처음에는 살짝 두려웠는데 호르몬 공부를 통해 인간의 몸을 좀 더 신뢰하게 된 것 같아요. 오랜 지휘자가 그 역할을 다하더라도, 결국에는 스스로 새로운 질서체계를 만들어내고 적응한다는 이야기로 들렸거든요. 또 우리 몸에 에스트로겐만 있는 것이 아니라는 것도 위안이 되었어요. 에스트로겐이 주요한 역할을 해온 것은 맞지만, 우리 몸속에는 100가지가 넘는 다양한 호르몬이 존재한다고 해요. 에스트로겐 외에 성장호르몬은 수면의 질을, 옥시토신은 모성과 커뮤니케이션을, 세로토닌은 행복을 담당한다고 해요.

HEYMI 여성호르몬에는 생리와 배란을 관장하는 에스트로겐뿐만 아니라 임신을 돕는 프로게스테론 호르몬도 있는데 저는 오히려 여성호르몬의 기능이 많아서 놀랐어요. 여성호르몬의 존재에 대해서는 알고 있었지만, 여성호르몬이 제 몸에서 어떤 역할과 기능을 하는지는 정확히 몰랐던 거죠. 특히 에스트로겐의 경우, 생식의 역할 뿐만 아니라 자율신경계에 영향을 미칠 수도 있고, 혈관 계통이나 운동 기능에도 장애를 유발하기도 하고, 심지어 비뇨기나 피부에도 작용한다고 하죠. 사실 신체의 건강을 유지하는 다양한 기능과 중요한 역할을 담당했던 고마운 호르몬인 거죠.

DOHEE 혜미 님 말씀처럼, 에스트로겐은 그동안 뇌와 연합하여 열일을 했더군요. 혈액을 운반하고, 정서적 안정에도 관여해왔죠. 피부의 광택과 수분을 유지하고 임신 기능도 담당하고요. 지금까지 주도적 역할을 해왔던 대표 호르몬이기에, 감소하는 시기가 도래하면 그것이 신체적 갱년기로 나타나는 거죠. 주 호르몬이 줄어들다 보니 테스토스테론(대표적 남성호르몬)의 상대적 비중이 높아지고, 남성 역시 그 반대의 현상이 일어나 남녀 모두 여성성과 남성성이 교차하는 모습을 보이기도 하고요. 갱년기에 남성은 여성적 감성이 피어나고, 여성은 강한 남성성이 채워지는 이유가 여기에 있더군요. 몸에부터 진정한 평등의 시대가 열리는구나 싶어요.

줄어드는 호르몬,
꼭 인위적 호르몬 요법만이 답일까?

JIIN 두 분 말씀을 듣다 보니, 모른다, 관심 없다 하고 미뤄둘 것이 아니라 좀 더 열심히 공부해야겠다는 생각이 드네요. 저 역시 정보의 유무는 중요한 포인트라고 생각하는데, 여성호르몬이 이렇게 많은 일을 담당해 왔을 거라고는 전혀 예상하지 못했어요. 그렇다면 몸의 주축이 되는 호르몬이 감소한다고 했을 때, 실제 우리는 어떤 방법으로 얼마나 커버할 수 있을까요? 많이 들어본 호르몬 요법이 있겠지만 이런 인위적 조치가 몸에 과연 좋을까 하는 의문과 걱정이 매우 커요. 석류 같은 음식 섭취도 도움이 된다고는 하지만, 과연 줄어드는 호르몬을 효과적으로 대체할 방법이 있을까요? 그렇게 고민하다 보면, 오히려 감소하는 호르몬 흐름에 제 몸이 잘 적응하도록 돕는 것이 더 현실적인 방안이 아닐까 생각되네요.

DOHEE 저 역시 호르몬의 감소에 대처할 수 있는 방법이 무엇일까 무척 궁금했어요. 왜냐하면 주호르몬이 감소하는 시점은 이전 세대와 비슷한 데 반해, 주호르몬이 줄어든 채로 살아가는 기간은 훨씬 늘었다는 점에서 중요한 이슈라는 생각이 들어요. 우리 세대의 삶의 질과 관련된 거니까요. 그래서 호르몬 요법에 대해서도 궁금해졌고, 기회가 된다면 장단점을 잘 파악해놓고 제 상태에 따라 선택할 수 있는 대안으로 놓고 싶어졌어요.

우선은 호르몬을 인위적으로 투입하는 거 외엔 방법이 없을까 찾아보게 되었고, 호르몬의 작용원리를 이해하게 되었어요. 호르몬들은 혼자서는 활동을 잘 못 한대요. 서로 연결된 구조라서 에스트로겐이 감소한다고 크게 좌절할 필요는 없을 것 같아요. 연결된 다른 호르몬을 더 활성화할 수 있는 노력을 한다면 후천적으로 보완이 가능하다는 이론들도 있더군요. 갱년기가 오기 전까지는 타고났던 주

호르몬으로 살아왔다면, 이후에는 후천적 노력으로 다른 호르몬을 활성화해 보완하며 살면 되겠다고 생각하니 갱년기에 대한 두려움이 어느 정도 사라졌어요.

JIIN 후천적 노력으로 다른 호르몬을 활성화해서 대응할 수 있다는 건 생각하지 못했던 관점이네요. 저라면 호르몬 요법보다는 이런 부류의 방법을 더 선호하고 먼저 시도해 보겠어요.

약간 다른 얘기일 수 있지만, 노화로 인해 난소 기능이 저하되어 여성호르몬인 에스트로겐과 프로게스테론의 불균형이 일어나 갱년기 증상이 나타난다는 것이 양방의 시각이라면, 한방에서는 노화가 진행됨에 따라 생식기능을 담당하는 신장의 기능이 떨어져서 생기는 것으로 본다고 하네요. 그래서 신허(腎虛)를 보강하는 것을 근본적인 치료로 삼고 있고 체질적 원인에 맞춰 처방한다고 합니다. 맞고 틀리고를 떠나서, 호르몬 요법 외 선택의 폭을 넓혀 줄 수 있는 다양한 시각과 정보가 필요하다는 생각이 들어요.

HEYMI 저도 여성호르몬이 부족해지니까 여성호르몬을 인위적으로 채우는 솔루션이 무조건 맞다고 생각하지는 않아요. 호르몬 요법은 갱년기 터널을 통과하면서 고통이 심할 때만 선택할 수 있는 하나의 방안이라고 생각해요. 또한 호르몬요법이 누구에게나 맞는 것은 아니니까 자신이 과연 호르몬요법이 가능한 몸 상태인지 사전에 전문가와 함께 상담해 봐야 하고요. 요즘은 오히려 유방암을 유발한다고 해서 호르몬요법에 대해 무조건적인 거부를 하는 경향도 있는데 그럴 필요도 없는 것 같아요. 호르몬 요법의 장점이 분명 존재함에도 불구하고 의료전문가가 아닌데 의학적 선입견을 품고 판단하는 것은 적절하지 못한 것 같고 양방이든 한방이든 여러 선택지를 갖고 있는 것이 자신에게 유리하지 않을까 싶어요.

그리고 여성호르몬의 부족으로 인해 몸 여기저기 신호가 나타난다면 단지 여성호르몬이 부족해서라기보다는 오랜 세월 동안 드러나지 않았던 몸의 약한 부분들이 가시적으로 나타나는 것 같아요. 앞서 말씀하신 것처럼 모두가 여성호르몬이 감소하는데 개인차가 발생하는 것은 건강 상태가 서로 다르기 때문일 거예요. 그래서 뼈마디가 아프면 칼슘을 더 먹고 운동을 하라는 신호로, 수면장애가 오면 마음을 조금 더 여유 있게 하라는 의미로, 마음이 우울하다면 숨겨진 마음을 살펴보는 계기가 되면 어떨까 싶어요.

JIIN   네. 저 역시 갱년기 증상들은 호르몬 부족 때문이기도 하지만 40~50년간 쌓아온 생활습관의 영향력이 더 크다고 생각해요. 개인별 차이가 나타나는 이유도 그 히스토리 때문이라고 생각하고요. 실제로 많은 의사가 좋은 생활습관으로 기본 체력을 잘 유지하는 것이 갱년기에 큰 영향을 미친다고 얘기하고 있어요. 그뿐만 아니라, 갱년기 이후에 생활습관을 잘 관리해서 오히려 건강이 좋아지는 경우도 많다고 하고요. 즉, 갱년기는 자신의 몸을 이해하고 자신에게 맞는 생활습관을 찾아가는 시기라는 것이고, 이것이 결국 감소하는 호르몬에 잘 적응하도록 스스로 돕는 방법이라고 생각해요.

DOHEE 몸이 재편되는 과정에 자연스럽게 적응하는 것이 중요한 것 같아요. 그리고 이미 감소하고 있는 호르몬을 필요 이상으로 낮추지 않고, 줄어든 상황에서 최대한 조절하고 균형을 잡는 것은 우리의 의지에 있다고 봐요. 갱년기를 경험하는 분들께 운동과 취미를 권하는 이유에는 뇌의 조절기능을 도와줄 수 있는 '세로토닌'이라는 호르몬을 증가시키기 위한 과학적 의도가 있었던 거죠. 세로토닌의 역할은 '조절기능'이라는군요. 갱년기 시기에 에스트로겐 감소로 감정 조절이 힘들어지는 것을 세로토닌을 증가 시켜 도움을 주는 거죠. 혹은 옥시토신처럼 행복 호르몬은 일상에서 즐거운 일을 할 때 생성된다고 하고요. 주 호르몬의 감소는 어찌할 수 없지만, 자신의 의지로 활성화할 수 있는 다양한 호르몬이 있다는 것이 반가웠어요. 특히 햇볕을 쬐며 산책을 하거나, 춤을 추고 운동을 하고, 익숙하지 않은 새로운 곳을 방문하거나, 요가와 명상을 하는 것 등은 다양한 호르몬을 활성화해 일종의 밸런스를 유지하는 일상의 방법이라고 해요. 외부적으로 호르몬을 투입할 수도 있지만, 자신의 의지로 호르몬을 보충할 수도 있으니 선택은 각자의 몫이겠지요.

JIIN 인위적 호르몬 요법이 아닌, 호르몬 밸런스를 맞출 수 있는 다양한 선택의 폭이 존재한다는 것이 저에겐 굉장히 반가운 사실이에요. 반면 쏟아져 들어오는 정보가 조금 혼란스럽기도 하네요. 정보의 신뢰와 선별이 이루어지려면 정말 공부를 더 열심히 해야 할 것 같아요.

HEYMI 갱년기 공부는 중요한 것 같아요. 막연하게만 알고 있으면 해법을 찾는 데 한계가 있을 수 있고, 자기 기준이 없으면 수많은 정보에 휘둘릴 수도 있으니까요. 예를 들어 갱년기 증상은 에스트로겐과 프로게스테론의 불균형에서 나타나는 경우가 있다고 해요. 통상적으로 에스토로겐보다 프로게스테론의 수치가 더 급격하게 감소하는데 갱년기를 무조건 주 호르몬인 에스트로겐 부족으로 간주하고 처방받는 것도 적절하지 않을 수 있어요. 일반적으로 안면홍조나 질 건조증, 열감이나 발한 등은 에스트로겐의 감소에 의한 것이지만, 신경과민이나 편두통 등은 프로게스테론의 문제라고 하니까 단편적인 정보만으로 판단하는 것은 무리가 있을 수 있고, 갱년기 증상 관련 적절한 솔루션이 필요한 상황이라면 의료전문가들에게 개인 상담을 받는 게 중요할 것 같아요. 하지만 상담을 제대로 받기 위해서라도 어느 정도는 호르몬이나 갱년기에 대한 사전지식을 갖고 있는 것이 필요할 것 같아요. 전문가의 말을 수용하기 위해서라도 적정한 이해가 뒷받침되어야 가능하잖아요.

DOHEE 그런 것 같아요. 우리가 호르몬의 종류와 역할을 다 알 수 없지만, 자신이 겪고 있는 증상이 어떤 호르몬의 영향인지 맥락을 유추할 수 있다면 스스로 보완할 수도 있고, 의학적인 도움을 선택할 수도 있을 거고요.

JIIN 호르몬 요법에 대해서는 의사들 사이에도 의견이 분분한 것 같아요. 유방암과 심혈관질환 위험성을 언급하는 의사도 있고, 꼭 필요한 치료라는 목소리도 있고요. 동일한 증상에 있어서 의사에 따라 처방이 달라질 수 있다는 얘기인데요. 만일 나라면 어떨까? 생각해보면, 저는 일상생활이 정말 불가능할 정도의 상황이 아니라면, 의사가 호르몬 요법을 권해도 받지 않을 것 같긴 해요. 위험성이 존재한다는 사실이 선택을 가로막을 것 같아요.

어쨌든, 두 분은 갱년기 증상이 힘들다면 병원에 가서 자신의 상태를 확인하고 그에 맞는 갱년기 처방과 조언을 받는 것이 좋겠다는 의견이시죠?

내 몸을 공부하고 이해하는 기회
- 갱.년.기

HEYMI 네. 갱년기를 통과하면서 고통이 심할 경우 의학적 상담은 필요하다고 봐요. 주변에서 보면 극심하게 갱년기를 겪고 있는 것 같은데 병원 방문을 꺼리시는 경우도 있거든요. 본인이 제일 힘들 텐데 생리통 참듯이 갱년기도 그냥 참고 버티는 것 같아서 안타까워요. 저는 몸에 관해서 공부할 적절한 기회가 갱년기라는 생각은 들어요. 특히 본격적으로 갱년기가 시작되기 전에 미리 준비하는 단계가 필요하죠. 무방비로 맞으면 충격이 더 크잖아요. 사실 갱년기 초입이라 본격적으로 갱년기가 시작되면 어떻게 통과할지 두려움이 없는 것은 아니지만, 갱년기를 미리 걱정하기보다는 제 몸을 이해하는 시기로 바라보고 싶어요. 몸으로 오든, 마음으로 오든 뭔가 제 속에 축적된 위험요소가 터지는 거니까 아프면 아픈 이유를 이해하고, 이때 나타나는 증상들을 케어해야 한다고 생각하고 있어요.

DOHEE 자신의 몸을 이해해야 하는 중요한 시기라는 것에 공감합니다. 몸의 강약점이 드러나는 시기임은 틀림없거든요. 몸의 변화와 증상을 잘 체크하고 기록하는 것도 필요하다고 봐요. 그리고 증상에 따라 각자에게 도움이 될 수 있는 여러 가지 시나리오를 구축한다면 좋을 것 같아요. 아직은 운동하고 스트레스를 줄이라는 정도인데, 열감의 감소에 좋은 운동법이나, 수면에 도움이 되는 대처법, 감정조절이 특히 안 될 때 할 수 있는 훈련법 등 증상별 대응 시나리오가 다양해진다면 더 든든하겠죠. 그런 의미에서 이미 갱년기를 지나고 계시는 분들의 현실적인 해법들을 구해보는 것도 좋을 것 같아요. 호르몬 요법 역시 여러 종류라고 하니, 각 호르몬 종류에 따른 장단점을 자세히 알 수 있다면 좋겠어요.

JIIN 서울대학교 의과대학 정보 글을 보면, 갱년기 즈음의 많은 사람들이 큰 병에 걸렸을지도 모른다는 불안감 때문에 진료를 받으러 온다고 해요. 하지만 대부분의 갱년기 증상들은 검사를 시행해도 특별한 이상이 나타나지 않고요. 따라서 걱정에 앞서 너무 많은 검사를 하지 않도록 주의를 주고 있네요. 같은 연령대 지인들과 대화를 나누면서 이런 증상이 나만의 특별한 문제가 아님을 인식하게 되면 불안이 많이 줄어들 것이라고 조언하고 있고요. 도희 님 말씀대로 같은 시기를 지나는 분들과 해법을 구해보는 것이 의미 있는 액션일 것 같아요.

DOHEE 맞아요. 갱년기에는 큰 병에 걸렸을지 모른다는 불안감에 막상 검사해보면 별 이상이 없는 경우도 많다는군요. 오프라 윈프리도 47세 때 원인 모를 심장 두근거림으로 6개월 동안 다섯 명의 심장 전문의를 찾아다니고, 검사도 많이 했다는군요. 그런데 그 원인을 찾으려 해도 혈압은 정상이었고, 심장이나 혈관에도 이상이 없다는 대답만을 들었다죠. 갱년기 전문가인 노스럽 박사의 책을 읽고 나서야 자신이 갱년기에 접어들었다는 사실을 알게 되었고, 식이요법을 한 후 심장 두근거림 증상이 사라졌데요. 갱년기에는 많은 분이 평소 경험해보지 않았던 낯선 증상들에 대한 불안감으로 검사를 받는 경우도 있을 거예요.

HEYMI 갱년기 증상들이 나타난다고 무조건 병원에 가서 처방을 받아야 하는 것은 아니겠죠. 다양한 사례나 경험 그리고 전문가들의 조언을 살펴봐도 모두가 의학적인 솔루션만을 이야기하지는 않아요. 여성호르몬에 대한 이해를 바탕으로 갱년기의 증상들을 바라본다면 호르몬 요법을 무조건 배척하거나 혹은 무조건 수용하지만은 않을 것 같아요.

DOHEE 40대 초반부터라도 미리 건강한 몸을 준비하고, 마음훈련을 해놓는다면 갱년기 연착륙도 가능하지 않을까 생각해요. 60대 여성분을 예전에 인터뷰한 적이 있는데 그분은 갱년기로 힘들어하는 언니를 보고, 본인은 십 년 전부터 운동하며 미리 준비했었다고 이야기하시더군요. 갱년기 증후군이 시작될 때 본격적으로 자신에게 집중하라는 신호로 받아들이고, 어떻게 갱년기를 준비할 것인지를 생각해 봤으면 좋겠어요.

HEYMI 저는 제 몸의 약한 고리가 어디일지 예상해보다가 '뼈'가 아플지도 모르겠다는 생각이 들었어요. 운동도 좋아하지 않고 칼슘도 제대로 안 챙기고 그동안 별다른 노력을 안 해서 벌써 손가락 마디마디가 아플 때가 있거든요. 길 가다가 자꾸 삐끗 넘어지기도 하고요. 그래서 요즘 뼈 관련 정보를 찾아보고 있어요. 멀리했던 멸치랑 치즈도 챙겨 먹고 있고 의식적으로 걸어 다니려고 노력하죠.

DOHEE 혜미 님의 사례처럼 에스트로겐이 감소하면 골밀도가 저하되어 뼈나 관절이 힘들 수 있다는 것을 알고 칼슘보충과 운동을 미리 하는 것도 좋을 것 같아요. 그리고 주요 호르몬들은 뇌와 연결되어있기 때문에 호르몬 감소가 뇌의 조절 기능도 떨어뜨리게 되어 있다고 해요. 감정이 흔들리거나, 일시적으로는 치매인가 염려될 정도로 기억력을 감소시킨다는 것도 미리 알아두면 덜 당황스럽지 않을까요? 저 같은 경우, 한동안 핸드폰을 자주 깜빡해서 가족들이 걱정했는데 호르몬 변화로 나타나는 일시적인 현상이라고 설명해줬어요. 한 3년간 계속 이럴지도 모른다고 아예 방어벽을 쳐놓았지요.

JIIN 두 분 의견에 모두 공감하는데요. 반면 자신의 몸에 집중하고 준비하면서, 꼭 호르몬에 대한 정보가 선행되어야 하는지에 대해서는 좀 느슨한 생각도 있어요. 많은 사람이 건강검진을 받고 있고 따라서 자신이 어디가 약하다는 것을 대략 알고 있잖아요. 그리고 노화로 인한 변화도 느끼게 되고요. 어떤 사람들은 가족력까지 고려하면서 자신의 건강 수치를 관리하겠죠. 호르몬과 굳이 연결하지 않은 상황에서도 사람들은 뼈가 안 좋으면 칼슘을 먹거나 혈압이 높으면 식단 조절을 해요.

제가 드리고 싶은 말씀은 호르몬의 파악이 몸의 흐름과 건강 관리의 절대 조건은 아니라는 거죠. 또 중년 여성의 신체 증상을 무조건 호르몬과 연결하여 해석하는 것이 맞는지도 의문이에요. 에스트로겐이 부족해서 A라는 증상이 나타날 수도 있지만, A증상의 모든 원인이 에스트로겐 때문은 아닐 가능성도 높잖아요. 호르몬이 중요한 요소이긴 하지만 몸의 변화나 이상 신호가 모두 호르몬 때문은 아님에도 불구하고 정보들을 자의로 해석해서 다른 질환을 갱년기 증상으로 치부하고 넘어갈 수도 있고요. 실제 어떤 의사분은 그런 오류로 인해 질병을 키운 경우에 대해 언급하기도 했고요. 위에서 말씀드린 서울대학교 의과대학 정보 글이 과잉 검사에 대해 조언한 내용과 비교될 수도 있는데요. 결국, 호르몬 정보를 습득하는 것이 첫 번째 단계라면, 그다음엔 정보 해석과 적용 시에 적절한 균형감을 갖는 것이 필요한 것 같아요.

DOHEE 에스트로겐의 중요성에 집중하는 이유는 우리 몸의 주도적 호르몬으로 워낙 역할이 많았기 때문이에요. 특히 완경기까지 에스트로겐이 몸을 주도해왔었는데 이후 감소하는 현상 자체가 몸에 부정적이고 불안한 영향을 미치는 것으로 해석될 수밖에 없겠죠. 그런데 최근 뇌과학자들이 내놓은 이론에는 에스트로겐이 감소하면 옥시토신 분비도 함께 떨어뜨리는데, 옥시토신은 모성, 혹은 커뮤니케이션역할을 하는 호르몬이라고 해요. 에스트로겐이 활발할 때는 옥시토신도 활발했기 때문에 여성이 타인을 돌보는 몸의 환경으로 유지될 수 있었대요. 반면 둘 다 감소할 경우 긍정적인 부분도 있다는 거예요. 주위를 돌보는 데 신경을 쓰던 에너지가 줄어들면서, 자신에게 온전히 집중할 수 있는 뇌의 환경으로 재편된다고 해요.

결국 개인의 자아 찾기가 가능한 환경으로 만들어지는 셈이죠. 물론 가족 입장에서는 갑자기 엄마가 이기적으로 변했다고 당황해하겠지만, 개인적으로는 자신에게 집중하도록 몸이 도와주는 반전이 있는 거죠. 모든 변화에는 관점에 따라 긍정적인 측면이 있더군요. 호르몬 변화를 어떻게 받아들이고 해석할지도 결국 개인의 몫이란 생각이 들었어요.

호르몬 감소로 나타나는 시그널, 건강한 삶을 위한 방향키로

HEYMI 갱년기 관련 공부를 하면서 우리 몸의 약점을 관리할 수 있는 계기로 갱년기를 바라볼 수도 있겠다고 나름 해석했어요. 저는 그동안 뼈를 튼튼하게 하는 생활 습관이 부족했고 나이도 있으니까 아마 앞으로 자연스럽게 뼈가 안 좋아질 수 있어요. 건강검진에서도 골감소 소견이 있으니 관리가 필요하다고 했고요. 그나마 에스트로겐으로 지탱했던 부실한 뼈가 갱년기가 되면 수면 위로 드러날 수 있겠죠. 에스트로겐이 뼈에 미치는 영향을 알고 있으니까요. 마치 일기예보에서 태풍이 온다는데 언제는 비가 안 왔어 하는 식으로 받아들일 경우 태풍에 대한 대처가 소홀해질 수 있지 않을까 싶었어요. 일반 바람과 태풍은 다를 수 있는데 갱년기는 누군가에는 일반적인 비바람이 아니라 태풍일 수도 있으니까 대비를 하는 것은 필요할 것 같아요. 갱년기가 어떤 바람일지 누구도 장담할 수 없으니까요. **건강검진 결과에 따라 관리를 꾸준히 해온 건강한 분이라면 정신적 갱년기는 모르겠지만 신체적인 갱년기는 잘 지나갈 수 있을지 모르겠어요. 하지만 저처럼 건강검진을 통해 큰 병의 유무만 살펴봤던 사람은 갱년기를 조금 더 대비해야 할 것 같아요.** 그동안은 몸이 알아서 잘 버티어주었지만, 건강보호막 역할을 했던 여성호르몬이 감소하는 갱년기에는 적극적으로 몸을 돌보지 않으면 안 되는구나 라는 생각이 들어요.

DOHEE 맞아요. 우리가 살아오는 동안 내 몸에는 오랜 기간 습관적으로 사용했던 방식으로 인해 약한 구석이 생겨났을 거예요. 그것을 이해하고 조금 더 관심을 기울이는 것이 갱년기의 의미가 아닐까 생각해요. 이 시기의 혼란이 있기에 우리 몸과 마음이 의도적으로라도 재 세팅되는 시간을 보내게 되겠죠. 저 역시 상대적으로 제 몸의 약한 부분이 어디인지 요즘 관심이 커지네요. 늘 인후통을 달고 살았고, 갑상선 유전인자가 있어서 무엇보다 갱년기에 몸 관리를 잘해야겠다고 생각하고 있어요. 체력이 떨어지지 않게 하기 위해 요가와 명상, 빠르게 걷기를 하고 있고, 제 몸을 따뜻하게 하는 노력을 하고요. 기억력이 떨어지는 것을 느끼고는 자신을 비난하기보다 그래도 괜찮다고 위로해주고 있어요. 이전엔 몸이 힘들다고 사인을 보낼 때 이를 무시하고 질주했다면, 지금은 무언가를 하기 전에 몸에게 먼저 물어보기도 해요. 혼잣말로 중얼거리는 제 모습을 보면 약간 이상하다고 생각하실 수도 있겠네요. 그렇지만 집안일을 시작하기 전에 지금 꼭 해야 하는 건지, 지금 해도 괜찮겠는지 제 몸에 허락을 구해요. 누구와 약속을 잡을 때도 제 컨디션을 먼저 체크하고 있어요. 예전에는 보지 못한 풍경이죠.

HEYMI '갱년기가 질병을 발생시키는 것이 아니라 갱년기 이전부터 잠재되어 있던 위험이 나타나는 시기'라는 서울대 가정의학과 블로그를 본 적이 있는데 저는 이 문구에 공감하게 돼요. 여성 호르몬이 감소하지 않았다면 알 수 없었던 몸속의 건강 수준이 갱년기에 가시적으로 드러나는 거죠. 갱년기가 근원적인 원인은 아니지만, 갱년기에 나타난 특이 증상들은 자신의 건강 상태를 나타내는 신호이니까 그렇게 이해하면 '자신에게 나타난 갱년기 증상들의 의미'가 중요한 것 같아요.

DOHEE 저 역시 공감합니다. 몸 안에 내재되어 있던 증상들이 수면 위로 드러날 때 오히려 자신의 몸을 더 이해하고, 건강하게 전환할 수 있는 방향키가 된다고 생각해요. 그런 의미에서 혜미 님 말씀처럼 가시적으로 드러나는 갱년기의 패턴과 건강의 양상을 읽어내는 것이 중요할 것 같아요. "갱년기 호르몬 감소＝분노와 화"라는 동일한 공식으로만 모두에게 오지는 않으리라 생각해요. 각자 살아왔던 방식과 삶에서 쌓아놓은 신체적, 정신적 자산에 따라 여러 형태로 전개되지 않을까요? 다만 스스로가 감정 조절이 잘 되는지 안 되는지 자각하는 것은 굉장히 중요하다고 봐요. 개인적으로는 일지를 쓰는 것도 도움이 될 것 같고 미리 호르몬에 관한 공부도 추천해요.

저 역시 에스트로겐 감소에 따라 감정 조절이 안 되어 불쑥불쑥 화내는 갱년기를 보내고 싶지 않았고, 세로토닌이 감정조절의 열쇠이자, 조절 호르몬이라는 것을 알게 된 것만으로도 반가웠으니까요. 그래서 요즘에는 세로토닌 호르몬을 어떻게 하면 더 보완할 수 있는지 방법적인 면을 공부하고 있어요. 갱년기로 힘들었던 선배 언니가 중고 자전거를 사서는 지도를 보며 매일 새로운 동네를 탐험하며 극복했다는 이야기를 들었는데, '새로운 것을 경험하고, 낯선 시도를 해보는 것' 역시 조절 호르몬을 높이는 행동이었더라고요. 각자가 지금까지 살아온 패턴을 바꾸어 시도해보는 것 역시 이 시기를 자신의 의지로 잘 운전해갈 수 있다는 증거가 아닐까 싶네요.

JIIN 두 분 말씀처럼 호르몬 감소로 드라마틱하게 나타날 수 있는 몸의 여러 변화와 증상들에 대해 미리 알고 준비하면서, 자신의 몸에 대해 집중하고 이해하는 시간을 갖는 것이 갱년기를 슬기롭게 보내는 핵심이 아닐까 생각되네요. 실제로 의사들도 안면홍조 같은 직접적인 갱년기 증상보다, 갱년기를 거치면서 나타날 수 있는 골다공증, 심혈관 질환, 치매 등에 더 주의를 두고 집중적으로 조언하는 경우가 많이 보여요. 당연히 평소 몸의 약한 부분과 연결되어 나타날 가능성이 높겠죠. 갱년기 진입 전부터, 아니면 갱년기 진입 초기라도 좀 더 몸에 관심을 두고 몸속 건강 수준을 높이도록 노력한다면, 호르몬 활동이 중지하는 본격적인 갱년기 시점에 좀 더 연착륙할 수 있지 않을까 싶네요.

**연희동에서 나눈** 여섯 번째 수다

우리가 읽은 책들

몸과 마음은 하나로
연결되어 있다고 하죠.
갱년기에 겪는 정신적 변화는
신체적 변화보다
두려움이 더 크기도 합니다.
예상하기 어렵기 때문이죠.
정신적 갱년기를
지혜롭게 지나가려면
어떤 준비와 태도가
필요할까요?

몸의
갱년기보다
더 두려운
정신적 갱년기

예측할 수 없는 두려운 영역,
나의 정신적 갱년기

JIIN 신체적 갱년기보다 정신적 갱년기에 대한 걱정이 더 커요.
몸으로 오는 갱년기는 일종의 노화 과정이라고 생각하기
때문에 자연스럽게 받아들일 수 있어요. 하지만 정신적인
문제는 범위를 예측할 수 없고 생활에 미치는 영향도 클
것 같아요. 제 마음이 제 의도대로, 정상 범위에서 제대로
작동하지 않을 것 같아 두렵네요.

HEYMI 정신적 갱년기가 어떤 양상으로 올지 저도 모르겠어요. 신
체적인 것은 어느 정도 가늠할 수 있는데 사실 마음의 영
역은 들여다본 적이 없어서 잘 모르겠어요.
최근에 갱년기 때문인지 나이 때문인지 이런저런 생각도
많아지고, 마음도 뒤숭숭하고 그래요. 뭔가 몰려오고 있
는 것 같기도 하고 몰려온 것 같기도 하고요.

DOHEE 몸이 혼돈의 시간을 경험하는 동안 제 마음은 얼마나 흔
들릴지 저 역시 예측이 안되긴 해요. 어느 정도의 지각변
동이 일어날지 가늠하기 어렵고, 숨기는 것 또한 어렵다고

들 하니 걱정도 되고요.

예전에 만난 어떤 분이 "나는 정신적 갱년기인 것 같다"고 표현하셨던 게 생각나네요. 본인이 어떤 정신적 갱년기 지도를 그리는지는 나중에 명료해지겠지만, 어떤 형태로든 겪는다는 말에는 공감하게 돼요.

HEYMI 몸의 증상을 먼저 느꼈던 저와는 달리 제 절친은 갱년기가 '짜증'으로 왔다고 앞서 말씀드렸는데요, 그 친구는 매사가 짜증이 나는데 딱히 이유가 있는 것도 아니어서 답답하다고 했어요. 짜증이라는 감정의 이면에 어떤 원인이 숨어 있을 수도 있겠지만, 갱년기에 접어들면 자율신경이 교란되어 자신의 의지와 상관없이 감정조절이 쉽지 않다는 점이 불안해요.

JIIN 첫 수다에서 각자의 갱년기 신호탄에 관한 얘기를 나눴는데, 약하긴 하지만 저는 정신적 갱년기 신호가 신체 증상하고 같이 왔던 것 같아요. 혜미 님 친구분처럼 '짜증'으로 나타났는데요. 그 대상은 가족이었어요. 예전 같으면 넘어갔을 상황에 대해서도 직선적인 말로 불만을 내뱉고 소리를 높이거나 아니면 아예 대화를 거부하기도 했던 것 같아요. 원래도 부드러운 성격은 아닌데, 정도가 더 심해진 거죠. 물론 그리고 나서 후회가 컸죠. 다행히 오래가지는 않았지만 언제든 점화 장치에 불이 붙으면 다시 시작될 수도 있다는 생각이 들어요.

DOHEE 사실 몸에서 주는 신호는 상대적으로 잘 감지될 수 있다고 생각해요. 열감이 느껴지거나 춥거나 몸이 건조해지거나 잠을 잘 자지 못하는 등 신체적 증상은 그대로 느끼고 수용할 수 있지만, 정신적 갱년기는 어떻게 정의할 수 있을까요? 어디서부터 어떻게 해석해야 할지도 광범위한 것 같아요. 중년의 시기와 맞물려 올 수도 있고, 이 역시 개인에 따라 다를 수 있어서 더 그렇죠.

하지만 어디까지인지 경계를 나누는 건 중요하지 않은 것 같아요. 그동안 감추어두었거나 외면했던 감정들이 수면 위로 드러나는 거겠죠. 언제든 올 수 있고, 어떤 모습으로든 정신적 혼란과 마주할 수 있다는 것에 주목하고 싶어요.

갱년기의 연관 검색어 '갱년기 우울증',
자신의 내면과의 갈등

HEYMI 음. 정말 심각하게 오시는 분들은 죽고 싶을 만큼 고통스럽다고 이야기해요. 가슴 속에서부터 열불이 나기도 하고 우울할 때는 삶의 의욕조차 사라진다고 이야기하는데 사실 겉으로 티가 안 나서 그렇지 누구나 마음속에 응어리 하나씩은 가진 존재이기도 하니까 그럴 수도 있겠다는 생각이 들기도 해요. 몸도 힘든 시기에 마음의 높은 파도를 어떻게 조절할 수 있을까 걱정되기도 하고요.

갱년기를 심하게 겪는 사람들에게 팔자가 편해서 혹은 마음이 나약해서 겪는다는 시선들이 있고, 갱년기를 세게 겪는 것을 스스로 부끄럽게 생각하기도 하는데 사실 타인의 갱년기를 함부로 속단할 수 없다고 생각해요.

갱년기의 원인은 공통으로 호르몬 감소에서 시작되지만, 갱년기 양상은 개개인의 인생 지도와 같고 갱년기를 어떻게 보내는가에 따라 또 이후의 인생 지도가 그려지는 것이기도 하니까요. 왜 그 사람이 유독 힘든 갱년기를 보내는지 생각해 보는 것이 우선되어야 할 것 같아요.

DOHEE　주변에는 극도의 분노와 불안을 경험하시는 분들도 계세요. 누군가를 죽이고 싶을 정도로 미움이 올라오기도 하고, 결국 참지 못하고 화와 분노를 표현하게 된다고도 합니다. 별다른 문제가 없는데도, 삶이 무기력하게 느껴지다 보면 종일 누워있고만 싶다는 분들도 계시고요.

갱년기 증상이 심한 분 중에는 대인기피증을 겪기도 한다는군요. 몸과 마음이 얼마나 힘들면 그러실까 감히 짐작할 수 없지만, 이 또한 우리가 마주할 수 있는 갱년기의 솔직한 모습 중 하나라는 생각이 들어요. 불안과 분노, 화 모두 인간이 느낄 수 있는 여러 감정 중 하나이고, 외면했던 감정이 폭풍처럼 몰려올 수 있는 시기니까요.

JIIN　갱년기에 따라다니는 단어가 우울증인데요. 단, 우울감을 느끼는 것과 우울증은 다르다는 점 먼저 말씀드리고요. 갱년기 우울증이 질병으로 인식되기 시작한 건 10년 정도밖에 되지 않았다고 하네요. 여성이 남성보다 3배 이상 많이 나타나고, 완경 3년~7년 뒤 발병률이 높고요. 갱년기 이전에 우울증, 조울증을 경험했거나 생리 주기나 계절에 따라 기분 변화가 심한 사람, 그리고 최근에 사별이나 심한 상실을 경험한 사람에게 더 쉽게 찾아올 수 있다고 해요. 두 분이 말씀하신 증상 외에도 초조함, 과도한 걱정, 결단을 내리지 못하는 증세, 건강 염려증 때문에 병원을 많이 찾기도 한데요.

사소한 일에 심각하게 후회하거나 죄책감을 느끼고 안절부절못하는 모습들을 보이기도 하고 심한 불면증, 질병에 걸렸다는 신체망상, 앞날이 비참하다고 믿으면서 자살 기도까지 이어지기도 하는데, 실제로 자살률이 가장 높은 질환이라고 합니다. 이런 불편한 얘기를 굳이 하는 이유는 갱년기 우울증은 우울감을 느끼는 것과는 다르고, 나이 들어서 그렇지, 그럴 만한 일이 있어서 그래, 또는 괜찮아지겠지 하면서 긍정적으로만 대응하면 안 된다는 전문가들의 조언 때문이에요.

HEYMI 그렇죠. 갱년기 우울증은 갱년기에 나타나는 일반적인 감정 기복보다는 좀 더 심각하다고 볼 수 있죠. 자녀의 독립에 따른 부모 역할의 상실, 나이 듦에 따른 젊음의 상실, 완경에 따른 여성성의 상실, 이룬 것 없는 것 같은 인생에 대한 후회 등 수많은 상실감이 마치 약속한 듯 동시에 갱년기에 몰려들게 되고, 그러다 보면 마음속에는 슬픔, 허무함, 공허함, 게다가 스스로에 대한 무가치함 등 불행한 마음의 늪에 빠지게 되는 것 같아요. 이런 어두운 마음이 오랫동안 이어지면 우울증의 악순환에서 벗어나기 어려울 수도 있다고 하죠. 그래서 갱년기에 접어들기 전에 미리 마음의 훈련이 어느 정도는 필요할 것 같아요. 사실 사소한 짜증도 어디엔가 맥락의 뿌리는 있잖아요. 살다 보면 솔직하게 마주하기 힘든 게 자신의 내면인 것 같아요. 자신의 마음속에 무엇이 있는지 들여다보지 않으면 어떤 문제에 다다를 때 모든 것을 자기 탓 혹은 남 탓을 하게 되고 그러다 보면 문제는 해결되지 않은 채 마음은 더 힘들어지게 되죠.

JIIN 혜미 님의 얘기를 듣다 보니, 자료를 찾다가 발견한 칼 융의 해석이 생각나는데요. 칼 융은 갱년기 우울증의 특징을 다른 우울증과 달리 '삶의 의미'와 관련된 것으로 보고 허무와 절망이라는 감정이 지배적이며 여러 우울증 중에서 가장 위험한 것으로 주목했다고 합니다.

인생 전반기에는 외부의 사회적인 일에 적응하는데 정신 에너지를 쏟는 반면 중년 이후는 자기 내부에 에너지를 쏟는 시기로, 이전과는 다른 모습으로 살고 싶은 욕구가 올라오면서 심리적인 재조정, 리모델링 과정을 겪는다고 합니다. 이때, 사회에 대응하며 생긴 외적 인격과 내 마음, 무의식과 연결된 내적 인격의 조화에 문제가 생긴다고 해요. 결국 자신의 마음을 들여다보기 시작하면서 생기는 내적 갈등인 셈이고, 그동안 자기의 마음을 잘 들여다봤던 사람은 그만큼 갱년기도 잘 보낼 가능성이 높아질 거 같아요. 아마도 그런 이유로 많은 사람이 갱년기에 '명상'을 권하는 것이 아닐까 싶기도 하네요.

DOHEE 어떻게 생각해보면 우리 세대는 몸의 갱년기보다는 정신적 갱년기를 더 이야기해야 하는 건 아닐까 싶어요. 그동안 몸의 갱년기에 대한 탐색은 많이 되어왔지만 정신적 갱년기는 호르몬 변화로 인한 '짜증'과 '화'와 '불안'이란 감정에만 머물러왔던 측면이 있죠. 불안과 화라는 감정 이면에는 아까 혜미 님이 말씀하신 것처럼 개인이 살아오면서 충족하고팠던 간절한 욕구에 대한 갈망, 이루지 못한 좌절된 마음이 남아있을 것 같아요. 단순히 호르몬만의 영향으로 해석하기에는 넘치는 것들이 결국 마음의 영역에서 자신을 찾아오는 게 아닐까요? 그래서 '화, 불안, 짜증'의 감정 3종 세트로 단순하게 접근하기보다는 자신이 살면서 외면했던 자신의 욕구를 찾아야 한다는 관점에서 정신적 갱년기는 무엇보다 중요하다는 생각이 들어요.

HEYMI 어찌 보면 갱년기를 맞이한 중년은 혼자서 자기 몸을 관리하고, 혼자서 자기의 관계를 관리할 줄 알고, 또 혼자서 자기 인생에 대해 설계를 해야 하는, 비로소 어른이 되는 시기라는 생각도 들어요. 어느 정도 인생을 살아온 중년 세대가 앞으로 어떻게 살아갈지에 대한 인생 숙제를 맞이하는 타이밍 역시 갱년기와 맞물리게 되니까 여러모로 마음의 증폭이 클 것 같아요. 몸은 몸대로 재편되고 마음은 마음대로 재정리하는 시기니까요. 그래서 갱년기가 정신적인 압박과 부담으로 느껴질 수도 있고 혹은 그동안 해결되지 못한 채 묵혀있던 감정과 상처들을 마주하는 계기가 될 수도 있고요.

DOHEE 삶을 살다 보면 여러 번의 파도를 경험하게 되는 데 갱년기에 가장 큰 파도를 만날 가능성이 상대적으로 높은 것 같아요. 여러 가지 것들이 복합적으로 오는 시기적 특성이 있거든요. 정신을 지탱해주던 몸이 흔들리면 정신적 파장은 더 커질 수 있다고 봅니다. 갱년기를 겪는 연령대 역시 부모님과 이별하거나, 품 안의 자식을 독립시키거나, 사회적인 지위의 변화를 겪는 내외부적 상황 변화와 맞물리게 되기도 하고요. 자신을 둘러싼 인간관계와 사회적 지위 등에서 지각변동이 생기고, 결국 몸이 흔들리는 틈을 비집고 들어와 마음으로 터져 나오나 봐요.

정신적 갱년기의 다른 말
'억울함', 그리고 '자존감'

HEYMI 정신적 갱년기를 이야기할 때 '짜증'과 다르게 더 깊은 감정은 '억울함'인 것 같아요. 앞서 도희 님이 이야기한 것처럼 중년은 여러모로 상황적 변화가 많은 시기라 여러 일을 겪게 되는데요. 특히 자신을 희생하면서 감내했던 인생의 중심축이 어느 순간 무너지기 시작했을 때, 자신의 가치를 상실하게 되고 그 빈 자리에 '억울함'이라는 감정이 가득 차게 되는 것 같아요.

엄마의 역할이 상실된 것 같은 '빈 둥지 증후군'도 그 상실감과 외로움의 저변에는 엄마(부모)로서의 억울함도 같이 작동하는 것 같고요. 열심히 젊은 날을 살아낸 사람이 어느 날 건강을 잃었을 때 느끼는 감정도 달려오기만 했던 인생에 대한 억울함이고, 갱년기의 고통이 극심해질수록 자신을 챙기지 못했던 지난날에 대한 후회도 억울함과 함께 몰려올 수 있는 것 같아요. '억울함'에 대한 감정 해소나 마음의 정리가 되지 않으면 정신적 갱년기가 세게 오지 않을까 싶어요. 제 주변에도 살아온 인생 자체를 억울해하는 분들이 많은데 하루 이틀의 감정이 아니라서 어디서부터 어떻게 풀어내야 할지 어려운 문제거든요.

JIIN 신체적으로도 갱년기에는 '억울함'을 느낄 수밖에 없도록 작동하더라고요. 갱년기 호르몬 불균형이 기억을 관장하는 해마에 영향을 미치면서 밀어 넣어뒀던 기억들이 수면 위로 올라오게 된다고 하네요. 과거에 완전히 해소되지 못한 사건이나 기억이 되살아나면서 억울하고 분하고 자신이 바보 같고 어리석게 느껴지는 감정들이 생기는데, 과거의 일이니 해결할 방법은 없고, 그러면서 정신적 갱년기가 과거의 억울함 안에서 자라게 되는 것 같아요.

DOHEE 그래서 자꾸 옛 기억으로 빨려 들어갔던 거였군요. 맞아요. 해소하지 못한 과거는 결국 다시 찾아오더군요. 그것이 억울함의 모습으로 찾아와 미칠 것 같은 감정의 소용돌이를 불러올 수도 있고요. 억울함이란 정서에 머무른 채 달려오다 보면 그렇게 될 수 있다고 봐요. 어느 지점에서 브레이크를 걸지 못하거나, 다르게 선택할 방법을 찾지 못한 채 정신없이 살아오다 보면요. 그 억울함이라는 정서를 자신의 삶에서 다른 원동력으로 전환하지 못할 때, 타인을 향해 분노를 표출하게 되는 것 같아요.

HEYMI   특히 갑작스러운 신체 변화가 나타나는 갱년기에 마음이 수면 위로 떠 오르는 거죠. 그동안 우리는 삶의 방식을 다른 사람한테 초점을 맞춰서 살게 되는 경우가 많잖아요. 가정생활에서도, 사회생활에서도 직무와 역할 중심으로만 살다 보면 남을 먼저 배려하게 되거나 혹은 일을 우선순위에 놓고 살게 되니까 정작 자기 자신을 돌보기는 어렵죠. 어느 순간 힘듦이 쌓이고 애쓴 만큼 자신에게 돌아오는 보상이 없을 때 '억울함'이라는 감정의 상처가 남을 수 있어요. 자기 가치가 충만하지 못할 때 그런 억울함은 더 많이 몰려올 수밖에 없을 것 같고요. 어쩌면 자기 존중이나 자존감의 부족이 억울함이라는 감정의 근원이 되는 건 아닐까 싶기도 하고요.

살아가면서 무엇보다 자신의 감정부터 보듬고 챙겨야 하는데 이게 쉽지가 않잖아요.

JIIN   저는 역으로, 자존감이 비상식적으로 높아도 문제가 될 것 같아요. 실제로 자존감 과잉은 주변인에 공격적이고 우월감을 통해 지배하려는 경향이 강하다는 연구 결과도 있고요. 긍정적인 자존감이 형성된 사람이라면 당연히 문제가 없겠지만, 자존감이 지나치게 높기만 하면 오히려 정신적 갱년기의 원인을 제공할 가능성이 있을 것 같아요.

현실과 목표하는 기대치 사이의 격차가 클 수밖에 없으니까요.

HEYMI 자존감이 심하게 높은 사람일수록 갱년기일 때 오히려 문제가 된다는 말씀인가요?

JIIN 정확히 말하면, 건강하지 않은 자존감 과잉이 문제겠죠. 그래서 무엇보다 균형 잡힌 건강한 자존감이 중요하다고 생각해요. 비상식적으로 높은 자존감도, 낮은 자존감만큼이나 문제를 동반할 거라고 봅니다. 물론 건강한 자존감이라는 것이 측정할 수 있는 것도 아니고 객관적 기준이 있을 수도 없지만, 자존감은 높고 낮음보다 어떻게 형성되었느냐가 중요하고, 사회 평가적 요소에 기반해 형성된 자존감은 건강하지 못하다고 얘기하더라고요. 건강하지 않으면서 비상식적으로 높은 자존감이 갱년기의 사회적, 신체적 컨디션 하락과 맞물렸을 때, 그 충격이 더 크고, 더 큰 타격을 받을 수도 있을 거라 생각돼요.

갱년기 우울증에 걸린 환자들은 대부분 사회적으로 매우 유능했던 사람들이라는 어떤 의사분의 얘기가 기억나요. 이분들을 보면, 열심히 살고 강박적, 완벽주의적 경향을 보이며 중요한 사람들로부터 인정받는 것을 통해서 자존감을 유지해온 성향들이 많은데, 완경, 가족의 죽음, 자녀들의 독립, 승진 경쟁에서의 뒤처짐을 통해 이전까지 성공적이었던 자신의 삶이 완전히 붕괴됐다고 느끼게 된대요. 경직된 태도로, 성취 지향적인 삶을 살아온 이들이 세월의 흐름과 설정한 목표를 달성할 수 없다는 한계에 직면할 때, 자존감이 심하게 흔들리고 우울 상태에 빠지게 된다는 것이죠. 물론 일반화할 수는 없겠지만 건강하지 못한 자존감으로 앞만 보고 삶을 달려온 이들이 맞이하는 갱년기 변화는 자신의 상실로 직결될 수도 있을 것 같아요. 궁극적으로는 각자의 성향과 가치관, 환경, 에너지 안에서 자신에게 맞는 적정한 자존감을 만들어 가는 것이 가장 중요한 부분이고 이 또한 정신적 갱년기의 수위를 결정하는 key가 아닐까 싶어요.

DOHEE 지인 님이 말씀하신 '균형 잡힌 건강한 자존감'이 중요하다고 생각해요. 그런데 살다 보면 자존감을 지키는 것이 참 어렵고, 얼마나 상실되었는지 모른 채 살아가기도 하거든요. 무너지듯 억울함이 자신을 찾아온다면, 자신이 그동안 타인 혹은 외부세계와 어떤 관계를 맺어왔는지 들여다보게 되는 것 같아요. 살면서 자신의 정체성을 어떻게 지켜왔는지에 따라 정신적 갱년기 지도가 다르게 그려질 거라 생각해요. 자신이 누구 때문에 이렇게 되었다던가, 불행의 원인을 외부적인 데서 찾다 보면 분노와 화, 억울함이 생길 수밖에 없고, 결국 타인을 향해 분노의 화살을 쏘게 되는 안타까운 상황이 연출되는 것 같아요. 자신의 의지와 선택에도 책임이 있다는 것을 받아들이고, 어른이 된 후 자존감은 스스로 지켜내야 한다는 것을 알게 되면 억울함이란 감정과 나 사이에 공간이 조금 생겨날 거라 믿어요.

HEYMI 나이가 들어가면서 자연스럽게 자존감이 떨어질 수도 있고, 갱년기에 몸이 힘들어지면서도 자존감이 하락할 수도 있고, 은퇴나 노후를 고민하면서도 그동안 살아온 삶에 대한 후회나 아쉬움이 맞물리면서 자존감이 낮아질 수도 있다고 봐요. 원래부터 낮은 사람들도 있을 수 있지만, 한편으로는 그동안 잘 지켜온 자존감이 상황에 따라 변동될 수 있는 거죠. 중년이라는 시기가 녹록하지만은 않잖아요. 저도 자존감이 떨어졌다는 생각이 들 때가 있어요. 타인의 소소한 행동에 괜한 의미를 부여하고 노여움을 느끼는데 뒤돌아보면 결국 그것은 제가 만든 감정의 덫이라는 것을 알게 되죠.

자존감이 떨어지면 자신의 우물 안에 갇히게 될 수도 있어요. 마음이 건강하지 못하고 자해를 하는 거죠. 나이가 중년인데 이만큼 살아오면서 인생에 후회나 아쉬움이 없을 리가 없죠. 현재의 삶에 만족하지 못할 경우 속에 쌓인 억울함이 어떤 식으로든 겉으로 표출되는 것 같아요. 그 분출 시기가 때마침 갱년기와 맞물리기 쉬운 거죠.

자신의 가치를 자신의 직업이나 역할에서 찾을 수도 있겠지만 더 근원적으로는 '자신'에게 무게중심을 두어야 가변적이지 않고 상대적이지 않은 '마음의 기준과 중심축'을 얻게 되는 건 아닐까 싶어요. 그래서 갱년기 관련 수많은 책에서 '자아 찾기'라는 화두가 나오는 것 같기도 해요.

DOHEE 그렇죠. 정신적인 갱년기에서의 화두는 결국 '자아 찾기' '자존감'으로 귀결되는 것 같아요.

인간으로 살아갈 때 가장 본원적인 가치이면서도, 우리가 살면서 놓치기 쉬운 부분이다 보니 갱년기와 함께 터져 나오며 다시 한번 각자의 인생에 화두를 던져 놓는 건 아닐까 싶네요.

나는 언제 행복한가?
나에게 향하는 무게 중심, 자아 찾기

HEYMI 사실 갱년기 책을 읽다가 자아 찾기가 마치 갱년기를 극복하는 결론처럼 제시되면 너무 교과서 같은 솔루션 같아 진부하기도 하고 심지어 거부감이 들기도 했어요. 심신이 힘들고 지친 상태에서 자아 찾기라는 것이 또 다른 과중한 부담처럼 느껴지기도 했거든요. 그런데 요즘 와서 생각해보면 '자신에 대한 탐색'이 필요하다는 주장이 그다지 틀린 말은 아닌 것 같아요. 그리고 무엇보다 자아를 찾는다는 의미가 거창하고 추상적인 의미가 아니라 인생을 살면서 자기가 언제, 무엇을 할 때, 누구랑 있을 때, 어떤 생각을 할 때 행복한지 규정해보는 노력과 동일하게 받아들여져요.

인생의 무게 중심이 자신에게 있다는 말은 자신만의 행복 기준을 갖고 있다는 말과 같지 않을까요? 자신이 만족할 만한 일이나 취미 혹은 봉사, 종교, 관심사 등을 통해 자기 자신을 기쁘게 하는 활동들을 해야 하고, 없다면 그런 것들을 찾아 나서야 한다는 거죠. 중년의 나이가 되면 가정 내 역할도 바뀌고 회사 내 직급의 역할도 바뀌면서 심

신에 변화가 생기기 쉬운데 그럴 때 자기중심적인 세계관
이 꼭 필요하다고 봐요.

JIIN 행복감과 만족감이 중요한 전제일 것 같아요. 상대적으로
우리나라 사람들은 스스로 행복하다고 느끼는 사람들이
많지 않은 것 같아요. 비틀어진 행복 기준이 학습되었기
때문이라고 보는데요. 사대주의적 발언일 수 있으나 유럽
이나 미국의 행복 기준보다 한국은 더 물질적이고 상대적
인 것 같아요.

즉, 자신이 중심이 아니라 외부 조건에 좌지우지되는 행복
감인 거죠. 자존감의 기준도 그렇고요. 내가 어느 순간에
행복이나 만족감을 느끼는지 제대로 파악하고 있는 사람
이 얼마나 될까요? 행복 포인트를 알면 그 포인트를 만들
어가려고 노력할 것이고 정신적으로 안정감이 생기고 결
국 자존감과 연결되리라 생각해요. 자연스럽게 셀프 컨트
롤 능력이 단단해질 것이고, 갱년기라는 변수에도 잘 대
처하게 될 것 같아요.

DOHEE 그렇네요. 우리는 열심히 살아가지만, 막상 자신이 무엇을
좋아하고, 어떨 때 행복을 느끼는지는 잘 모르고 살 때가
많아요. 저 역시도 그랬고요. 좋아하는 것을 찾아야 한다

는 것은 알고 있었지만, 30~40대를 지나면서는 머리로만 이해했던 것 같아요. 마치 사전적인 의미의 자아 찾기를 하듯 외부적인 것에서 찾아 헤맸었네요. 제 자존감을 남편과 아이, 경제력과 사회적 위상을 통해 얻으려고 했었기 때문에 저 역시 한동안 억울함이라는 감정 속에 있었던 것 같아요.

지금은 다행히 타인이나 외부적인 것이 아닌 저 스스로 자존감을 짓는 것이 얼마나 중요한지 알게 되었고요.

JIIN   자존감, 자아에 대한 얘기는 꾸준히 사회화되고 있는데요. 어찌 보면 행복한 순간을 찾는 작은(?) 것일 수도 있는데, 사회가 자아 찾기로 과대 포장해서 전달하기 때문에 오히려 대중의 부담이 커지는 것 같기도 해요. 자신이 어떤 사람인지 들여다보라는 건 굉장히 어렵고 손에 잡히지 않는 얘기이죠. 요즘 2030 친구들을 보면 본인이 뭘 좋아하고, 뭘 하면 행복한지 정확히 아는 친구들이 많은 것 같아요. 그런데 이 친구들이 자아 찾기라는 큰 얘기에서 접근한 건 아니죠. 단지 자신의 행복 포인트를 알고 그때그때 시간을 만들고 생활을 조금씩 바꿔 나가면서, 그렇게 삶을 단단하게 하는 것 같아요.

자기개발서 개론 같은 형이상학적 접근이 아니라, 작은 것부터, 자신이 좋아하는 것, 자신이 뿌듯한 순간, 스스로 기특한 순간부터 생각해 보고 그런 시간을 많이 갖도록 노력하는 것부터 시작해도 되지 않을까요?

DOHEE 듣다 보니 자존감이라는 단어를 더 구체화할 수 있는 '일치감'이란 단어가 생각나네요. 우리의 기준은 외부적인 것에 많이 집중되어 있는데, 결국 나라는 사람을 바탕으로 일상에서 접점을 찾아 나가는 것이 중요한 것 같아요. 저는 숨을 깊이 쉬는 것을 좋아하고, 햇빛이 들어오는 카페 유리 창가에 앉아 혼자 멍 때리며 지나가는 사람 관찰하는 걸 좋아하죠. 숲길을 걷는 것도 좋아하고요, 생동감 있으면서도 안정적인 것을 추구하다 보니 색 배합이 명료하고 패턴 문양이 있는 천 가방을 좋아해요. 나란 사람과 일치하는 접점을 찾아보는 것이 자존감을 짓는다는 추상적 목표의 시작이 될 수도 있겠네요.

저는 요즘 2030 친구들에게서 현실에 발을 디디면서도 자신이 원하는 것과의 접점을 잘 찾아 나가는 모습을 발견하곤 합니다. 최근에 만난 20대 친구가 자신의 사업공간을 찾는 과정을 듣고는 놀랐는데요. 사실 저는 부동산이라 하면 지역적 특성, 역세권인지, 임대료가 얼마인지, 도로변인지, 안으로 들어간 구조인지, 지하인지 등등의 조건검색을 먼저 했을 텐데요. 이 친구는 역에서 거리가 멀어도 괜찮으니 자신은 통창을 좋아해서 햇살이 들어와야 하고, 숲이 가까우며 조용한 동네였으면 좋겠고, 새소리까지 들렸으면 한다고 부동산 사장님께 말씀드렸대요. 그리고 자신의 조건에 맞는 공간이 있는 동네를 순차적으로 검색해 나갔다 하더군요. 물론 본인이 생각하는 임대료 수준에서 조금 더 오버하긴 했지만, 가장 자기다운 공간을 찾았다며 행복해했어요. 타인이나 사회의 기준이 아닌 자기다운 기준에서 출발하는 젊은 친구들의 선택이나 태도를 보면 부러워요.

HEYMI 저 역시 자신만의 행복 기준이 부재한 것이 문제라고 생각해요. 주변을 둘러봐도 자신의 삶에 만족하거나 행복하다고 말하는 사람들은 많지 않아요. 도대체 행복하다고 인정하는 게 왜 이렇게 어려운 건가 싶기도 하고요. 자신만의 기준이 없으니까 사회적 기준에 따라서 자신의 행복을 찾으려 하는 경향이 있는데 사회적인 기준은 상대적이니까 자신의 생활에 충분히 만족스러워도 타인들의 생활을 보면 괜히 흔들리기 쉽잖아요.

100세가 넘은 철학자, 김형석 님이 『백년을 살아보니』 책에서 그러셨어요. 정신적 가치와 만족을 모르는 사람은 절대로 행복할 수 없다고요. 저는 '만족'이라는 것이 참 중요한 삶의 태도라는 생각이 들어요. 작은 것에 만족하면 발전이 없다고 배운 것 같은데 저는 요즘 발전보다 만족이 중요한 나이라고 생각해요. 발전이니 경쟁이니 그런 가치가 중요하지 않은 것은 아닌데 저에게는 다소 피곤한 개념이라 당분간은 우선순위에서 뒤로 놓고 싶어요. 그냥 저는 제가 소유하고 있는 것들과 제 곁에 있는 가족들과 사람들의 소중함을 느껴요. 지나고 나서 뒤돌아보니 소중했던 일상이 흔들릴 때가 제일 힘들더라고요.

어제보다 나은 내일을 향해 달려갔던 나이가 있었고, 이제는 어제 같은 오늘에 감사하는 나이가 된 것 같아요.

DOHEE　저 역시 그 충분하다는 기준을 재정립하고 있어요.

제 기준과 타인의 기준 사이에서 줄타기하며 흔들릴 때도 있었지만, 지금은 저에게로 무게 중심이 이동하고 있어요. 주변 인간관계도 저와 가치관이 닮은 사람들로 집중되다 보니 좀 더 안정적으로 되어 가고요. 그래서 우리 세대의 갱년기 지도는 직전과는 조금 다를 수 있겠구나, 기대하게 돼요. 이전 세대가 숙제하듯이 자아 찾기를 통한 해방을 부르짖었다면, 우리 세대의 자아 찾기 여정은 좀 다양하거나, 주변과 조화를 이루며 연착륙하는 모습을 보일 수도 있을 것 같고요.

최근에 망원동에 놀러 갔다가, 젊은 남자분이 운영하는 일상소품 매장을 방문한 적이 있어요. 면 수건 하나를 구입했는데 물건을 담아주는 봉투에 '오늘 하루도 편안하게'라는 부적 모양의 스티커를 붙여주시더군요. 어떻게 젊은 분이 이런 생각을 하게 되었는지 물어보니, 20대에 취업과 사업실패의 경험을 통해 본인에게 행복한 삶이란 '하루하루를 무탈하게 살아가는 것'이라는 깨달음을 얻었다고 했어요. 그런 의미에서 매장에 오시는 분들께도 그런 바람을 담아 스티커를 붙여드리고 있다고요. 50대와 60대가 되어서야 뭔가 절실하게 얻게 되는 깨달음을 젊은 친구들은 벌써 유연하게 삶에 적용하는구나 싶었죠. 한 세대가 지나가고 이 친구들이 4050이 될 때는 적어도 갱년기 자아 찾기 등의 표현은 사라질 수도 있겠다는 생각이 들었어요.

JIIN   2030세대는 우리가 소위 '갱년기 자아 찾기'라고 얘기하는 지금 이 시기를 이미 겪고 있다고 생각해요. 극단적으로, 앞으로의 갱년기 세대에게는 신체적 갱년기, 환경은 남지만 정신적 갱년기는 약해지거나 사라질 수도 있을 것 같아요.

DOHEE 맞아요. 그들이 우리 나이가 되면 호르몬 감소나 조절 등 신체적인 증상의 갱년기 변화만을 캐쥬얼하게 이야기하는 시대가 열릴 수도 있겠네요.

JIIN 그때 되면 또 다른 무엇이 발현되겠죠? 어떤 키워드가 유행처럼 만들어질 거라고 생각돼요. 자존감과 자아는 원래 삶 저변에 깔려 있어야 하는 중요한 부분인데, 우리에게는 마치 유행어 같잖아요. 철학적 문제가 트렌드에 맡겨져 소비되고 있는 것도 문제라면 문제겠죠. 하지만 그런데도 한 번쯤 생각하는 계기를 만들어주고 있고 그중에서 누군가는 본인의 것으로 체화할 테니 순기능도 당연히 인정해야 한다고 생각하고요.

DOHEE 한때 자존감, 자아 찾기가 사회적 유행처럼 소비되고, 자기계발서의 주된 주제인 적이 있었죠. 제가 마흔 중반에 그토록 찾아 헤매던 것 역시 '자아 찾기'였답니다. 물론 제 식으로 해석하자면 '변화된 삶에 맞춘 새로운 자아 짓기'가 더 적합하겠지만요.

제가 한동안 공부했던 비폭력 대화에는 '코어 자칼'이라는 과정이 있어. 코어 자칼이란 오랫동안 내 삶을 지탱해왔던 핵심 신념이 삶의 다른 여정으로 넘어갈 때, 오히려 제약요소로 작용할 수 있기에 적당한 때가 되면 떠나 보내주고, 새로운 것을 받아들이는 과정으로 요약해 볼 수 있죠.

예를 들어 '인간은 성실해야 한다.' '쓸모 있는 인간이 되어야 한다.' 등 어린 시절 학습된 가치관과 안녕을 고할 때가 오는데, 갱년기 역시 그때가 아닌가 싶네요. 저 역시 코어 자칼(핵심신념)을 하나씩 떠나보내는 작업을 했어요. 물론 그 자리에는 새로운 가치관들로 채워졌고요.

성실, 책임감, 타인에 대한 배려를 떠난 보낸 자리에는 재미, 창조성, 도전이라는 가치관이 새롭게 채워져 가고 있어요. 그런 작업이 저에게는 일종의 새로운 자아 짓기 과정이었죠.

HEYMI 인생을 살면서 한 번쯤은 '자신'에 집중해야 하는 묵직한 시기가 자연스럽게 오는 걸까요. 저는 사춘기를 무심하게 통과했고, 그 이후 인생을 정신없이 살다가 49살에 갱년기를 맞닥뜨렸는데 인생의 고민이 몰려오는 것을 보니 저에겐 갱년기가 그런 시간이 되는 것 같아요. 고민을 해결해야 할 주체가 '나'이기도 하고 고민의 대상이 '나'이기도 해요. 무심코 살다가 둔덕에 브레이크 걸리듯 잠시 멈춘 상태 같은 거죠. 도희 님이 말한 코어 자칼이라는 과정이 저에게도 필요할 것 같아요. '내려놓기'와 '챙기기'를 같이 해야 하니까요.

가끔은 뜬금없이 본질적인 질문을 던지기도 해요. 나는 누구인가, 나는 어떤 사람인가 이런 물음을 우연히 타로 보러 갔다가 질문했는데 황당해하셨어요. 그런 것 말고 다른 구체적인 고민을 물으라고. 그런데 저는 49세에 나는 어떤 사람인지 진짜 궁금해하고 있어요.

JIIN 저는 결혼이나 출산 과정이 없다 보니 사회적 역할에서 자존감을 찾는 경향이 더 강했던 것 같아요. 지금은 여러 이유로 달라졌지만, 당시의 저처럼 사회적 지위가 행복이나 가치관의 중요 포인트인 분들도 많을 것으로 생각돼요. 물론 이 역시 존중해야 할 가치라고 생각하고요.

40대는 사회적 위치의 불안감이 커질 수밖에 없는 시기인데요. 갱년기와 충돌하면서, 절박한 고민이 많아지고 좌절의 순간도 생기고 자존감도 당연히 떨어지게 되겠죠. 그러면서 자연스럽게 나라는 사람, 나의 환경과 미래에 관한 생각이 꼬리에 꼬리를 물고 많아질 수밖에 없을 것 같아요. 그리고 결국은 다들 나름의 돌파구를 찾을 것으로 생각합니다. 저도 그랬거든요.

제가 하고 싶은 얘기는, 결국 자존감의 주체가 오로지 자신에게 있든, 아니면 사회적 위치나 상대 비교에 있든(심리학자는 건강하지 못한 자존감이라고 했지만), 자신이 제일 행복한 순간, 제일 만족감이 큰 것의 기준이 뚜렷하다면 그것을 따라가면 될 것 같아요. 그리고 따라가기 어려운 순간이 온다면, 자신의 기준을 조금 내려놓는 것도 필요하다고 생각합니다. 자신을 위해서요. 내 안에서 내게 주는 융통성, 이 역시 자존감의 중요한 부분 아닐까 싶어요.

HEYMI 융통성이라는 표현이 앞서 도희 님이 이야기한 코어 자칼과도 연결되는 것 같은 느낌이에요. 코어 자칼이라는 과정을 하는 것도, 스스로 융통성을 부여할 수 있는 것도 내면의 힘이 있기 때문에 가능한 것 같네요.

요즘 주위 친구들과 이야기하다 보면 친구들이 철드는 걸 느껴요. 자식 교육에 올인하던 친구들이 이제 자식이 자기 뜻대로 되는 존재가 아니라는 것을 깨닫기 시작했죠. 제가 볼 때 자식으로부터 독립은 엄마들이 먼저 하는 것 같아요. 직장 생활하다가 새로운 일을 찾아 시작하는 친구들도 있고요. 이제야 적성을 찾았다며 기존의 커리어와는 다른 세계로 들어서는 거죠. 또는 낯선 영역으로 점핑해서 새로운 공부를 시작하기도 해요. 갱년기를 포함한 중년 시기는 어떤 식으로든 내면이 역동적으로 변하는 시기인 것 같아요.

DOHEE 살면서 자연스럽게 성장해간다면 좋겠지만, 그러지 못하
더라도 갱년기 즈음에는 다양한 삶의 메시지를 찾아 나섰
으면 해요. 지금껏 앞만 보고 오느라 발견하지 못했던 새
롭고 다양한 가치관을 찾아내는 노력이 필요한 시기죠.
요즘처럼 힘든 시대에 젊은 세대가 그들만의 방식으로 세
상에 없는 지도를 만들어 내는 것도 보여요. 우리보다 어
리지만, 일상의 철학을 찾고, 건강한 의식주와 관련한 트
렌드도 만들어가고 있어요. 또 선배 세대를 보면 어려웠던
시절을 보낸 후 단단하게 쌓은 시간의 지혜를 품고 계셔서
여러모로 의지하기 좋은 동지가 되어주시죠.
갱년기를 잘 보내기 위한 해법을 찾고자 하니 여러 세대의
통찰력과도 만나게 되고 앞으로 더 다양한 해법들이 나
타날 것 같기도 해요.

**종로에서 나눈** 일곱 번째 수다

우리는 왜 갱년기를
제 2의 사춘기라고 부를까요?
갱년기의 질풍노도,
그 성장통은 과연
사춘기와 어떻게 다르고,
우리에게 어떤 의미일까요?

사춘기 성장통
VS
갱년기 성장통

사춘기와 갱년기는
닮았다?

DOHEE 갱년기를 검색하면, '제 2의 사춘기'라고 뜨는데요. 단순히 호르몬 변화를 겪는 시기상의 공통점이 있어서일까요? 아니면 그로 인한 좌충우돌의 정서적 특징을 빗대어 표현할 것일까요?

JIIN 저는 지난 시간 얘기 나눴던 정신적 갱년기와 연관된 것 같다는 생각이 들어요. 갱년기를 제 2의 사춘기라고 부르는 것은 사춘기가 가진 반항, 예민함, 불안함 등 부정적인 심리요소들을 갱년기에 그대로 대입했기 때문인 것 같아요. 지랄맞다고 표현하는 것과 같은 맥락이겠죠. 사춘기의 불안한 심리 요소들을 빗대어 갱년기의 정신 상태를 쉽게 설명할 수 있다는, 일부는 맞지만 조금은 편협한 시각이 반영된 비교가 아닐까요?

DOHEE 사실 갱년기를 제 2의 사춘기로 표현하는 것이 좀 불편했어요. 몸과 마음이 급격한 변화를 겪는다는 점에서는 분명 공통점이 있을 거예요. 자아 찾기나 자신의 정체성을 추구하는 시기라는 점도 마찬가지이고요.

하지만 갱년기를 사춘기에 빗대어 표현하다 보면, 사춘기 아이와 갱년기 엄마의 갈등 구도로 보게 되거나, 여성의 자아 찾기와 해방에만 초점이 맞춰지는 것 같아 마음에 저항을 느끼게 되더군요. 둘 다 질풍노도의 시기를 겪는다는 관점에서만 바라본 듯해요. 불안과 불안정한 시선, 낯섦과 혼란의 모습을 띤다는 점에서 제 1, 제 2의 사춘기로 해석한 게 아닐까 싶어요. 다만, 단순하게 제 2의 사춘기라는 타이틀을 붙여 해석하기보다 사춘기와 갱년기는 다를 수도 같을 수도 있다는 것을 열어놓고 얘기해보면 또 다른 해법이 찾아지지 않을까요? '사춘기를 잘 겪지 않으면, 갱년기가 심하게 오고, 갱년기를 잘 겪지 않으면 치매가 온다'는 말을 들은 적이 있어요. 삶에서 맞이하는 주요 변곡점을 잘 맞이해야 다음 단계를 건강하게 마주할 수 있다는 이야기일 거예요. 우리가 두 번째 사춘기와 만난다면, 첫 번째와는 어떻게 달라야 하는지 그리고 문득 갱년기가 사춘기와 같은 듯, 다른 부분이 무엇일까 찾고 싶었어요.

HEYMI 사실 처음 이 질문을 마주했을 때는 당연히 다르다고 주장하고 싶었는데 곰곰이 생각할수록 사춘기와 갱년기는 유사한 것 같아요. 생물학적으로 호르몬이 변화하는 시기죠. 사춘기는 호르몬이 증가하고 갱년기는 감소한다는 차이가 있지만 둘 다 몸속부터 바뀌니까 마음이든 뇌의 작용이든 정서적인 영역에서 불안정해지는 것도 유사한 것 같아요. 사춘기와 갱년기의 자아 찾기는 목적도 크게 다르지 않은 것 같기도 하고요. 자신이 누구인지, 자신이 어떤 사람으로 성장하고 싶은지, 자신이 무엇을 좋아하는지 혹은 싫어하는지 등 자신을 탐색하는 과정이라고 보면 사춘기와 갱년기는 세대 차를 뛰어넘어 세부내용은 달라도 전환기를 맞이하는 목적은 비슷할 수도 있겠구나 싶었어요. 다만 자신이 자아 찾기를 하는구나를 그나마 깨달을 수 있는 시기가 갱년기가 아닐까 싶어요.

사실 도희 님 말씀처럼 사춘기 없이 중년이 될 때까지 자아 충돌을 겪어보지 않는 사람들도 삶과 죽음의 문제를 고민해보는 중년에 이르면 어떻게 살아왔는지, 자신의 인생에 대해 탐색하는 시간을 갖게 되잖아요. 그런 브레이크가 갱년기의 고통을 통해 걸릴 수도 있고, 중년의 특정 상황을 통해 걸릴 수도 있고, 아니면 주변 지인들의 경험과 선배들의 조언을 통해 자발적으로 맞이할 수도 있겠죠. 노년으로 가기 전에 만약 인생의 주인대로 잘살고 있다면 그대로 살아가면 되지만, 그게 아니라면 방향을 바꿀 기회를 주는 건 아닌가 싶기도 해요.

JIIN   혜미 님 말씀을 듣고 보니, 제 2의 사춘기라는 표현을 꼭 부정적 시각으로만 해석할 필요는 없겠네요. 왜 제 2의 사춘기라고 부르는 것일까?라는 의문을 사회적 인식 측면에서 해석하려다 보니, 저야말로 편협한 관점으로 본 것 같아요. 아마 제 개인적 경험과 연결된 듯한데, 저는 사춘기에 거창하게 나는 누구인가, 나는 어떤 사람이 되고 싶은가, 무엇을 좋아하는가에 대해 깊이 생각하며 지나오지는 않았거든요. 그러다 보니, 사춘기라는 단어를 바라볼 때, 자아 찾기보다는 불안한 심리적 측면과 신체적 변화를 나타내는 단어로만 보게 되고, 갱년기 역시 그런 관점 때문에 제 2의 사춘기로 사회에서 부르는 것이 아닌가 생각했던 것 같아요.

DOHEE   두 분의 말씀을 듣다 보니 인생에서 마주하는 본질적 측면에서 둘은 참 닮았네요. 문득 사춘기냐 갱년기냐의 사실보다는 '잘 보냈다'라는 단어가 떠오르는 건 왜일까요. 사춘기도, 갱년기도 그 시기를 '그냥 흘려보냈다'보다는 '잘 지나왔다'로 갈 때 삶의 질적 성장과 연결되지 않을까 해요. 두 시기 모두 자신과 한 번은 대면해야 하고, 어떤

사람이 되고 싶고, 어떻게 살고 싶은지를 고민하고 선택할
수 있는 전환의 시기이니까요.

그런 의미에서 사춘기, 갱년기의 방황과 혼란이 반드시 부
정적이라고는 할 수 없을 것 같아요. 삶에서 스스로가 제
어하고 선택해야 할 것이 무엇인지 고민할 기회가 되기도
하니까요. 중간에 한 번쯤 브레이크를 걸고, 속도 조절을
하며, 재정비를 통해 방향성을 찾는 기회로요. 둘 다 인생
의 시기에서 맞이할 수 있는 공통분모가 많네요. 다시 찾
아온 두 번째 사춘기인 갱년기는 첫 번째와는 다른 의미
가 있을 것도 같아요. 그래서 첫 사춘기와는 어떻게 달리
맞이해야 할 것인가 생각해 보게 되네요.

JIIN   청소년기의 사춘기는 인생을 시작하는 단계에 가깝고 중
년의 사춘기는 인생을 마무리하는 단계에 가까운 만큼 생
각의 재료도, 생각의 범주도, 목적 자체도 다를 수밖에 없
겠죠. 청소년기의 사춘기에는 백지에 원하는 대로 그림을
그릴 수 있다면, 중년의 사춘기는 50% 정도 그려진 그림
을 놓고 50%를 어떻게 채우고 마무리할지를 결정하는 시
기라고 생각해요. 덧칠해서 그동안 그려 온 그림을 지울
지, 다른 질감과 색감을 더할지 혹은 지금까지 그려온 대
로 마무리할지 고민이 필요하죠.

DOHEE 그렇죠. '두 번째 스무 살'이라는 드라마 제목이 떠오르네요. 스무 살 때 자신의 의지대로 살지 못했던 여주인공이 40대가 되어서야 새로운 시도와 경험을 하며 성장하는 이야기였던 걸로 기억해요. 두 번째라고 해도 여전히 자아 찾기는 서툴고 낯설겠지만, 인생에서 찾아지는 의미와 무게는 다를 것 같아요. 첫 번째는 말 그대로 처음이라 모르고 지나칠 수도 있지만, 인생에 다시 찾아온 두 번째 만큼은 놓치고 싶지 않은 간절함이 더 해지는 것 같아요.

HEYMI 갱년기에 자아 찾기라고 하니까 중년의 나이가 되어도 자신에 대해 여전히 모르나 싶은데 사실 잘 모를 수도 있지 않을까요? 자아에 대한 고민 없이 살다 보면, 50세가 되어도 60세가 되어도 마찬가지일 것 같아요.

호르몬의 변화가 마음의 충돌을 야기하는 것도 신기한데 그런 생물학적 기회를 우리에게 2번 준 것도 우주의 섭리가 아닐까 싶기도 하네요. 인생을 잘 살기 위해서 두 번의 기회를 준 거죠. 물론 개인마다 호르몬의 변화 없이도 다양한 라이프 스테이지에서 자아 찾기를 맞이할 수도 있지만 그렇지 못한 사람들을 위해 최소한 두 번의 기회를 준 거라는 생각이 들어요. 저에게 찾아온 두 번째 사춘기는 인생의 마지막까지 생각할 수 있는 이 나이에 왔다는 것이 청소년의 사춘기와 다른 의미가 있는 것 같아요. 인생의 전후를 다 살펴볼 수 있으니까 자신의 보폭을 어디까지 넓힐지 무엇을 안 하면 후회할지를 명확하게 혹은 절박하게 판단할 수 있다고 생각해요. 그래서 어찌 보면 이 시기의 정신적 혼란과 갈등도 결국 의미 있는 시간으로 남지 않을까 싶기도 하고요.

DOHEE 다행이네요. "기회는 한 번뿐이야!"가 아니라 최소한 두 번 있다는 것이요. 사실 저도 사춘기가 없었어요. 말 잘 듣는 딸, 모범생으로 살아왔죠. 첫 번째 사춘기를 그냥 지나쳐 온 저에게 두 번째 사춘기는 폭풍 같았어요. 무언가를 완전히 허물고 새로 짓는 과정 그 자체였거든요. 10대, 20대 때 자신의 정체성에 대해 질문하며 질풍노도를 겪었다면 40대, 50대가 되어 자아정체성을 찾는 방식은 또 달라지지 않았을까 싶기도 해요.

HEYMI 청소년기의 사춘기는 그냥 통과했지만 도희 님처럼 저도 두 번째 사춘기 혹은 중년의 성장통을 마주하고 있어요. 여러모로 인생을 재부팅 하고 싶다는 생각도 많이 하고, 이제껏 살아온 시간에 대해 후회되는 부분들이 많아 울적하기도 하고, 갑자기 에너지가 넘쳤다가 가라앉았다가 무기력했다가 잔잔했다가… 마음이 요동을 치죠. 호르몬의 변화와 후반기 인생의 의지가 맞물리면서 새 판을 짜고 있어요.

JIN   피할 수 없는 두 번의 성장통이 주어지는 건 인생에 꽤 괜찮은 보너스 같은 느낌이기도 하네요. 제 경우 성장통은 계속되지 않을까 생각해요. 강도의 차이는 있을 수 있으나, 저는 갱년기가 오기 전에 이미 두 번째 큰 성장통을 경험했고, 앞으로 또 그런 시간이 기다리고 있을 것 같아요. 그리고 두 번의 성장통을 겪었다지만, 저 자신에 대해서 아직도 잘 모르겠어요. 제 고민의 깊이가 깊지 않아서 그럴 수도 있지만, 한편으로는 평생 나는 어떤 사람인가 찾아가는 것이 아닐까 싶기도 해요. 갱년기가 저의 세 번째 성장통이 될 수도 있겠죠.

'성장통'의 사회적 시선, '지랄맞음'

JIN   우리는 지금 '성장통'이라는 단어를 사용하고 있는데요,

일반적으로는 사춘기를 '지랄맞음'으로 표현해서 반항하고 엇나가는 시기로 강조하는 시각이 더 지배적인 것 같아요. 그런데 생각해보면 부모에게 전적으로 의지하던 자녀가 개인의 시간과 공간 그리고 자신에게 집중하다 보니, 기존과 다른 독립적 모습들이 나타나고 부모들은 달라진 자녀를 수용하지 못하니까 충돌이 일어날 수밖에 없고, 이런 일련의 과정을 어른 입장에서만 대변해서 지랄 맞다고 표현하고 있는 것은 아닌가 싶어요.

HEYMI 어떤 강의에서 사춘기를 어른의 관점으로 부정적으로 바라보는 게 문제라는 이야기를 들은 적 있어요. 사춘기를 사춘기 당사자들의 인식을 기반으로 규정한게 아니죠. 어느 정도 자란 아이들이 나름의 갈등상황을 마주하게 되는 것은 당연한 일이고, 그런 문제에 대해 혼자 솔루션을 찾아내고 싶은데 부모들이 자녀들의 이런 태도를 수용하기 어렵잖아요. 공부해야 하는 금쪽같은 시간에 아이들이 허투루 시간을 소비하는 것 같으니까요. 부모 뜻대로 안 되니까 분별력이 없다는 의미로 '지랄맞다'는 표현이 나온 것 같아요. 물론 호르몬에 의한 과도한 감정 표출은 문제가 될 수 있지만, 호르몬의 불안정함과 미성숙한 세대라는 것을 고려하고 그 시기를 이해하고자 하는 부모의 태도가 우선되어야 할 것 같아요.

개인적인 생각이지만 저는 사춘기를 통과하면서 자기감정과 생각 그리고 주장을 어느 정도 키우는 것은 필요하다고 봐요. 사춘기라는 시기에 내적 불만과 고민이 분명 있는데 이를 표현하지 않는다거나 아예 그런 문제의식이 없는 게 더 문제일 수도 있고요. 되돌아보면 저는 불만이나 반항 같은 날 것의 감정을 표출해 보지 못했어요. 지금도 No라고 말하는 게 힘든 사람이죠. 사춘기 불만도 반항도 인간의 감정이 아니라 도덕적인 이슈라고 생각했던 것 같아요. 저처럼 자기 감정과 표현을 억누르고 자란 아이들은 평생 자기 감정을 표출하기가 어렵고, 주변의 상황을 먼저 고려하게 되는 경향이 있어요. 그래서 저는 아이는 아이답게, 사춘기는 사춘기답게 크는 게 좋다고 봐요. 길게 보면 그게 더 정서적으로 건강한 것 같아요.

사실 사춘기가 호르몬의 영향으로 여러모로 불안정하고 흔들리는 시기는 맞지만 그렇다고 실제로 극단적인 사춘기의 사례들이 많지는 않다고 들었어요.

사춘기를 불편하고 두려운 시선으로 바라보는 어른들의 관점이 오히려 문제일 수 있는 거죠. 그래서 사춘기를 바라보는 과장된 사회적 시선들이 존재하고요. 사춘기도 갱년기도 그 시기에 담겨있는 사회적 함의가 편향적이고 부정적인 측면만이 존재하는 게 아쉬워요.

DOHEE 저 역시 아이의 사춘기를 '지랄맞다'며 부정적으로 바라 봤던 때가 있어요. 그 시기를 통과한 제 아이는 지금 잘 성장해있는데 그때는 불안해 보였고, 저도 불안했거든요. 돌이켜보면 '지랄맞다'는 단어가 예쁘진 않지만, 인간에게 어떤 시기만큼은 꼭 필요한 단어가 아닐까 하는 생각이 들어요. 식물도 동물도 모든 것이 아름답게만 성장하지는 않거든요. 변화와 전환기에는 예쁘지 않은 낯선 모습과도 마주할 수밖에 없지요. 다만 단순히 지랄맞은 걸로 끝나지 않았으면 해요. 지랄도 잘 떨고 나면, 한 단계 성장했다고 믿기 때문이에요. 자기다움을 찾아가는 모습을 외부적인 시각에서는 그렇게 표현할 수도 있겠지만 낯선 감정들과 마주하고, 그것에 솔직해지는 과정은 매우 불안정하면서도 모호한 중립지대의 모습을 보이기 때문일 거예요. 사춘기도 갱년기도 인간의 성장 과정이고, 그 지랄맞음을 허용적으로 바라봐줄 수 있다면 좋겠어요. 변화와 탈피 과정 끝에 만나게 될 어떤 모습을 기대해봐도 좋고요. 순간, 40대 중반에 극심한 성장통을 겪었던 제 모습은 어땠을까 궁금해집니다. 10대도 아닌 40대인 제가 보였을 반항적이고, 좌충우돌의 모습들이 얼마나 지랄맞아 보였을까요. 어른인 저도 제 모양새가 낯설고 당황스러웠는데, 그것을 지켜보던 제 주위 사람들은 더 낯설고 당황스러웠을 거예요.

JIIN 도희 님 말씀처럼 저에게는 성장통인 것이 다른 사람에게는 지랄맞음이 될 수 있듯이 다른 사람의 성장통이 저에게 지랄맞음이 될 수도 있겠죠. 이런 '역지사지'를 염두에 두고 타인의 사춘기와 갱년기를 이해하거나 이해받으면 좋을 텐데, 머리로는 알지만, 현실에 대입하기는 쉽지 않은 것 같아요. 사춘기 아이들의 상황도 그렇지 않을까요?

HEYMI 맞아요. 사춘기에 아이들이 엇나가거나 반항하는 것은 그럴 수밖에 없는 상황을 마주하기 때문이겠죠. 아이들의 몸이 성장하듯 아이들의 사회적 관계도 확장되는데 그 사이 사이에 복잡하고 어려운 상황들이 다가오잖아요. 예를 들어 공부밖에 선택지가 없는 답답한 학교생활, 단절된 가족관계, 어려운 교우관계 등 사춘기 아이들도 폭풍 같은 스트레스를 만나게 되니까 갈등과 충돌을 겪게 되는 것 같아요. 저도 사춘기 딸과 한창 티격태격할 때가 있었는데 돌이켜보면 그때 딸이 참 힘들었을 것 같아요. 엄마로서 아이의 사춘기를 전혀 이해하지 못했어요. 사춘기라서 아이가 무조건 반항한다는 생각만 했던 것 같아요.
왜 친절하게 대답하지 못하고 까칠해지는 걸까라는 부정
적인 인식만 했지 딸이 왜 예전과 다르게 저런 행동을 할
까? 라는 본질적인 질문은 하지 않았죠. 사춘기라는 변화
의 시기를 아이가 힘들게 크고 있는 시기라고 생각했다면
다르게 대했을 것 같아요. 딸의 사춘기를 외롭고 힘들게
보내게 해서 뒤늦게 미안하고 후회되네요.

DOHEE 사춘기나 갱년기의 성장통은 그런 의미에서 매우 중요한
의미가 있다고 봐요. 다만 반항과 질풍노도, 지랄맞음으
로만 초점이 맞추어진 데에는 불안, 혼란 그리고 애매모
호함을 견디며 바라볼 수 있는 건강한 시선과 신뢰가 부
족하기 때문일 거라 생각되네요. 두 시기 모두 성장(成長)
을 이루려면 필요한 시간이라 생각해요. 사춘기로 한 번
은 자아의 껍질을 부수었더라도 어른의 타이틀로 살다 보
면 또 무뎌지게 마련이죠. 아이도 아프면서 큰다는데, 어
른도 다시 한번 크려면 낯설고 아픈 시간이 꼭 필요하지
않을까요?

HEYMI 사실 누구나 자기 내면의 감정과 생각대로 인생을 살아야
하는데 그게 어렵잖아요. 자기 마음을 잘 모르면 자기감

정인지 다른 사람의 감정인지 헷갈리고 중요한 문제를 대면할 때도 자기 주도적인 결정을 주저하게 돼요. 그런 측면에서 한 사람으로 단단히 살아가기 위해 내면을 키우는 시기가 필요한데 그 시기가 사춘기나 갱년기가 아닐까 하는 생각이 들어요. 요즘 드는 생각이지만 저도 자기중심적이고 자기 주도적인 부분들을 많이 놓치고 살아왔다는 자기반성도 많이 해요. 한 번뿐인 인생인데 마음의 소리를 귀 기울이지 못하고 정해진 시간표대로만 살아온 것 같다는 생각에 아쉬움이 많죠. 그래서 남은 인생은 좀 다르게 살고 싶다는 욕망이 꿈 트는 것 같아요.

중년이라는 이름,
좌충우돌 과도기

JIIN 생각해보면, 사회적으로 갱년기에 사춘기를 붙인 것보다 중년에 사춘기를 붙인 것이 더 먼저였던 것 같아요. 예전의 중년 시기는 현재보다 사회 변화 속도가 늦은 편이었고 개인이 느끼는 사회적 불안도 낮지 않았을까 생각해요.

지금보다 변수가 많지 않고 가야 할 길이 명확했으니까 보다 안정적이었다고 할까요? 물론 열심히 살아 온 선배들의 시간을 너무 일방적으로 쉽게 재단하는 건방진 생각일 수도 있지만요. 그래도 일단 그렇다는 전제하에 얘기를 풀어보면, 요즘 중년은 사회적으로 정년이란 개념도 없고 한 직장에서 정년을 맞이하는 건 더 어려운 일이고 현실적으로 그것을 기대하지도 않죠.

개인의 성장 경험치도 다르니 자신의 삶에 대한 기대치도 다르고요, 또 전반적인 사회 분위기가 안정보다는 변화와 성장을 필수 요소처럼 요구하기도 하고요. 이런 시대적 상황 속에서 좌충우돌하는 중년에게 사춘기라는 이미지를 가져다 설명하기 시작한 것 같아요. 그런 중년에 대한 시각이 갱년기까지 이어진 것 아닐까요?

HEYMI 중년은 너무 늙지도 그렇다고 너무 젊지도 않아서 슬프다는 말을 어디선가 들은 것 같은데 중년이라는 시기가 가정이나 사회에서도 많은 변화를 마주하게 되는 시기인 것 같아요, 생애 주기적으로도 과도기도인 것 같고요. 좌충우돌하는 변화의 소용돌이 속에 있으니까 좌충우돌하는 것은 당연한 것 같아요. 요즘 저는 한국 사회가 오랜 역사에 비해 '신생국' 같은 느낌이 드는데 여러모로 변화가 많고 속도도 빨라서인지 '사회적 안정감'이 부족하다는 생각이 크거든요. 현대사회에서 미래사회로 가고 있는 것인지, 점점 더 물질 만능사회로 가고 있는 것인지, 뭔가 더 바빠지고 더 빠르게 움직이고 있어서 변화의 속도를 따라잡기도 어렵고, 사실 따라가고 싶지도 않아요.

요즘의 저는 초보 어른처럼 세상을 헷갈릴 때도 많고, 주저할 때도 많고, 여태 철이 안 들었나 싶은 순간들도 많고, 그러다가 90세 노인처럼 모든 것을 내려놓을 때도 있어요. 에너지가 롤러코스터를 타기도 하고 삶의 기준들이 흔들리는 순간들도 많아서 여러모로 불안정하고 격동의 시기에 놓여 있죠. 저 뿐만 아니라 세상도 그런 것 같아서 땅에 발을 잘 디디고 정신줄을 잘 잡고 살아야겠다는 생각뿐이에요.

DOHEE 저도 현재 애매한 중립지대를 서성이고 있네요. 어디서 시작되어 어디서 끝날지 잘 모르겠어요. 어디인지 짐작이 안되는 기나긴 복도나 터널을 지나고 있는 듯도 해요. 자아 찾겠다며 좌충우돌을 하고, 아이의 독립을 인정하면서도 한쪽으로는 못 놓고 있어요. 사회적으로도 정년과 직업의 안정성은 없는 상태이죠. 젊은 친구들 앞에서는 중년이라고 대놓고 인정하기 싫으면서도, 자꾸 삶에서 깨달음이라는 걸 얻고 관조하고 있네요. 제 안에 아이와 어른, 노인이 모두 공존하는 느낌이에요. 그러다 보니 제가 맺어온 인간관계의 모습과 생각에도 변화가 시작되었어요.

관계로부터의 독립,
단단한 '나'로 만들어지는 시간

HEYMI 개인적으로 예상되는 큰 변화 중의 하나는 외동딸과의 관계인 것 같아요. 제 나이가 49살이고 딸이 18살이니까 일차적인 양육의 시기는 끝났거든요. 엄마가 살뜰하게 챙겨줘야 하는 시기가 끝나가고 딸은 성장한 만큼 일차적인 독립생활을 하게 될 테니까 엄마의 역할이 달라지겠죠. 딸의 양육이 끝나면 다소 서운할 것 같기도 해요.

통상 이야기되는 '빈 둥지 증후군'은 엄마로서의 성장통 같기도 해요. 일반적으로는 '빈 둥지 증후군'은 자녀의 독립 이후 엄마들(부모들)이 상실감, 외로움을 과도하게 느끼는 것인데 '엄마'라는 자아가 너무 클 때 그럴 수 있을 것 같아요.

엄마와 자녀 관계에도 적당한 거리가 필요하다는 것을 인지하고 엄마는 엄마대로 의미 있게 자기만의 인생을 새로 시작해보거나 찾는 게 필요하다고 봐요. 엄마로서 역할을 재설정하는 시기가 찾아오니까 이 시기에 여러모로 다른 것들을 모색해볼 기회도 오는 것 같아요. 사실 엄마의 역할은 아이의 사춘기 때부터 서서히 바뀌는 것인지도 몰라요. 티격태격하다 보면 사실 좀 멀어지기도 해요. 부모 말을 듣지 않는, 나름 주체적인 대상으로 아이들이 크잖아요. 그렇게 아이가 클 때마다 심리적 거리를 조금씩 만들어 가는 것이죠. 애착 관계를 분리하는 것은 한번에 되는 것이 아니니까요. 아이를 타인으로 인정해야 비로소 아이를 존중할 수 있어요. 한 몸 같은 자녀를 엄마가 스스로 조금씩 독립시키는 과정을 해나가야 나중에 더 건강한 관계를 유지할 수 있다고 생각해요.

DOHEE 혜미 님 말씀처럼 이미 겪었거나 앞으로 겪게 될 관계의 변화를 이야기하지 않을 수 없네요. 자식이 우리 품을 떠나거나 혹은 부모님이 돌아가시는 것은 우리가 철저히 독립적인 인간으로 다시 세팅되어야 한다는 점에서 공통적이죠. 부모님과 자식은 저에게 보살핌을 주고받는 중요한 존재들이라서 그들이 떠나가거나 의지할 수 없게 될 때 진짜 홀로서야 되거든요.

저는 친정아버지에게 정말 많이 의지하며 살았는데 40대 후반에 아버지가 돌아가시고 나서 혹독한 자아독립 시기를 보내야 했어요. 저는 이미 충분히 어른이고, 독립적인 인간이라고 자부하며 살았는데, 그게 아니었더군요. 제가 더 많이 아버지에게 의지했다는 것을 나중에야 알았어요. 당연함이 사라진 후에야 선명해지는 것들이 있어요.

HEYMI 맞아요. 저는 늘 자녀와 부모를 부양하는 중간 세대로 책임감만 생각했었는데 어느 순간 자녀에게도 부모에게도 의지하고 있는 중간자라는 생각이 들었어요. 딸을 키우는 양육의 시간은 엄마인 제가 성장하는 시간이기도 했고요. 반면 부모님께서 생존해 계시니까 아직 아이처럼 무조건적인 사랑과 관심을 받고 있죠. 관계적인 측면에서 도희 님 말씀처럼 부모님의 부재가 한 사람의 자아 정체성을 흔들 수 있을 것 같아요. 보편적으로 보면 중년의 시기는 자녀나 부모와의 관계변화가 맞물리는 시기라서 흔들림도 많은 시기가 아닌가 싶어요.

JIIN 부모님의 부재는 당연히 제게 큰 변화가 될 것 같아요. 대면하고 싶지 않은 두려움이기도 하고요. 저처럼 미혼의 경우는 남편과 자녀의 비중이 오롯이 부모님에게 집중되어 있으니 두 분보다 더 클 수도 있을 것 같아요. 그리고 부모냐 자식이냐, 친구냐의 문제라기보다는 현재 애착 대상이 무엇인지 그리고 그 대상과의 관계가 자신의 정신적 독립과 연결된 부분이 아닐까 싶어요. 자녀나 부모일 수도 있고 혹은 꼭 사람에게만 국한되는 것이 아닐 수도 있죠. 일(직업)이나 반려동물, 경제력 같은 것들도 될 수 있겠죠.

여하튼 핵심 애착 관계의 부재나 변화가 정신적 독립에 있어서 큰 열쇠, 터닝포인트가 될 것 같고, 저에게는 아마도 부모님과 제 직장이 주요 전환점이 될 것 같아요.

한편으로 우리는 관계의 부재나 변화로 인한 혼란을 '시간'이 해결해 줄 거라는 점도 이미 알고 있어서, 그 시간을 스스로 대비하고 극복할 수 있는 힌트도 조금씩 갖고 있다고 생각해요. 다만 그 힌트를 미리 실행에 옮겨서 조금이라도 대비하느냐, 아니면 외면하다가 그대로 100% 부딪히느냐의 차이라고 생각해요. 제 애착 관계의 key는 부모님이라고 앞서 말씀드렸는데요. 부모님의 부재가 저에게 어떤 영향을 미치게 될지 예상되니까 오히려 두려움이 크고, 부재의 상황을 상상할 때면 실제로 숨쉬기조차 힘들 정도예요. 하지만 그 파장을 줄이기 위해 현재 제가 어떤 노력과 준비를 해야 하는지 어느 정도 알고 있죠. 예를 들어 부모님과 최대한 많은 시간을 함께하는 것이 언젠가 느낄 아쉬움을 줄이는 방법 중의 하나일 거예요. 아마 그런 준비 기간을 통해 정신적인 독립도 자연스럽게 이루어질 수 있겠죠. 결국은 실천이 핵심인 것 같아요. 알면서도 하지 않는 게으름과 핑계의 문제를 벗어나기가 쉽지 않네요.

DOHEE 인생에 그런 준비 시간이 있다면 더할 나위 없이 좋았겠지요. 아이를 키우고, 일하며 정신없이 살다 보니 저는 아버지가 너무 늦게 보였어요. 단둘이 추억을 쌓아보자 결심했는데, 몇 달 후 갑자기 세상을 떠나셨어요. 제 나이가 되면 생애 주기적 여러 이슈와 맞물려 지각변동이 일어나기도 하고, 그래서 격변의 단어들이 많이 등장하게 되는 것 같아요. 자식과 부모가 품을 떠나는 관계의 격변이 일어나는 시기, 말 그대로 진짜 독립이라는 것을 고스란히 맞이하는 시기이죠. 슬프지만 담담히 받아들이고 싶어요. 저 또한 상실이라는 격변의 시간을 보내고 나서야, 정서적인 독립을 조금 이룬 것 같아요. 물론 아이와의 분리는 여전히 진행 중이지만요.

사춘기와 갱년기는 자아 독립을 이루는 시기라는 점에서 닮았지만, 어른의 독립은 '상실'이라는 큰 파도를 건너야 하고, 사회적 지위도 내 의지와 상관없이 내려놓아야 하는, 말 그대로 날것의 홀로서기를 해야 하는 시기이네요.

HEYMI   '상실'은 그 어떤 두려움보다 큰 것 같아요. 가장 마주하기 싫은 일이지만, 그렇다고 피해갈 방법도 없죠. 늘 곁에 계신 부모님의 존재에 감사하고 있어요. 그래서 앞으로 마주하게 될지 모르는 낯선 독립의 길에 대해 두려움은 있죠. 인생이라는 게 계획한 만큼 앞으로 나가는 것도 아니고, 제 의지와 노력만으로 변화되는 것도 아니고, 불쑥불쑥 날아오는 상황들에 그때그때 대처해 나가야 하잖아요. 산다는 것은 많은 것들을 겪어내야 하는 일이기에 저보다 나이 많으신 분들의 주름살을 볼 때 애틋한 감정을 느낄 때가 많아요. 살면서 얼마나 많은 일들을 겪어 내셨을까 싶죠. 요즘 특히 그런 생각들을 많이 해요.

사실 나이를 먹는다는 게 힘겨운 일이기도 하잖아요. 다만 저는 좋은 일이든 나쁜 일이든 조금 담대하게 받아들이고 싶어요. 무슨 일이든 궁극적으로 제 경험을 확대하는 성장의 관점에서 바라보면 웬만한 일은 잘 버틸 수 있을 것 같아요. 지나고 나면 다 그랬던 것 같아요. 좋은 일은 좋은 일대로, 나쁜 일은 나쁜 일대로, 삶이 진통을 겪을 때마다 생각지도 못한 무언가를 얻게 되더군요.

DOHEE 우리에게도 맷집과 성찰이 생겨나고 있을 거예요. 사실 자
연스럽게 나이 들고 싶지만, 인생이 그렇게 두질 않잖아
요. 몸의 증상이나 마음의 혼란이 일어나지 않는다면 사
실 독립이니 자아정체성이니 이런 고민 없이 계속 직진해
갔을 거예요. 예전에는 사춘기나 갱년기를 보며 왜 이런
시기를 맞이해야 하나 의문이 있었어요. 생각해보니 각자
의 속도와 타이밍이 다르겠지만, 새로운 단계로의 성장을
위해 꼭 필요한 시간일지도 모르겠어요. 갱년기가 좀 아프
게 와도 변화의 사인들을 잘 읽어내고, 각자 해석을 잘 이
루어내면 나름 괜찮은 시기가 될 수도 있다고 봐요.

JIIN 저는 독립, 성장, 성찰 등이 꼭 갱년기에만 맞물려서 해석
될 단어는 아니라고 생각해요. 나이의 문제라기보다는 경
험의 문제라고 생각하거든요. 물론 나이가 많으면 경험의
폭이 넓어질 수 있다는 전제하에서 보면, 나이가 중요한
변수일 수 있겠지만 경험의 질이 더 중요한 것 같거든요.
저는 40대 들어서자마자 직장생활에 있어 해고는 아니었
지만 큰 고비를 겪었어요. 그 경험이 사람에 대한, 관계에
대한, 일에 대한 관점을 완전히 바꿔 놓았죠. 나름 저만의
기준선들이 확고해진 거죠. 어떤 방향으로든 주체성이 형
성된 셈이에요. 이렇게 형성된 가치관과 경험이 제 갱년기

뿐만 아니라 노년에도 어떤 식으로든 계속 영향을 미치리라 생각하고요. 결국, 개인의 경험으로 다져진 '나'가 중요한 것이고, 그 경험은 나이의 많고 적음과는 상관없다는 생각이 들어요. 즉, 갱년기에 독립과 성장을 이루는 것이 아니라 그 이전에 쌓아놓은 개인의 독립과 성장, 단단함이 개인들의 갱년기에 영향을 미친다고 생각해요. 개인의 독립과 성장이라는 측면에서 보면 갱년기 시기 자체가 중요하기보다는 그 이전의 내가 얼마나 '나'로서 단단하게 만들어져 있느냐가 관건인 셈이죠.

DOHEE 살면서 자신을 단단하게 만들어가는 건 참 중요한 것 같아요, 지인 님 말씀처럼 스스로 단단함과 주체성이 결국엔 갱년기를 연착륙시키고, 노년을 좀 더 성숙하게 맞이할 수 있는 중요한 바탕이 될 거니까요. 다만 제가 제 1의 사춘기를 모르고 지난 것처럼, 살다 보면 갑자기 브레이크 걸리듯 불시착하는 분들도 계실 거예요. 갱년기의 자아 찾기와 좌충우돌하는 사례가 그런 게 아닐까요?

미리 준비 못 했더라도, 괜찮다고, 갱년기에 진입해서 힘들지만 잘 보내는 방법을 찾아보자고 얘기하고 싶어요. 제 2의 사춘기가 왔고, 스스로 좀 불안정해지더라도 괜찮다고, 좀 지랄맞아지더라도 방향키를 '두 번째의 성장'에 두고 가면 된다고요.

HEYMI   자신을 들여다보는 일도 사람에 따라 빠르게 오기도 하지만 저처럼 늦을 수도 있겠죠. 빠르게 와서 좋고 늦게 와서 안 좋고의 문제는 아닌 것 같아요. 누구에게나 오는 시기가 다를 뿐이고 그 의미를 알아차리는 게 중요하니까요. 저는 늦었지만 49살에 맞이한 첫 성장통이 다행이기도 해요. 지금이라도 멈춰서 자신을 들여다보는 시간을 갖지 않고, 혼란스러움과 방향성을 점검하는 시간이 없다면, 한번 뿐인 인생인데 나중에 원하지 않는 지점에 가 있을지도 모르죠.

DOHEE   요즘 젊은 세대들은 우리보다 더 이른 성장통을 겪어내고 있잖아요. 주거와 취업 문제도 심각하고 불안한 미래를 살고 있음에도 불구하고 먼 미래보다 하루하루 일상의 행복에 더 충실한 그들은 우리보다 더 일찍 삶의 철학을 지어나가고 있을 거란 믿음이 있어요.

좀 더 이른 나이에 자아 찾기를 하고, 다양한 경험으로 자신을 다져나갈 때 제 2의 사춘기라는 의미부여는 자연스럽게 사라질 수도 있겠지요. 중년의 위기라는 단어도 풍요의 시대를 멈춤 없이 달려온 중년 세대를 담아낼 수는 있겠지만, 시대가 지나면 사라질 수도 있겠어요.

JIIN 지금의 39세가 맞이할 미래의 49세는 무척 다를 것 같아요. 지금 49세인 우리가 59세를 바라보는 시선처럼요. 실제 저는 5~6년 차이 나는 후배들의 가치관이나 단단한 사고들을 보면서 깜짝 놀라고, 배우고, 스스로 부끄러울 때가 많거든요. 그래서 저는 제 경험이 과연 후배들에게 조금이라도 도움이 될 수 있을까 하는 고민도 많은데요. 그럼에도 불구하고 우리가 어떤 시대를 살고 있든, 어떤 성장 과정을 겪어왔든, 어떤 성격의 사람이든, 각자의 방법대로, 각자의 성장통을 겪으면서 각자만의 삶의 기준을 만드는 것, 결국 그것이 개인과 세대를 관통하는 보편적이고 중요한 과정이 아닐까 해요.

_종로에서 나눈 여덟 번째 수다

저희보다 갱년기를 먼저 겪은 선희 언니를 통해 갱년기를
어느 정도 지나고 계시거나, 이미 갱년기를 지나온 분들의
경험을 공유하고자 합니다.

갱년기가 얼마나 힘드셨나요?

마흔 후반을 불면증으로 3년 넘게 고생했어요. 어릴 적 친
구가 두 명 있는데 둘 다 우울증약을 먹더라고요. 그런데
저는 충분히 이해돼요. 주변에 의외로 약을 먹는 경우가
많더라고요. 그때는 마치 제 속에 있는 자아가 다 분열되
는 것 같았어요. 몸이 4년 정도 그런 상태였죠. 왜 유리창
깨질 때 막 금이 가듯이 속에 있는 게 다 분열되는 느낌이
요. 그냥 딱히 다른 표현을 못 해 자아분열이란 단어를 썼
지만, 그럴 정도로 힘이 들었는데, 지금 지나서 생각해보
면 제가 약을 먹지 않고 버틸 수 있었던 건 어릴 적 받았던
교육의 힘도 있는 거 같아요.

이 시기에는 여자들도 갑자기 안 하던 행동을 하는 사람들도 많잖아요. 마시지 않던 술을 마시기도 하고요. 이대로 늙을 수 없다는 발악 같은 건 아닐까 생각해요.

그런데 저는 그 시기를 변화가 필요한 시기로 인지했어요. 그래서 지금까지 살아왔던 방식과 다 반대로 한 번 해봤어요.

힘든 시기를 어떻게 전환하셨나요?

친정엄마의 영향이 컸어요. 엄마가 미리 생각하지 말고 뭐라도 하라고 얘기해주셨어요. 제가 뭐 경력이 있어 뭐가 있어. 저 같은 사람이 뭘 하느냐고 했더니, 친정엄마가 더 생각하지 말고 그냥 무조건 돈을 벌어보라고 그러더군요. 그때는 그게 세상에서 제일 막막한 일 같았어요. 무에서 유를 창조하는 것 같았어요. 저는 스스로 단돈 10원이라도 벌 수 있는 사람이라고 생각해 본 적이 없었어요. 사회생활을 한 번도 안 해봤거든요. 생산적인 일을 할 수 있다고 한 번도 생각해보지 않았어요.

'나 같은 사람이 뭘 할 수 있을까?' 하면서 처음에는 아무것도 못 하니까 뭘 하지? 이렇게 하다가 우선 컴퓨터를 알아야 할 것 같더라고요. 그냥 막연하게 그 생각이 들더라고요. 컴퓨터는 알아야 할 것 같아서 엑셀을 배우려고 동영상을 찾아봤어요. 30분짜리 동영상 5개를 봤어요. 그런 거 보는 거 되게 싫어하지만 학원에 가서 제대로 배우고 자격증을 꼭 따야겠다는 생각이 들었어요. 이력서나 면접을 볼 때 컴퓨터 활용 정도는 어떠십니까? 물을 때 저는 엑셀 2급입니다. 이러면 그 사람을 조금 다르게 볼 수 있잖아요. 왜냐면 저는 나이 많은 아줌마니까. 그래서 그거는 해야겠다 싶었어요.

컴퓨터 학원에 다니며 어떤 목표가 있으셨나요?

무조건 생산적인 사람이 되어야 한다고 생각했어요. 허무하다, 인생이 의미가 없다 이런 거는 다 넋두리 같아요. 물론 이것도 제 생각이지만 호르몬이 변하면서 제가 다소 남성 같은 좀 더 뭐랄까 더 적극적이고 이성적인 사람이 된 것 같아요. 저는 주변에 갱년기에 시달리는 친구들을 보면 뭐라도 하라고 해요. 돈의 문제가 아니라 인생이 좀 달라져야 한다고 얘기해줘요.

의지를 낼 수 있었던 원동력은 무엇일까요?

자존감이라는 것이 중요한 것 같아요. 힘들 때는 방향 선회를 빨리하고 그래서 정말 뭐라도 할 힘을 낼 수 있는 것, 즉 중심을 잘 잡는다는 것이 바로 자존감인 것 같아요. 친구들도 우울증약을 먹고 있고, 또 주변 사람들 보면 이 시기에 의지조차 내지 못하는 경우도 많아요. 의학적인 것은 잘 모르겠지만 마음의 병이 진짜 병인 것 같아요. 저는 나름 자존감으로 이겨냈다고 생각해요.

제 주변에는 저처럼 이겨낸 사람이 하나 있고, 계속 고민하는 사람들이 있고, 자각은 하고 있는데 아직 행동을 못 하며 푸념하거나 고민하는 사람들, 아직 뭔가를 시작하지 못 하는 사람들이 있죠. 저는 오늘 마음먹으면 빨리해야 해요. 그게 어른들이 말하는 거예요. 부부간에도 절대 짐이 되면 안 된다고 하셨죠. 저는 누군가에게 짐이 되지 않는 게 목표가 되었어요. 아이들한테도, 남편한테도 마찬가지죠. 그래서 생산적인 일을 해 봐야겠다. 생산적인 인간이 되고 싶다는 생각을 했죠.

주위 친구들은 갱년기를 어떻게 생각하고 있나요?

요즘 제 주변 모임에는 암 진단받은 사람이 많아요. 암은 그 어떤 원인보다도 정신적 스트레스가 제일 크게 작용하죠. 한 친구는 암과 싸운다고 정신이 없고, 또 다른 친구는 갱년기가 자신을 너무 힘들게 할 것 같아서 아무도 모르게 조용히 넘기는 게 작전이라고 해요.

걔(갱년기)가 알면 자신한테 올까 봐 그 옆을 모르게 살살 지나가겠다고 해요. 평생 일을 했던 친구인데 저는 그 의미를 이해할 수 있을 것 같아요. 가능은 하죠. 갱년기가 못 따라오게 열심히 일하고 있고, '나는 갱년기를 잘 피해 갈 거야'가 그 친구의 작전이죠.

아까도 얘기했듯이 갱년기가 와서 사람이 상하는 방향도 있지만, 상했다 회복하는 방향도 있고, 나아지는 방향도 있다는 거죠. 사춘기는 어떻게든 조용히 보냈으니 갱년기도 넘어갈 수 있다고 생각하지만, 저는 친구니까 친구의 변화가 다 보이죠. 다들 나름대로 갱년기를 겪고 있는 거죠.

친구들에게 하고 싶은 표현이 있으신가요?

무료하니? 그러면 바쁘게 살아봐…
돈이 없다고? 그러면 돈을 벌어
심심해? 재미를 찾아봐…

제 주변 엄마 중에는 자신이 지금까지 전업주부로 살아왔는데 돈까지 벌면 비참하다는 얘기를 되게 많이 하더라고요. 남편의 은퇴로 본인이 돈까지 벌어야 하는 게 비참하다고 느끼는 사람도 있어요. 자기 자신을 위한 생산적인 개념으로 받아들이지 못해요. 대한민국에서 살다 보면 남편들 역시 사회에서 떠밀려서 은퇴라는 것을 하게 되잖아요. 남편의 은퇴랑 상관없이 스스로 생산적인 사람이 되는 건 중요하다고 생각해요.

그런 자각은 어떻게 생겨난 걸까요?

타인의 삶을 타산지석으로 삼아야 한다는 이야기가 있죠. 20대 때 우리가 결혼만 하면 잘 살 것 같지만, 살다 보면 찌들고 그렇게 남들처럼 투닥투닥 살 듯이, 우리가 저런 노인은 안돼야지 하지만 결국에는 그렇게 가잖아요. 그래서 저는 책을 보며 미리 공부해야 한다고 생각해요. 책으로부터 도움을 많이 받죠. 왜냐하면, 직접적인 경험과 간접적인 경험을 책을 통해 할 수 있으니까요.

갱년기를 잘 극복하는 것도 일종의 공부라고 생각해요. 갱년기야말로 진짜 공평하다고 많이 느껴요. 롱런하는 인생에서 우리가 한 번은 겪는 거죠. 40대가 될 때 한 번 더 공부하는 거라고 생각해요. 40대 때 공부해서 60대가 되고, 60대 때 또 공부해서 80대가 되는 거죠. 20년을 계속 잘 넘겨야 그다음 20년을 잘 살 수 있는 거라 믿어요. 저 같은 사람은 계속 수동적인 삶을 살았잖아요. 수동적으로 공부하고, 아이 엄마로서 매여 살았으니까, 갱년기에 접어 들면서 삶의 주체가 되는 느낌이 나쁜 건 아닌 것 같아요. 물론 상처를 동반하기는 하지만, 미리 멈춰서 길을 바꾸든 아니면 어떤 방식으로든 다들 직면하는 시기가 있다고 생각해요. 자신의 내부적인 걸 떠나 보내는 시기, 안보려 해도 안 볼 수가 없는, 죽기 전에 딱 한 번은 봐야 하는 시기인 거죠. 정해진 방식대로 공부한 사람들은 그 안에서 좀 다른 리듬이나 질서를 만들어 내는 게 너무 힘든 거죠. 왜 우리나라에만 있는 화병 있죠?

제가 다이어트할 때 뇌를 속여서 안 먹었는데도 먹은 척하는 것처럼 그렇게 다들 살짝 속이면서 살아가는 것 같아요. 중요한 것은 속이다 보면 마음에 차서 한꺼번에 쾅, 표출하게 되는 거죠. 그렇게 켜켜이 쌓아놓다가요. 아까 인터뷰 전 봤던 책들은 대체로 아는 얘기들이 많았는데 한 가지가 신선했어요. 갱년기 때 삶의 방식이 치매를 결정한다는 것을요. 그렇게들 자신을 방치하면 과거를 곱씹게 되고, 새로운 것을 안 받아들이다 보면 치매가 올 수도 있겠다. 저 역시 제가 어떤 사람인가 치열하게 고민할 이유가 없었지만, 갱년기에 막 치열하게 갈등하다 보니 저는 이제 새로운 '나'인 거예요. 호르몬의 변화로 그렇게 된 것인지는 모르겠지만, 그동안은 자신을 잘 몰랐던 거죠. 자신을 잘 알아야 해법이 보이는데 말이죠. 제 안에 어떤 씨앗이 있는지 몰랐던 것 같아요.

갱년기 위기가 왔다면 자신을 돌봐야 하는 시기가 왔다는 것을 깨닫고, 스스로 의지를 갖추고 해결해 나가야 한다는 것을요. 그런 게 왜 왔는지 생각하기보다는 제가 세상에 태어날 때는 다 뜻이 있는 것이라 생각해요.

남성도 호르몬 변화와 함께
신체적, 정신적 갱년기를
맞이한다는 사실,
알고 계시나요?
여성과 비슷한 시기에,
유사한 경험을 한다는
남성들의 갱년기.
여성들은 얼마나 알고 있고
또, 얼마나 이해하고
있을까요?

들어 보셨나요? 아직은 생소한 남성 갱년기

아직은 무관심과 회피의 영역,
남성 갱년기

DOHEE 제가 이 책을 기획한다고 했을 때 몇몇 여성분들이 부탁을 해왔어요. 남성 갱년기도 꼭 다루어 달라고요. 자신들의 갱년기만큼 이해 안 가고, 낯선 것이 남편의 갱년기라고요. 부부라도 서로의 갱년기가 어떤 양상으로 얼마나 힘들게 몸과 마음을 관통하는지 알 수 있을까요? 여성의 갱년기에만 오랜 시간 초점을 맞춰오다 보니 남성 갱년기는 사회적 관심으로부터 소외된 영역이었죠.

개인적으로 저는 언젠가 기회가 되면 별도의 영역으로 탐험해보고 싶었어요. 여성을 이해하는 것만큼 남성의 영역을 이해하는 건 매우 중요하다고 생각하거든요.

JIIN 여성 갱년기 대비 아직 관심도가 낮은 것은 사실이지만, 제 예상보다는 꽤 많이 언급되고 있다는 생각이 들었어요. 의외로 갱년기를 설명할 때 여성, 남성 갱년기를 같이 설명하는 사례도 많이 보였고, 남성 갱년기에 집중된 정보들도 보이더라고요.

HEYMI 남성 갱년기라는 개념이 낯설지는 않아요. 미디어에서도 예전보다 더 주목하는 측면도 있고요. 여성 갱년기가 부글부글 짜증 내는 여성 이미지라면 남성 갱년기는 감정적이고 유약한 남성 이미지로 상징화된 것 같아요. 드라마나 영화를 보면서 눈물 흘리는 중년 남성들을 애잔하고 측은하게 바라보는 시각들이 존재하죠.

틀린 묘사는 아닐 수 있지만, 남성 갱년기를 유약하게 바라보는 사회적 인식 탓에 남성들이 갱년기 자체를 인정하지 않거나 회피하게 되는 경향이 나타나는 건 아닐까 해요. 남성 갱년기에 대한 사회적 인식이 남성 갱년기에 대한 생산적 논의를 막고 있다는 생각이 들어요.

JIIN 혜미 님 말씀처럼 갱년기 남성의 스테레오타입이 스스로 갱년기임을 회피하게 만드는 큰 장벽임에 동의해요.

의학적으로 남성 갱년기는 성 기능 관련 증상이 가장 먼저 나타난다고 하더라고요. 성 기능 감소라는 갱년기 증상이 곧 남성성의 무너짐과 직접적으로 연결되는 측면이 있으니까 '약한 남성'으로 인식되는 건 아닐까 하는 생각도 들어요.

HEYMI 사실 '약한 남성'의 기준 조차 잘 모르겠어요. 사람은 모두 강한 면과 약한 면이 존재하잖아요. 우리 사회에 강박처럼 존재하는 남자는 남자 다워야 한다는 '강한 남자'콤플렉스의 대척점에 유약해 보이는 갱년기 남성의 이미지가 사회적으로 존재하는 것 같아요. '강한 남성'이라는 절대적 로망이 존재하다보니 강한 남성이 아닌 나머지는 약한 남성이라는 단순한 논리가 또 적용된 것이죠. 남성 갱년기는 여성 갱년기보다 사회적 논의를 시작하기가 더 어려울 것 같아요.

DOHEE 갱년기 호르몬 변화를 이야기할 때 여성의 영역에서는 '급격히'라는 표현이 많이 등장하지만, 남성의 갱년기에는 '서서히'라는 표현이 많은 것이 특징이래요. 증상적 표현에서부터 남녀가 대조적이죠. 여성은 완경이 일종의 사인이 되어주니, 그것을 의식처럼 치를 수도 있고, 가족에게 양해를 구하고 완경 이후의 삶을 준비하기도 하는데, 남성은 여성만큼 특별한 사인이 없다 보니 자신도 자각하지 못하는 경우가 많은 듯해요. 갱년기는 여성들의 증상이라고 생각할 경우, '남자의 갱년기'를 드러내기는 더더욱 쉽지 않을 거예요. 그저 중년의 피곤함과 우울함으로 지나치게 되는 거죠.

JIIN 도희 님 말씀처럼 남성 호르몬 변화는 30대 전후로 1%씩 서서히 감소하고 여성처럼 완전히 소멸하지는 않기 때문에 잘 모르고 지나치는 경우도 많다고 하네요. 40대 이상 남성 중 약 30%가 남성 갱년기 증상을 나타내는 것으로 추정되는데도 말이죠. 어떤 의사는 여성 갱년기의 경우는 많은 관심과 적극적인 치료로 완화되는 경우가 많지만, 남성 갱년기의 경우 이해도가 낮고 스스로 표현하지 않아 악화하는 경우가 많기 때문에 오히려 단순 노화 현상이 아니라 질병으로 보는 적극적인 인식 전환이 필요하다는 의견을 피력하더라고요.

DOHEE 맞아요. 지인 님 말씀처럼 단순 노화로 넘기는 경우가 많아 여성보다 질병으로 가는 경우가 많다는군요. 여성들은 자기 인생에 변곡점이 생겼다는 '육체적 언어'가 있지만, 남성은 본인도, 가족도 모르는 사이에 호르몬 변화를 겪고 있는 거죠. 급격히 감소하거나 서서히 감소하거나 이전의 삶에서 몸을 주도했던 호르몬이 감소하고 있고, 조절 능력이 줄었다는 점에서는 남녀가 신체적으로 평등한 상태에 도달하는데도 말이죠.

여성의 갱년기에는 이제 '적극적, 자아 찾기, 공유와 유대감, 가족의 이해와 배려' 등 단계적으로 발전적 모습을 보이지만 남성 갱년기는 이야기 되더라도 아직 저차원적 상태에 머물러 있는 듯해요.

같은 듯 다른 듯
남성 갱년기 특징

HEYMI 제가 우리 프로젝트에 도움이 될 것 같아 두 개의 리플렛을 아산병원 건강검진센터에서 가져 왔는데 각각의 표지 제목이 '폐경'과 '남성 성 기능장애'예요. 여성 갱년기의 완경처럼 남성 갱년기엔 성 기능 저하를 변곡점으로 인식하지 않을까요? 남성들도 일반적으로 50세 전후로 남성호르몬의 저하로 인한 증상들이 수면 위로 나타나긴 하죠. 성 기능 저하 외에도 근력의 감소, 피로감, 수면장애 및 우울감, 감정의 기복 등이 생긴다고 알고 있는데 여성들의 갱년기 증상과 크게 다르지는 않죠. 그런데도 남성 갱년기는 도희 님 말씀처럼 여성들처럼 생애 주기적인 관점이 아니라 신체의 특정 증상에 국한되는 의학적 이슈로만 머물러 있는 수준인 것 같아요. 이런 문제 인식을 남성들도 하고 있는지 궁금하기도 하네요.

DOHEE 저도 남성들의 갱년기 인식이 궁금해지는데요 아직 갱년기 당사자들이 갱년기 자체에 관심도 없고 인식도 낮아 보여요. 막상 갱년기임을 인정한다 해도, 여성들처럼 정보를 공유하고, 유대감을 나누는 것과는 달리 정서적 교류에서 더 제한적이죠. 여성은 자신의 갱년기를 친구나, 남편, 자식에게 표현하는 반면, 남자들은 그렇지 않다 보니 돕고 싶어도 돕지 못하는 경우도 있어요.

혜미 님과 저는 배우자가 있어 남성들의 갱년기에 관심이 많을 수밖에 없는데요. 싱글이신 지인 님께서는 남성 갱년기 주제를 어떻게 생각하실까 궁금해지네요.

JIIN 물론, 배우자가 없으니 직접적으로 남성 갱년기를 경험하거나 깊게 관심을 가질 계기가 두 분보다는 크지 않죠.

다만 제 입장에서는 여성 갱년기나 남성 갱년기나 동일하게 '갱년기'라는 맥락으로 이해돼요. 게다가 갱년기를 자연스러운 노화 현상으로 받아들이고 있기 때문에 갱년기 증상보다는 갱년기에 대한 사회적 인식과 파장에 관해 관심이 있어요. 그런 측면에서 남성 갱년기도 사회적 차원에서 논의가 시작되고 있으니 짚어보면 좋겠다는 생각이 들어요. 그런데 이에 앞서 '갱년기'라는 단어를 남성에게 붙이는 것이 맞을까 싶기도 한데요. 도대체 '갱년기'를 어떻게 정의하고 있길래 남성에게도 동일하게 '갱년기'라고 명명하기 시작한 걸까요? 아마도 '호르몬 변화로 인한 시기'라는 관점이었겠죠?

HEYMI   지인 님 말씀처럼 예전에는 남성 갱년기라는 단어가 보편적이지는 않았는데 질병의 사회화를 통해 여성처럼 남성에도 갱년기가 붙기 시작한 것 같아요.

여성 갱년기가 여성호르몬 변화에 의한 신체적, 심리적 증상을 겪는 과정이라고 볼 때 남성 갱년기도 남성호르몬 변화에 의해 몸과 마음이 영향을 받는 시기가 존재하니까 '남성 갱년기'라고 명명하는 것은 자연스러운 것 같아요.

JIIN   네, 지금 검색해보니 '다른 기저 질환이 없는 건강한 남성을 기준으로 혈액 검사를 시행하여 테스토스테론 3.5ng/ml 미만인 경우를 남성 갱년기라고 한다.'라고 정의되어 있네요.

HEYMI   남성호르몬의 감소를 기준으로 하고 있네요. 통상적으로 사춘기의 남녀 모두에게 성호르몬의 증가가 나타나듯이 갱년기의 남녀 모두에게 성호르몬의 감소가 나타난다고 보면 될 것 같아요. 개인차가 있겠지만 남녀 모두 유사한 시기에 유사한 증상들이 나타나는 거죠.

DOHEE 의학적으로도 남녀 모두 호르몬 변화가 갱년기의 공통적인 기준이군요. 호르몬 감소로 볼 때 남성에게도 갱년기를 붙이는 건 자연스러운 것 같아요.

최근에 읽은 책 중에서 남성 갱년기를 '남성의 폐경기'로 접근하고 연구한 책이 있어 흥미로웠어요. 제목에서부터 남녀가 같은 지점에 도달한다는 것으로 이해했거든요. 남자에게는 생리가 멈추는 폐경이라는 현상이 없음에도 불구하고, 남성 폐경기라는 표현에 공감이 갔어요. 호르몬 변화에서부터 신체적, 정서적, 관계적인 측면에서 무언가 총체적인 변화가 시작되고, 무언가 닫히면서 동시에 새롭게 열리는 중년의 중요한 전환기로 볼 때 여성의 폐경기와 다를 것이 없다고 생각해요. 어찌 보면 중년이 되어 한 번은 크게 신체적, 정서적 변화를 경험한다는 점에서 오히려 닮아있죠.

HEYMI 남자들도 여자들처럼 갱년기 자가 진단표가 있을까요?

JIIN 앞서 저희가 여성 갱년기 자가 진단에 관해서 얘기 나눴는데 제가 남성 갱년기 자가 진단에 대해서도 좀 찾아봤어요. 여성 자가 진단하고는 항목이 상당히 다르더라고요. 가장 보편적으로 사용되는 쿠퍼만 지수 대비 성적인 부분, 정신적인 측면에 좀 더 집중하는 것 같고, 병적 증상보다는 일반적인 체력 저하와 관련된 질문이 많은 것 같고요.

남성 갱년기 자가 진단표

1. 성적 흥미가 줄었습니까? ☐
2. 피로하고 무기력합니까? ☐
3. 근력 및 지구력이 감소했습니까? ☐
4. 키가 다소 줄었습니까? ☐
5. 삶에 대한 즐거움이 줄었습니까? ☐
6. 슬프거나 불만, 짜증이 많이 납니까? ☐
7. 발기력이 감소했습니까? ☐
8. 조금만 운동을 해도 쉽게 지칩니까? ☐
9. 저녁 식사 후 바로 졸립니까? ☐
10. 일의 능률이 감소했습니까? ☐

위의 10문항 중 1번이나 7번의 질문에 해당하는 경우, 혹은 1번과 7번을 제외한 나머지 3개 이상의 질문에서 '그렇다'에 해당하는 경우 남성 갱년기를 의심할 수 있습니다.

HEYMI 남성 갱년기 자가 진단 문항은 여성과는 다소 다르군요. 중년 남성들은 대부분 해당할 것 같은 문항이네요. 살짝

보기만 했는데도 제 남편 역시 갱년기에 해당되는 것 같은데요.

DOHEE 그렇네요. 여성처럼 땀, 열감, 홍조, 생리불순 등 특별한 자각증상이 있기보다 성적 욕구 저하 이외에는 체력저하나 심리적 우울감 등 포괄적으로 진단되다 보니 다들 사회적으로 가장 바쁜 시기와 맞물려 피곤해서 그런가 보다로 지나칠 수 있겠어요.

갱년기 남성의
정신적 변화는?

JIIN 남성 갱년기 자가 진단표에서도 드러나지만, 여성 갱년기가 완경을 중심으로 한 뚜렷한 신체적 증상들을 기반으로 논의되는 반면 남성 갱년기는 특정 증상보다는 전반적인 depress와 심리적 부분을 더 염두에 두고 있는 것 같아요. 그리고 불만, 짜증 같은 항목은 여성 갱년기의 부정적 이미지와 연결된 것 같기도 하고요.

그런 의미에서 보면 남성 갱년기의 정신적 변화는 여성과
얼마나 다를까요? 소위 '지랄맞다'는 여성 갱년기 증상과
유사할까요?

HEYMI 남성 갱년기도 여성 갱년기처럼 감정조절 장애가 생길 수
있고, 그에 따라 감정 기복이 심해지거나 우울감이 생길
수 있다고 알고 있어요. 테스토스테론이라는 남성호르몬
이 남성의 몸뿐만 아니라 남성의 마음에도 영향을 미칠
수 있는 거죠. 또한, 남성 갱년기가 사회적으로 스트레스
가 많아지는 시기와 맞물리잖아요. 직장에서의 책무라든
가 은퇴에 대한 고민이라던가 가장의 무게, 부모에 대한
책임감 등 여러 고민이 얽혀 있는 상황 속에 놓여 있으니
까 인간의 생애주기를 볼 때 중년 남성들이 겪어야 하는
갱년기 역시 여러모로 힘든 시기라는 생각이 들어요.

DOHEE 호르몬이 줄어들게 되면 기억력과 집중력이 저하되고, 무
기력하고, 감정 기복과 우울감을 느끼는 점에서는 남녀
공통적인 증상이에요. 그런데 매스컴을 통해 남성 갱년기
는 성적 능력의 감소에만 초점이 맞춰져 있거나, 남자가 잔
소리가 많아지거나 잘 삐친다, 남자답지 못하다는 등으로
묘사되고 있지요. 지인 님이 궁금해하셨던 것처럼 남성 갱

년기 역시 지랄맞은 면을 보일 수 있다는 점에서는 공통적이지만, 사실 더 염려스러운 부분이 있어요. 남성 갱년기는 그냥 모르고 지나치거나, 수면 아래 숨어있는 경우가 많기에 감정의 폭발이나 극단적 일탈을 보이기 전 '전조증상이나 사전 징후'가 없다는 것이 위험하다는 거죠. 남성 본인도 자각하지 못하기 때문에 가족들도 전혀 감지 못하는 경우가 많다는군요. 그러다 외도나 심각한 우울증, 자살이나 분노 폭발 등으로 나타나 해결하기에 너무 먼 지점으로 가게 되는 것 같아요.

『중년 남성의 폐경기』를 쓴 제드 다이아몬드도 어린 시절 갑자기 집을 나가신 아버지의 돌발 행동을 폐경기 남성을 연구하며 이해하게 되었다고 해요. 이 글을 쓰는 지금 저도 당시 중년이셨던 아버지가 생각나네요. 몇 년간 우울해하셨고, 어린 제 앞에서 삶이 공허하다고 우셨던 장면이 떠올라 문득 마음이 아파집니다. 누군가의 아버지도 한 남자로서 갱년기를 지나왔을 텐데, 본인이 왜 그런지도 모르고 지나쳤을 수도 있을 거예요.

HEYMI   도희 님 말씀에 동감이에요. 남편, 아빠 그리고 아들이라는 사회적 역할과 책임감에 눌려 정작 '자신'을 찾고자 하는 노력은 부족할 수밖에 없는 상황 속에서 내면의 목소리를 듣거나 자아를 찾는다는 것이 한국의 중년 남성들에게는 얼마나 낯선 접근일까요? 여성이든 남성이든 인생의 중심에 '자기'를 놓고 살아야 하는데 우리나라는 사회적 역할이 인생의 중심에 있는 경우가 많은 것 같아요. 특히 남성은 더 심하죠.

인자하기만 했다던 어떤 중년 가장이 혹은 평생 법 없이도 살 것 같다던 어떤 중년 남편이 어느 날 폭발했다는 이야기를 들으면 안타까워요. 터지기 전까지 그분들은 마음 속 폭탄의 존재조차 몰랐을 테니까요. 제 주변에도 남편이 작은 일에 불같이 화를 냈다가 갑자기 의기소침했다가 맥락 없이 감정표출을 해서 이해 못 하겠다는 친구도 있어요. 중년 남성에게도 여성들처럼 '갱년기 화병'은 존재하는 거죠. 그런데 여성들은 화를 내고 속 시원하다고 하는데 남성들은 분노를 폭발한 후 더 당황하고 자책하는 경향이 있다는 이야기에 마음이 더 짠했어요. 아마도 남성분들은 내면에 화가 찼다는 사실조차 인지하지 못했기 때문에 본인의 행동에 본인이 더 놀랐던 것 아닐까 싶어요.

자신에게 향하는 갱년기 여성,
가족과 사회적 책임감에 묶인 갱년기 남성

DOHEE　가끔 중년의 남성분들과 인터뷰를 하다 보면 가정과 사회에서 부여된 역할때문에 너무나도 제한된 삶을 살아가고 있다는 것을 느껴요. 자신들은 가부장적인 아버지 아래서 컸지만, 현대 사회에서 요구하는 자상하고 친근한 아버지 역할 사이에서 자신의 정체성을 찾기 어렵다는 표현을 하기도 하죠. 특히 아버지 세대처럼 정년을 보장받지 못한 세대이기에 사회적인 중압감은 말도 못 할 거라 짐작되어요. 최근 삶의 질과 행복에 관한 이야기를 나눈 적이 있었는데, 여성은 소통, 자아, 경제적 여유, 자녀 교육, 주거 안정, 부부간의 신뢰 등 다양한 가치들이 언급되는 데 반해, 남성은 처음부터 끝까지가 '경제적 능력'이었어요. 부부간의 신뢰나 자녀에 대한 사랑도 결국 본인들의 경제적 능력이 전제되어야 한다고 생각하더군요. 그러다 보니 호르몬 감소로 몸이 힘들어지는 갱년기에도 자신의 몸의 변화, 마음의 호소에 귀를 기울일 여유가 없다는 거죠.

HEYMI　말씀하셨던 것처럼 상대적으로 여성들은 자신을 둘러싼 환경과 상황에 대한 문제 제기나 자아 탐색의 노력이 자연스러운데 남성들은 삶의 무게 중심이 사회적이거나 타자 지향적인 측면이 크다 보니 갱년기에 이르러 신체적으로나 심리적으로 약해지는 부분이 나타날 때 증상을 있는 그대로 표출하지 못하고 속으로 더 감추거나 인내하거나 혹은 무시하게 되는 것 아닐까 싶어요.

도대체 남성들은 자기의 속을 누구에게 보이는 걸까요? 힘들어도 힘들다고 말하지 못하거나 심지어 힘들어도 힘든지도 모르는 남성들의 갱년기는 지금 어느 지점에 와 있는 걸까요?

DOHEE 저는 남성 갱년기도 동등하게 공론화시켰으면 좋겠어요. 여성과 다르게 변화가 드라마틱하지는 않지만, 남성들도 갱년기를 인지하고, 스스로 받아들이거나, 오픈할 수만 있어도, 우리가 그 지점으로 함께 가서 '갱년기라는 것은 누구에게나 다 온다'로 합의할 수만 있어도 더는 음지에 머물지는 않을 것 같아요. 어떤 문제를 소리 내어 표현할 수만 있어도 건강하다고 하잖아요.

남자들도 갱년기에는 감정이라는 것이 생기고, 그것을 표현하고 싶고, 느끼고 싶고, 나 같지 않은 모습에 낯설고 힘들다는 것을 서로 얘기할 수 있다면 좋을 것 같아요.

HEYMI 맞는 말씀이에요. 다만 아직 여성 갱년기조차도 사회적으로는 활발하게 논의되고 있지 못한 것이 현실이고 남성들은 갱년기 논의 자체를 거부하거나 개념 자체를 인식조차 못 하는 상황이기 때문에 공론화시키려면 남성들의 각성이 필요한 영역이라고 생각해요.

아마도 여성 갱년기에 대한 건강한 담론이 우리 사회에서 생산적으로 이루어질 때 남성 갱년기도 조금 더 자연스럽게 견인되어 논의될 수 있지 않을까 싶기도 해요.

DOHEE 한편으로는 남성 갱년기와 관련된 성 역할이나 이미지에 대한 왜곡이 많다고 생각해요. 여성의 갱년기에서 '완경은 여자로서 매력이 끝난다'라는 인식이 오랫동안 잠재되어 왔다면, 남성 갱년기에서도 이런 필터가 여지없이 작용하고 있다고 봅니다. 남성성이 줄어드는 것에 대한 비판적인 시각들, 예를 들면 남자다웠던 사람이 짜증을 많이 내고 여성화되어 간다는 관점은 어찌 보면 여성의 입장에서 해석한 남성 갱년기 이미지가 아닌가 싶네요.

여성과 남성 모두 10대였던 어린 시절, 2차 성징이 시작된 시기에 '진짜 여성이 된다, 진짜 남자다워진다'라는 편향적 시각에 머물러 있다 보니, 결국 호르몬이 한 번 더 변화를 일으키는 갱년기 지점에서도 또다시 여성성과 남성성의 상실로 해석되고 있다는 것이 안타깝게 느껴지네요.

JIIN 도희 님 말씀대로 우리 사회는 어릴 때부터 교육받은 여
성성, 남성성의 관점에서 해석되는 것들이 여전히 많은 것
같아요. 그런 사고가 고착화되면 인식의 기준이 되고 더
나아가 삶의 태도를 형성하기도 하잖아요.

DOHEE 이전에 인터뷰했던 분이 갱년기를 정의할 때 '남자가 울기
시작하고, 여자가 열감이 느끼기 시작하면 갱년기다'라는
표현이 생각나네요. 여기서 남자가 울기 시작한다는 장면
을 우리는 어떻게 해석하고 있을까요? 남자는 울면 안 된
다는 교육을 받고 자란 세대, 그러다 보니 자신의 감정을
드러내는 게 익숙하지 않았던 남성들이 감정을 느끼고, 표
현한다는 점에서 저는 '갱년기를 통해 감정이 열린다'라고
해석하고 싶거든요. '남자가 운다'라는 것이 남성성의 상
실이나 왜소해지는 인간의 모습으로 비치는 것이 슬프기
도 했어요. 감정을 표현하는 것이 남자답지 못하다는 전통
적 프레임 안에서 남성들 또한 힘들었을 것으로 생각해요.
여성 갱년기 영역에서는 완경을 통해 자녀 생산을 종료하
고 자신에게로 향하는 새로운 삶이 열린다고 해석하기도
하잖아요. 그런 측면에서 남성의 갱년기 역시 심신의 쇠

퇴, 불안만을 얘기하기보다는 호르몬의 변화가 심신을 흔들지만, 결국 오랜 기간 닫아 두었던 감성의 문이 열리는 시작점으로 볼 수 있지 않을까요.

갱년기는 인간이 공통으로 겪는
호르몬 변화의 시기

HEYMI 독일 남성이 쓴 남성 갱년기에 관한 에세이 『그래서 좀 쉬라고 호르몬에서 힘을 살짝 빼준 거야』를 읽다 보면 독일은 남성 갱년기가 우리 사회보다 일반화된 이슈 같았어요. 우리나라에서는 아직 남성 갱년기가 의학적 이슈이거나 혹은 눈물 많아진 여성스러운 남자로 미디어에서 유머 코드로 바라보지만 독일에서는 갱년기를 남녀 대등한 생애 이슈로 바라보더군요. 특히 부부가 서로의 갱년기 증상들을 수용하는 부분들이 인상적이었어요. 갱년기가 아내만의 문제가 아니고 남편에게도 올 수 있는 공통의 이슈로 바라보게 되면 갱년기는 부부가 함께 공유하는 공통의 관심사가 되는 거죠.

DOHEE 맞아요. 그 책이 독일 아마존 선물-위로, 유머 분야, 건
강-연령 분야를 총망라하여 각종 분야별 베스트셀러였다
는 군요. 더 의미 있었던 것은 남자 둘이 책을 썼다는 것이
고, 남성의 관점에서 본인들의 갱년기와 아내의 갱년기를
편견 없이 관찰한 내용을 담았다는 거예요. 각자의 성 역
할 이미지에 머물거나, 왜곡된 의미를 부여하지 않고 담백
하게 그 시기의 낯선 심신의 변화와 경험을 다루었다는 점
도 좋았지만, 남성의 관점에서 남녀의 갱년기 모두를 이야
기 할 수 있는 열린 시선이 저로서는 신선했어요.

호르몬 변화가 일으키는 육체적 흔들림에서는 성별의 차
이가 있을 수 없다는 점이 반영되어 있거든요. 빈집 증후
군 역시 여성만이 느끼는 것이 아니라는 점도, 남자도 울
수 있고, 좌충우돌할 수 있다는 것을 외부 시선을 의식하
지 않고 솔직히 표현할 수 있다는 것이 부러웠어요.

한국 남자들도 언제가 자신의 갱년기를 담담히 표현하는
날이 오면 좋겠어요.

HEYMI 책에서 보면 남성이 자신의 갱년기를 수용하고 인정하고
있으니까 아내의 갱년기 증상도 더 잘 이해하는 모습들이
나와요. 예를 들어 저자의 아내가 온종일 미친 듯이 잼을
만드는 거예요. 몸을 바쁘게 쓰면서 내면의 화를 억누르

거나 쏟아지는 감정을 컨트롤하고자 애쓰는 건데 그런 행동의 맥락을 저자는 눈치채고 있는 거죠. 여자가 온종일 청소를 하고 있다면 먼지를 치우는 것이 아니라 마음을 정리하는 행동일 수 있잖아요. 반면에 나이는 들었지만, 마음은 여전히 청춘이라 중년의 친구들과 함께 클럽에 가려고 준비하려다가 결국 녹초가 되어 잠들어 버리는 장면들은 재미있었어요.

그 책을 읽으면서 도희 님이 이야기한 것처럼 우리나라 남성들도 자신들의 갱년기에 대한 이해가 생긴다면 좋겠다는 생각이 들었어요. 본인의 건강한 삶을 위해서도 혹은 함께 나이 들어가는 부부관계를 위해서도 바람직하지 않을까 하는 생각이 들거든요.

JIIN 요즘 몇몇 남성 연예인이 '나 갱년기야'라고 얘기하는 장면을 본 적이 있어요. 토크쇼의 패널로서 얘기하는 경우도 있었고, 예능 프로그램에서 아내에게 얘기하는 장면도 있었고요. 물론 대화의 맥락이 과거 관점에 머물러 있거나 자신을 희화화하여 표현하는 경우가 많았지만, 저는 방송이라는 대중 매체에서 본인이 갱년기임을 인정하고 얘기를 풀어나갈 수 있는 사회적 분위기가 형성되었다는 것만으로도 큰 변화라고 생각해요.

아직 여성 갱년기조차도 가야 할 길이 멀지만, 남성 갱년기도 조금씩 논의가 시작될 수 있는 가능성이 보이는 것 같기도 해요.

DOHEE 반갑네요. 대중매체에서 다루기 시작했다면, 사회적인 관심으로 확장될 수도 있을 거예요. 스스로 희화화하기 보다는 남녀가 다르지 않다는, 호르몬 변화를 겪는 공통의 갱년기를 얘기할 수 있으면 좋겠어요. '빈 둥지 증후군'은 엄마의 이야기만은 아니거든요. 독일 갱년기 책의 저자 역시 딸의 졸업과 독립으로 '빈 둥지 증후군'을 앓는 자신의 애절한 감정을 솔직히 표현하며, 그 빈자리를 채우기 위해 애완고양이의 아빠가 되는 과정을 유쾌하게 그리고 있어요. 아빠로서 아빠 감정을 표현하는 것이 너무 자연스럽다 보니 독일 사회의 건강함이 느껴졌거든요.

갱년기 어른들이 때론 이상해 보일 수도 있고, 좌충우돌할 수도 있다는 것을 허용하다 보니, 대상자 모두 자유롭고 수용 받는 느낌이 들더군요. 특히 남성의 전형적인 성역할, 이미지에서 벗어나 '우는 남자'에 대한 해석을 유쾌하고, 인간적으로 그릴 수 있다면 좋겠어요. 우리가 앞서 여성의 갱년기와 성장통을 이야기했는데, 그것이 나(여자)의 이야기라고만 생각했네요. 남자들도 똑같이 2차 성장통을 겪는다고 하니 함께 잘 헤쳐나가야겠어요.

서로의 이해와
솔직한 대화가 필요해

HEYMI 그렇죠. 우는 남자, 약한 남자를 이상하게 바라보거나 부정적으로 보는 시각보다 남성도 생애주기적으로 변화하는 인간 그 자체로 바라보는 관점이 필요해요. 너무 당연한 기준과 시선이 부재하다는 사실조차 새삼스러운 것 같아요. 남자가 어떻게 인생에 세 번만 울 수 있겠어요? 남성, 여성다움이라는 시대의 무게에서 벗어나서 본연의 인간다움을 회복해 나가면 좋을 것 같아요. 한번 뿐인 인생을 우리는 참 버겁게도 살고 있네요.

DOHEE 맞아요. 이 시기만큼은 여성과 남성이 각자 고착화된 성역할에서 더 자유로워지고 싶어하는 부분이 있다는 것을 인정하면 좋겠어요. 몸속 호르몬을 통해 자기 내면의 변화가 꿈틀대는 시간을 서로 맞이하고 있는 거죠.

그런데 자신의 변화도 힘들다 보니 상대의 변화 역시 더 낯설게 느껴지는 건 아닐까요? 나도 갱년기이고, 그도 갱년기일 수 있다는 의식의 확장이 필요해요. 누가 먼저일지 모르지만, 부부 모두 중년의 통과의례로요.

HEYMI 부부간에 솔직한 대화를 시작해야 하는 시기가 갱년기일 수도 있겠다 싶어요. 왜냐하면 갱년기가 특히 감정적 혹은 정신적 갱년기로 심하게 왔을 때 그 감정의 뿌리는 부부간의 문제에서 야기되는 경우가 많죠.

주변 이야기 들어보면 갱년기 원망의 대상이 자신 혹은 남편이 되곤 하는데 아무래도 부부관계가 평탄치 않을 때 갱년기가 더 힘들어지는 것 같아요. 어쩌면 부부간의 진실한 대화가 절실하게 필요한 타이밍이 갱년기가 아닌가 싶어요. 같이 살기는 하지만 대화다운 대화는 부족하고 오래 살다 보니 쌓인 감정도 많을 수 있고요.

JIIN 여성 갱년기도 마찬가지지만 남성 갱년기 치료에서 중요하게 꼽는 것 중 하나가 '가족들의 남성 갱년기에 대한 이해'였어요. 중년 남성의 가족 내 역할과 위치, 소외, 외로움 등에 대해서 사회적으로 많은 얘기가 있는데요. 남편 혹은 아빠에 대한 이해가 상대적으로 부족한 한국 사회

특성상 갱년기까지 더해지면 돌이킬 수 없는 문제를 일으킬 가능성이 크겠죠.

대화와 이해는 모든 인간관계의 핵심이지만, 가족 관계, 특히 갱년기와 사춘기를 지나는 가족에게는 가장 중요한 것이 아닐까 싶어요.

DOHEE 우리는 10대 남자아이의 사춘기를 볼 때 으레 그 시절에 오는 것이라 이해하는 측면이 있죠. 그런데 중년 남성의 사춘기는 본인도, 주변도 어떻게 해야 할지 몰라 당황스러울 따름이에요. 갱년기의 여성상에 대한 시각도 조금씩 달라지고 있고, 격려와 용기 등의 새로운 사인들이 보이는데 반해, 남성들을 위한 것은 아직 없네요.

완경파티 역시 딸과 남편이 엄마와 아내를 챙겨주며 점점 문화로 자리매김하고 있지만, 갱년기에 아버지와 남편을 위한 자리는 없는 듯 해요. 그래서 더 남성의 갱년기가 불시착하는 게 아닐까요?

HEYMI 사실 남성들도 중년의 시기가 오면 갱년기 증상이 표출될 수밖에 없잖아요. 특히 남성호르몬의 변화가 정형적인 남성성의 기능을 저하하기도 하고 감정 조절이 안 되기도 하는데 이런 증상들을 갱년기라고 수용하는 것이 남성들 자신들에게는 어렵고 낯선 자각이죠. 우선은 남성들 스스로 이해받을 준비를 하는 게 필요하지 않을까 싶기도 해요. 제 남편은 52세예요. 최근 1~2년 새 드라마를 저보다 더 좋아하고 마음에 안 드는 신문 기사에 씩씩거리고 세상에 대한 분노도 생겼어요. 감정의 영역이 오르락내리락하죠. 그리고 체력이 많이 저하되어 쉽게 피로를 느끼기도 하고 저녁 식사 후엔 바로 '소파 취침'이에요. 제가 갱년기인 것 같다고 하면 절대 그럴 리가 없다고 답해요. 그냥 피곤한 거라고. 한 번은 남자들도 갱년기라는 주제에 대해 대화하는지 물었는데 사회생활이든 사적인 모임이든 한 번도 갱년기를 주제로 이야기해본 적이 없대요. 사적인 이야기를 하더라도 남자들끼리 갱년기는 논외인 것이죠.

DOHEE 제 남편은 스스로 갱년기라 해요. 그런 것 같다 인정은 하지만, 그래서 무엇을 더, 혹은 어떻게 자신을 돌봐야 하는지 잘 모르겠데요. 사회적으로 가장 바쁜 위치에 있다 보니 자신을 돌보는 데 한계가 있어요. 그것이 가장 안타깝게 느껴져요. 부부가 서로 증상이 비슷해지다 보니 기억력이 흐려지고, 피곤해 쓰러지면 상대에게 걱정의 잔소리를 하다 결국 '우리 둘 다 갱년기라 그래'로 결론짓죠.

'시간이 흐르고 인간이라면 누구나 공통으로 호르몬 감

소 시기에 도착한다.' 제 남편, 형제, 직장 상사 누구도 공통으로 갱년기를 맞이할 수 있다는 당연한 시선과 관대함이 열렸으면 좋겠어요.

HEYMI 보통 여성들이 갱년기가 오면 남을 배려할 여유가 없어질 수 있잖아요. 일단 자신이 힘드니까요. 하지만 남성 갱년기라는 개념을 인식하거나 이해하게 되면 부부 공통의 관심사가 되거나 혹은 배우자의 변화에 대해 서로가 관심을 두고 관찰하게 되지 않을까 싶어요. 나이 차가 많이 나지 않는다면 갱년기를 겪는 시기도 부부가 유사할 수 있으니까 함께 고민하고 서로 지지하는 것이 슬기로운 중년의 부부생활일 수도 있겠다는 생각도 드네요.

_**종로에서 나눈** 아홉 번째 수다

|

남성분들에게
'갱년기'는 어떤 의미인가요?

Q. 남자도 갱년기가 있다는 것을 알고 있나요?

저도 관심은 있지만, 잘 알지 못하는 게 남성 갱년기인 것 같아요. 갱년기는 주로 여성의 전유물이라고 생각해 왔죠.
_68년생 회사원 A 씨

막연히 중년에 겪는 사춘기 정도로만 알고 있습니다. 하지만 심신의 변화가 느껴지면서 이게 다 갱년기 탓일까 하는 의문이 들 때가 있고, 어쩌면 사춘기보다 더 중요한 인생의 변곡점이 아닐까 하는 생각을 해봅니다. _70년생 회사원 C 씨

갱년기는 테스토스테론의 감소에 의한 정신적, 육체적 변화가 발생하는 시기로 알고 있어요. 그 나이에 잘 살고 있는지 돌아보는 시기로 알고 있지만 저 자신의 갱년기에는 별로 관심이 없어요. 주변을 봐도 그렇고 남자들의 라이프사이클에는 그다지 영향을 미치지 않는다고 생각해요. _69년생 회사원 C 씨

Q. 남자들은 스스로 언제 갱년기라고 느낄까요?

정확히는 모르겠지만, 몇 년 전 이유 없는 불면증이 몇 달 지속되었고, 오른쪽 어깨 통증으로 힘들었던 적이 있어요. 한참 지

나고 나서 그때가 갱년기였나 추론해봅니다. **_67년생 회사원 D 씨**

눈물이 많아진 듯합니다. 영화나 드라마, 음악을 들을 때 눈물이 날 때가 있습니다. 좋게 말하면 감수성이 더 풍부해진다고 할까요. 약간의 무기력증과 우울감은 갱년기 탓인지, 세상 탓인지 잘 모르겠지만 그런 것도 가끔 느낍니다. **_70년생 회사원 C 씨**

남자들은 다 똑같은 것 같아요. 드라마를 보거나 음악 듣다가 눈물이 나기도 하고, 작은 이야기에도 감동을 하면서 눈물이 저절로 나죠. 감동하다가도 슬픔이 느껴지고, 또 갑자기 웃음이 나오기도 하죠. 감정의 선이 달라지는 것 같아요. 작은 행동과 작은 의미에 반응하는 시기가 갱년기 아닌가 싶네요. **_68년생 회사원 F 씨**

Q. 현재 자신의 인생에서 관심사는 무엇인가요?

나 자신을 위한 생각보다는, 주로 가족의 미래에 대한 생각뿐이죠. 자녀의 미래(학업과 취업)와 가족의 건강, 노후생활 경제적 준비에 대한 걱정 등이 있어요. **_69년생 회사원 D 씨**

어떻게 하면 현명하고 건강하게 나이 들어갈 수 있을까 하는 겁니다. 인생의 제 2막을 어떻게 설계해야 하고, 어떻게 해야 의미 있는 노년의 삶을 살 수 있을까 하는 고민이 가장 큽니다.
_70년생 회사원 W 씨

미래를 어떻게 살 것인가가 가장 고민이에요. 이렇게 일만 하면서 사는 건 아닌지 싶기도 하고요. 현재 삶에서 책임감을 느끼는 것들, 예로 들면 아이의 교육을 책임지는 가장으로서의 삶과 개인으로서 누리고 싶은 것, 남편으로서 해야 할 역할 사이에서 갈등을 느끼기도 해요. _68년생 회사원 D 씨

남자 VS 여자, 우리는
서로의 갱년기를 어떻게 바라볼까요?

Q. 남성의 갱년기를 어떻게 바라보나요?

짠하고 도와주고 싶어도 자신이 갱년기인지도 모르고, 가족에게 도움을 요청하지 못하는 것이 가장 안타까워요. 인생의 반을 가족들을 위해 살아왔을 것인데, 남성들을 위한 정서적 지원은 잘 이루어지지 않는 것이 현실인 것 같아요. _70년생 회사원 A 씨

저도 너무 궁금해요. 제 주변 친구들도 많이들 궁금해하지만, 막상 당사자와는 이야기하기 어려운 것 같아요. _70년생 회사원 A 씨

슬픔과 애틋한 감정을 표현하기 시작하더군요. 드라마에 몰입되어, 상황과 캐릭터에 감정 이입을 더 하기도 하고, 연민과 애잔함이 올라와 지나가는 고양이도 그냥 보내지 못하는 것을 보고 그에게도 갱년기가 왔구나! 짐작했어요. _72년생 프리랜서 F 씨

남자들은 자신이 갱년이라는 것을 잘 모르는 것 같아요. 여자들도 준비없이 맞이하다가 지나고 나서 아는 경우가 있는데, 남자들은 더 준비하지 못하고 겪게 되는 것 같아요. 그리고 남자들은 갱년기에 여자들보다 더 돌출행동을 하는 것 같아요.

남자가 너무 모범생이었을 경우, 특히 더 갑자기 이해 못 할 행동을 하는 것을 봤어요. 갑자기 춤을 배우거나, 바람을 피우거나, 하던 일을 접어 버리는 등. _68년생 전업주부 A 씨

우울하거나 무기력해 보일 때가 있어 걱정되었어요. 갱년기가 온 것 같은데 남편에게 좋아하는 일을 해보라 하니, 자신이 무엇을 좋아하는지 모르겠데요. 그런 질문을 받을 때가 가장 힘들다고 해서 그 이야기를 듣고 슬퍼었어요. 솔직한 그 말이 막막하게 느껴졌거든요. _72년생 전업주부 A 씨

Q. 여성의 갱년기를 어떻게 바라보나요?

폐경 등 여성의 몸에 중대한 변화가 일어나고, 그에 따라 심리적으로 큰 요동을 치는 시기라는 이미지가 있습니다. 갱년기를 겪는 중년 여성들이 대체로 예민해지고 힘들어하기 때문에 주변에서 더욱 신경을 써야 하지 않나 생각합니다. 긍정적으로 보면 이 시기를 잘 극복해내는 여성들은 더욱 힘차고 알찬 노년을 보낼 것 같습니다. _70년생 회사원 A 씨

짜증과 폐경이 가장 먼저 떠오릅니다. 여성들이 짜증을 많이 내는 시기이고 얼굴이 화끈거린다고 하더군요. 남자들이 무조건 조심해야 하는 시기라고 생각합니다. _68년생 회사원 D 씨

갱년기는 남성보다는 여성의 것이라고 생각해요. 여성의 갱년기를 떠올리면 의욕상실과 힘듦이 느껴지네요. 신체적으로 건강이 나빠지는 것 같아요. _68년생 회사원 F 씨

갱년기 증상부터
남성 갱년기까지
얘기를 나눠봤는데요.
2021년을 사는 우리에게 던진
마지막 질문입니다.
여전히 갱년기를
개인 차원의 문제로만
바라봐도 될까요?

갱년기, 사회적 시선으로 들여다보기

갱년기가 사회에 보내는
새로운 신호

첫 번째,
폐경기 여성 비율의 절대적 증가(전체여성 인구의 40% 이상)

2003년 기준 우리나라 폐경기 여성(45~55세)은 현재 약 470만 명으로 전체 여성의 20% 정도이며, 2030년이 되면 43.3%까지 증가할 것이라고 한다. 폐경기 여성의 삶이 우리 사회에 미치는 영향이 그만큼 커진다는 뜻이다. 폐경기의 변화를 신체적, 정신적으로 어떻게 견디느냐는 것에 국한되는 얘기가 아니다. 주변 사람들에게도 직접적, 간접적으로 많은 영향을 미치게 된다. _「다시 태어나는 중년」 中에서, 이상춘 저

두 번째,
여성 호르몬 불균형을 겪는 절대 시간의 증가

현대 여성은 평생 동안 약 450회의 월경을 겪는다. 과거에는 일찍 결혼하여 많은 임신과 출산을 겪었기에 고작 50회 정도에 불과했으니, 무려 9배나 많아진 셈이다. 이처럼 현대에 와서 생리 횟수가 극단적으로 늘어나면서 여성은 다양한 질환과 병을 안게 되었다. 여성 탈모나 조기 폐경 등의 문제도 새롭게 떠오르고 있다. 모두 여성 호르몬의 불균형에서 오는 문제들이다.

또한 여성의 수명은 늘었지만, 폐경 시기는 50.5세로 거의 달라지지 않았다. 폐경 시기는 여성의 긴 인생의 중간지점이다, 바야흐로 100세 시대를 바라보는 지금, 갱년기 이후에 시작되는 인생의 후반전을 어떻게 준비하느냐의 중요성은 더욱 커졌다.

_『여성 호르몬 파워』 中에서, 마스다 미카 저

50년 전의 50세와 지금의 50세는 외모나 라이프스타일이 완전히 다르다. 하지만 건강 면에서는 어떠한가. 예를 들어 여성은 40대 후반부터 50대 후반 사이에 폐경이라는 시기를 맞이한다, 난소가 생식을 위한 난자를 내보내지 않고… 호르몬도 멈추게 된다, 여성이 갱년기를 겪는 연령은 옛날이나 지금이나 바뀌지 않았다. 불임 치료가 진보하면서 40대 후반에도 임신하는 여성이 늘었지만, 폐경 시기는 여전히 그대로다.

_『나이 듦의 심리학』 中에서, 정신의학자 가야마리카 저

세 번째,

(평균 예상 시기보다) **좀 더 이르게 나타나는**

갱년기인가 증후군

49세 전후에나 나타나야 할 증상들이 몸의 허실 정도에 따라 40대 초 중반에도 나타날 수 있다는 것을 내 몸을 통해서 알게 된 것이다. 이 일을 계기로 갱년기를 폐경기 여성만의 문제가 아닌 생애 주기적 관점에서 준비하고 관리해야 한다는 일로 좀 더 넓게 바라보게 되었다.

_「갱년기 직접 겪어 봤어?」中에서, 한의학 박사 이현숙 저

과거에는 폐경이 오기 직전/직후에 갱년기 증상을 앓는 경우가 많았다면 최근에는 환경오염의 영향 때문인지, 생리가 규칙적이거나, 나이가 어린데도 갱년기 증후군이 미리 시작되는 양상을 보인다.

_「60세 대체의학자 인터뷰 내용」中에서

더 빨라지고 더 광범위해진
요즘 갱년기

DOHEE 갱년기 관련 책이나 인터뷰 내용을 종합해보면, 두 가지로 요약되는 측면이 있어요. 과거 중년 세대와는 완전히 다른 외모나 라이프스타일을 보여주는 요즘 중년 세대도 완경의 시기는 동일하다는 거죠. 따라서 완경을 하더라도 의식과 라이프스타일은 여전히 젊다는 측면에서 보면 정서적 지점과 몸의 지점이 상당히 불균형을 보일 수 있다는 거예요. 또 다른 하나는, '갱년기인가 증후군'에 관한 것인데요. 요즘 30대~40대 초반부터 진짜 갱년기가 아님에도 불구하고 생리 이상, 무기력, 감정 기복 등의 증상을 겪으면서 본인이 갱년기인지 걱정하는 사례들이 많아지고 있는데 이를 '갱년기인가 증후군'이라고 부르기도 하더군요. 중요한 점은 우리 세대는 갱년기인가 증후군의 관점에서 보면 더 광범위하게 갱년기에 노출될 수도 있겠다는 거예요. 이런 갱년기인가 증후군을 더 일찍, 더 오랫동안 앓을 수 있기에 단순히 완경과 연결 짓기보다는 생애 주기적 관점에서 미리 예방, 관리해야 한다는 거죠. 앞으로 우리 사회에 4050 인구 비중이 절대적으로 늘어가는 구조라면 우리 세대가 겪는 이런 몸의 변화들은 개인의 차원이 아닌 국가나 사회 차원에서 접근해야 할 시기가 온 것이죠.

HEYMI 노령인구의 증가로 갱년기 질환 관련 진료를 받는 여성들이 늘어났다고 알고 있지만 이와 동시에 환경오염이나 생활 스트레스 증가 등 상황적 요인들이 우리 시대의 갱년기에 어떤 영향을 주는 것 같아요. 통계적으로 여성의 약 25~30% 정도가 극심한 갱년기를 경험하게 된다는데 이 비율이 상대적으로 높아질 수도 있을 것 같고, 도희 님이 이야기하신 것처럼 갱년기 증상을 겪게 되는 시기가 빨라질 수도 있고요.

DOHEE 갱년기 증상을 심하게 앓는 비율은 25% 정도라는데, 인구 비중이 높아진다면 이분들의 절대적인 숫자도 늘게 될 것이고, 사실 큰 무리 없이 지나가는 나머지 75%도 갱년기인가 증후군은 좀 더 광범위하게 경험할 가능성이 있죠. 산부인과 의사인 이케가와 아키라의 '경피독'에 보면 환경 오염으로 인해 자궁질환이나 완경 시기가 앞당겨진다는 연구도 나오고 있어요. 30년 전에는 거의 없었던 자궁내막증이 최근 급증했을 뿐만 아니라 유방암, 자궁암, 난소암 등의 여성 암 발병률 또한 모두 증가하고 이와 더불어 확연하게 빨라진 초경과 완경, 불임증 증가 등 산부인과와 관련된 의료가 크게 변화했다고 해요. 앞으로 50세 미만의 세대는 상대적으로 주 호르몬의 변화 시기가 앞당겨지거나 더 길어질 수 있다는 점도 우려되는 부분이에요.

JIIN 갱년기인가 증후군을 비롯해 갱년기 증상과 여성 질병에 대한 전반적인 수치는 환경 오염 같은 물리적 환경과 사회적 환경 때문에 당연히 늘어날 수밖에 없다고 생각해요.

저희 윗세대는 갱년기를 인식할 시간적, 경제적 여유도 없었고 갱년기에 대한 사회적 교육이나 미디어의 관심 그리고 정부 기관의 통계도 부족했겠죠. 하지만 지금 우리는 수많은 오픈 정보를 갖고 있고, 원한다면 언제든 접근할 수 있어요. 성장 과정 중의 경험, 교육의 양과 질이 과거와 다르기도 하고요. 제일 중요한 건 스스로에 관한 관심이 높아졌다는 거예요.

즉, 이런 사회적 변화를 통해 자신의 갱년기 증상을 인지하고 해석해 낼 수 있는 환경과 의지, 경험이 조성된 셈이죠. 심지어 갈수록 건강에 대해 굉장히 민감해지고 있고요. 모수가 커지면 다양한 양상의 결과값이 증가하는 것처럼, 갱년기에 대한 관심이 높아지면서 갱년기 증상을 인식하는 모수가 커지니 관련된 모든 지표가 상승할 수밖에 없다고 생각해요.

DOHEE 그럴 수도 있겠네요. 의학적 정보도 늘어나고 있고, 자신의 건강 정보를 해석할 수 있는 채널도 증가하다 보니 많은 사람이 자신의 증상을 자가 진단할 수 있는 시대가 온 거죠. 하지만 우리 세대가 경험하는 다양한 신체적 증상은 스트레스와 환경오염, 시대적인 피로도 등이 반영되어 과거 대비 높아진 것도 사실인 것 같아요.

특히 인구 구성비에서 4050 세대가 절대적으로 많아진다면, 사회 전반의 체력이 저하되는 것과 맞물릴 수밖에 없을 것이라고 봐요. 여성들이 갱년기인가 증후군을 광범위하게 경험한다면 갱년기가 단순히 '엄마의 완경'에서 '대한민국의 많은 40~50대 여성'들로 보다 확장되어 사회적 측면에서의 연구와 관심이 필요한 주제라고 생각돼요.

JIIN 네. 말씀 들으면서 최근 많이 언급되는 고령화 사회 이슈가 생각났어요. 물론 고령화의 심각성과 갱년기 그룹의 증가를 비슷한 무게로 볼 수는 없겠지만, 고령화에 대해 사회적 관점에서 살펴보고 시스템과 대응 방안 등을 모색하는 것처럼, 유사하게 갱년기 그룹의 증가에 사회적 관심이 필요할 수 있겠다는 생각이 드네요. 약간 다른 얘기지만, 갱년기인가 증후군과 더불어 조기 폐경 사례도 늘고 있다고 알고 있는데요. 30대에 폐경을 겪는 사람들도 폐경 전 갱년기인가 증후군을 경험하고 본인이 갱년기를 겪고 있다고 인식하고 있을까요? 조기 폐경은 폐경보다는 질병에 더 가깝게 인식될 것 같은데, 30대라는 시기를 보면, 갱년기인가 증후군을 겪는 시기와 맞닿아 있기도 해서요.

DOHEE 지인 님 말씀처럼 조기 폐경을 갱년기랑 연결하기에는 무리가 있다고 봐요. 갱년기인가 증후군은 조기 폐경과는 다른 개념이라고 생각해요. 다만 '호르몬'이라는 공통분모로 보면 현대 여성들은 과거 엄마 세대보다 더 광범위한 호르몬 관련 증상들을 겪을 수 있다고 보는 거죠.

HEYMI   젊은 나이에 갱년기 증상을 겪을 경우 갱년기에 진입했다고 인식하기보다 질환으로 느끼지 않을까 싶어요. 요즘에는 40세 이전의 폐경에 대해서 '조기 폐경'이라는 단어 대신 '조기 난소 부전'이라고 부르기도 한다는데 폐경이 자연스러운 노화의 의미를 담고 있는 반면, 조기 난소 부전은 난소기능이 손실된 질환으로 보는 거죠. 검색해보니 조기 폐경의 경우 30대 여성 1,000명당 1명 정도 발생하는 질환이라고 하는데 앞서 이야기한 것처럼 사회적 스트레스가 점점 심해지고 있고, 과다한 다이어트나 불규칙한 식습관 등으로 인한 면역력 저하 등이 맞물리면 조기 폐경의 비율이 높아질 가능성도 있을 것 같아요. 생활습관의 변화에 따라 최근 20~30대 층에 암 환자가 늘어나는 것도 같은 맥락일 수 있을 것 같은데 여성의 경우 암에 걸리면 방사선 치료를 해야 하니까 조기 폐경의 가능성이 커진다고 알고 있어요.

'갱년기인가 증후군'이 흔히 이야기하는 '폐경 전후 증후군'

혹은 '이른 갱년기'와 유사한 것 아닌가 싶은데요. 생리를 하고는 있지만, 생리 주기가 다소 불규칙해지면서 갱년기의 특징적 양상들이 나타나는 시기를 지칭하는 것 같은데 이게 저희처럼 '갱년기가 올 때가 되었지'라고 느끼는 사람들과 '벌써?'라고 느끼는 사람들 간에 간극이 발생할 수도 있을 것 같아요. 갱년기인가 증후군이 조기 폐경을 포함한 폐경 전후 증후군을 통칭하는 확장된 의미인지는 잘 모르겠는데 갱년기 스펙트럼이 저희가 생각했던 것보다 넓고 다양해서 명칭들도 복잡하게 사용되는 것 같아요.

DOHEE 앞서 한의학자, 대체학자들이 주목했던 것 역시 과거의 갱년기 공식과는 다른 복잡한 양상들이 전개될 수 있다는 점이었어요. 과거의 갱년기가 폐경을 통한 자연스러운 몸의 변화로 인지되었다면, 요즘 갱년기는 '갱년기인가 증후군'까지 더 넓게 탐색해 볼 필요가 있어요.

HEYMI 40대 후반에 갱년기가 시작되어도 힘든 경우가 많은데 이보다 젊은 나이에 조기폐경이나 갱년기인가 증후군을 겪는 비율이 높아지는 것은 삶의 질과 관계되는 부분이라서 의학계뿐만 아니라 사회 구조적으로도 주목해야 할 것 같아요. 게다가 우리나라의 경우 결혼과 출산이 늦어지는 추세인데 완경이 빨라진다면 임신계획이 있는 여성의 경우, 출산에 영향을 줄 수도 있는 중요한 문제니까요.

JIIN 혜미 님의 얘기를 듣고 일반적인 삼사십대 여성에게 완경은 삶의 질과 더 가까이 있는 개념일지, 혹은 출산과 더 가까이 있는 개념일지 좀 궁금해졌어요. 그리고 최근에는 비출산 흐름도 많은데, 저처럼 비혼에 출산 의지가 없는 여성에게 완경과 갱년기는 어떤 의미일까요? 물론 완경-불가임-갱년기로만 연결되는 것은 아니지만 생리(완경)를 바라보는 무게 중심에 따라 갱년기를 대하는 태도도 달라질 것 같아요.

개인을 넘어선 세대의 건강 문제, 사회적 차원의 관심이 필요해

DOHEE 시대가 변하면서 생리, 출산, 완경에 대한 의미는 개인적으로 많이 달라졌을 것으로 생각해요. 결혼과 출산에 대한 세대 간 선택이 달라지고 있거든요. 제가 이야기하고 싶은 것은 '호르몬과 삶의 질'에 관한 거예요. 그 어느 때보다 중장년층이 많아지고 있고, 30년의 수명연장을 얻어낸 '우리 세대의 삶의 질'에서 호르몬의 문제는 피할 수 없는 과제이죠. 그런 인구가 늘어나고 있다는 건 결혼 여부와 자녀 출산의 관점을 넘어선 우리 세대의 보편적 건강 문제로 보는 접근이 필요하다고 봐요.

예상되는 완경 시기보다 더 이른 갱년기 증후군을 경험하거나, 주 호르몬의 감소가 자연스러웠던 과거 노년 세대와는 달리 30년 이상을 젊고 건강하게 살아야 하는 우리 세대에게는 호르몬과 삶에 대한 새로운 관심과 접근이 필요하다고 보여요.

HEYMI 평균 수명의 증가로 갱년기 이후 살아갈 인생이 30년은 될 것이고 갱년기를 어떻게 보내는가에 따라 30년 삶의 질에도 영향을 줄 것 같은데 갱년기의 중요성이 사회적으로 간과되어있고 갱년기의 가치에 대한 논의도 부재한 것 같아요. 갱년기를 중요하다고 바라보는 공적 시각이 부재하다는 거죠.

저희가 이야기해보면서 느낀 건데 갱년기를 어떻게 보낼 것인지, 갱년기에 왜 힘든지, 갱년기에 나타나는 심신의 변화가 무엇을 의미하는지 등 만약 갱년기에 대한 심층적 논의가 이루어진다면 중년 세대와 그 이후 삶의 질에 어떤 식으로든 달라질 수 있는 계기가 마련될 것 같아요. 지금까지 갱년기 논의는 '문제와 해결' 구도에서만 바라봤기 때문에 주로 자극적이거나 극단적인 갱년기 이슈들이 '카더라'처럼 떠돌고 '약이나 건강보조식품'으로 해결되는 방식이었어요. 그러다 보니 의학적으로도 일상적으로도 갱년기에 대한 불확실한 공포심만 높아지고요.

DOHEE 우리의 수다를 통해 솔루션을 바로 찾을 수 있거나, 또 사회가 어떤 화답을 줄 수 있을지는 모르겠어요. 다만, 우리가 발견한 지점에서 문제 제기는 할 수 있다고 생각해요. 건강식품 산업이 급성장하는 데만 의존할 게 아니라 정부와 의학계를 중심으로 사회적 차원에서의 관심과 연구가 필요하다고 봐요.

갱년기를 단순히 완경기 여자와 개인의 문제로 두기보다는, 여러 연령대와 성별을 초월한 세대적 접근법으로 바라봐야 하는 중요한 시기라고 생각해요.

HEYMI 예를 들어 우울증은 우리나라에서 심각하기는 하지만 아직 개인이나 가족 단위에서 해결해야 하는 것으로 인식되고 있는 반면에, 영국은 국민의 정신건강 관리 차원에

서 정부가 개입하기 시작했대요. 우울증(외로움)을 관리하
는 담당 minister를 임명했는데 우울증이나 외로움이 야기
하는 자살이나 건강지표의 하락 등의 문제를 사회적으로
심각하게 인식했기 때문이죠. 우리나라도 자살 국가라는
오명을 안고 있는데 국민들의 정신건강에 대한 공적 관심이
나 논의는 이루어지지 못하고 있잖아요.

갱년기도 마찬가지인 것 같아요. 아직 개인의 문제 혹은
가정의 문제로 한정되어 있지만, 중년층의 신체적, 정신적
건강과 직결되는 문제이기도 하고 대한민국 노년기와도
연결되는 문제니까 조금 더 통합적이고 적극적인 사회적
관심과 논의가 필요하다는 생각이 들어요.

DOHEE 영국에 우울증 담당 minister가 있다는 이야기 정말 흥미
롭네요. 정부 차원에서 국민의 정신적 건강에 관심을 두
고, 사회적 문제로 인식하기 시작했다는 것 역시 시대 흐
름에 따라 국민건강을 바라보는 관점의 변화가 있기에 가
능하겠지요. 과거에는 신체 치수, 비만도 등의 신체적 상
태로 진단했다면, 이제 국민들의 정서적 건강의 영역으로
확대해서 정책을 이어간다는 건 능동적인 변화로 볼 수
있겠네요.

한국 사회 역시 공적인 영역에서 호르몬 변화기를 지나는

세대의 건강과 삶을 연구하고 해답을 찾는 것은 매우 중요하다고 생각해요. 이 시기를 지나는 분들은 그들의 부모와 자식 세대를 연결하는 중심자 역할을 하지만, 호르몬 변화로 인한 삶의 질 저하, 중년의 우울증을 겪을 가능성이 높기 때문이죠. 다양한 세대적 이슈를 발굴하고 해법을 함께 고민할 수 있다면 사회의 건강함도 기대해볼 수 있다고 생각해요.

갱년기가 일으키는
사회적 관계의 파장

HEYMI 네. 복잡한 갱년기의 이슈를 단순화시키지 않았으면 좋겠어요. 제가 추가적으로 이야기하고 싶은 부분은 갱년기의 파장인데요, 중년 세대가 맞이하는 가정의 위기상황 중에 갱년기라는 변수가 분명 존재하는 것 같아요. 특히 갱년기 갈등의 대상이 주로 배우자라고 하는데 부부간에 살아오면서 풀지 못하고 쌓여있던 감정들이 갱년기에 표면화되는 거죠. 부부간의 문제뿐만 아니라 부모나 자녀와의 관계에서도 마찬가지일 수 있고요.

갱년기에 가족 간의 소통이 무엇보다 중요할 것 같은데 갱년기 갈등이 심화한다면, 부부관계는 이후에 졸혼이나 황혼이혼까지 맞이하게 되는 건 아닐까 싶어요. 갱년기 때 분출된 문제가 오히려 갈등을 확인하고 봉합할 기회가 될 수도 있는데 갈등을 해결할 마음의 의지와 여유를 갖기가 현실적으로 쉽지 않을 수도 있어요. 그래서 갱년기의 감정을 적절하게 소통하지 못하면 가족 간의 관계는 더 극단적으로 갈 수밖에 없는 것 같아요. 사실 모든 갈등의 시작은 가장 가까운 가족에서 시작되는 경우가 많잖아요.

DOHEE 맞아요. 갱년기의 정서적 변화는 개인에서 가족의 문제로 확장될 가능성이 높죠. 부부간 잠재되어있던 갈등이 수면 위로 드러나기도 하고, 사춘기 자녀와의 갈등구도를 만들기도 해요. 출산 시기가 늦어지면서 자식 세대와 부모 세대의 호르몬 불균형을 겪는 시기가 겹치면서 세대 간 대립구도(사춘기 VS 갱년기)로 비춰지기도 하고요. 한국에만 있는 '화병'이라는 단어도 중년의 위기를 극적으로 설명해주죠. 새롭게 나타난 졸혼이라는 단어도 중년의 위기가 해결되지 못했을 때 오는 사회적 현상들인 것 같아요.

82년생 김지영보다 앞선 60년생, 70년생의 지영이들이 많이 있으리라 생각해요.

최근 들어 명절 제사 문화에 대한 새로운 해법이 제시되고, 개인의 행복에 더 초점을 맞추어가고 있지만, 중년이 될 때까지 해소하지 못한 많은 문제가 개인, 가족 간에 존재한다고 봐요. 갱년기 우울증, 중년의 위기는 그들 자식 세대의 정서적 건강함에도 매우 큰 영향을 줄 것이고, 사회 활동기에 있는 중년들의 정서적 충돌은 사회와 직장 내에서의 갈등 문제로도 확대해서 볼 수 있고요.

JIIN   저는 가족보다는 회사 동료와 보내는 시간과 커뮤니케이션이 훨씬 많다 보니, 제 사회생활 속 갱년기에 대한 걱정이 더 커요. 가족 관계에서의 저는 자식이라는 이유로 많은 부분이 용서되고 있기도 하고요.

하지만 사회관계는 다르죠. 갱년기로 야기된 문제를 동료나 조직에 이해를 구하는 것은, 제 개인적 기준이나 사회적 시선에서 볼 때 용납하기 어려운 부분이라고 생각하거든요. 가족과 달리 사회에서의 갱년기 문제는 오롯이 제가 안고 가야 하는 부분이라고 생각돼요. 중년 세대인 우리 정도의 연차면 조직 구조상 리더의 위치에 있을 가능성이 크고 리더의 행동, 예를 들어 과거와 다른 감정적 대응, 짜증이나 신체적 불편으로 인한 업무 공백 등이 구성

원들에게는 일종의 심리적 상처가 될 수도 있고 조직 전체의 업무 효율을 저하하는 요인이 될 수도 있으니까요. 제 의지와 무관하게 발생할 수 있는 다양한 문제들을 앞으로 어떻게 컨트롤할 수 있을지가 가장 걱정되는 부분이에요.

HEYMI 사회생활을 하면서 갱년기로 인해 감정통제가 안 되는 경우가 발생할 수도 있고, 특히 내적 불만의 원인이 사회생활에서 기인한 것이 많다면 사회생활에서 그 갈등이 터져 나올 수도 있을 것 같아요.

반면 갱년기에는 오히려 사회생활을 하는 것이 갱년기 스트레스를 해소하는 측면도 있을 것 같기도 하고요. 많은 사례를 보면 사회적 활동을 하지 않고 집에서 혼자 있는 시간이 많을 때, 더 힘들게 나타난다고 이야기하잖아요. 전문가들도 갱년기가 올수록 사회생활을 멈추지 말고 지속하거나 오히려 예전보다 적극적인 사교적 활동을 솔루션으로 이야기하니까요. 가정 내 갱년기 갈등은 사회적으로 어느 정도 해소하고 사회생활 속 갱년기는 가정에서 보듬어야 되지 않을까 싶어요.

JIIN 가정과 사회생활이 서로 완충 작용을 해 줄 수 있다면 좋겠네요. 하지만 반대로 감정 폭발에 시너지 효과를 가져

올 수도 있지 않나 하는 걱정도 들어요. 갱년기의 정신적
증상은 본인의 컨트롤이 불가능할 수 있다는 의견들이 있
고, 이 부분에 대해서는 누구도 장담할 수 없으니까요. 자
신의 감정을 건드리는 작은 요소들이 가정이든 사회생활
이든 지뢰밭처럼 널려 있는 상태일 것 같거든요.

DOHEE 사실 가장 궁금하면서도 저도 아직 뚜렷한 답을 찾지 못
한 부분이에요. 아직 완경은 아니고 호르몬이 불규칙하게
나마 작동하고 있지만, 어느 날 조절 장치 역할을 해왔던
호르몬이 제대로 작동하지 않았을 때 제 의지와 상관없이
분노를 터뜨리고 후회할 일을 만들까 봐 걱정되거든요.
갱년기를 경험하는 분들이 그런 증상을 보일 때 과연 그것
이 누군가에겐 상처나 혹은 피해가 될 수 있다는 것을 얼
마나 의식할 수 있을까요? 모든 여성이 다 그런 모습을 보
이지는 않겠죠. 또 정도의 차이는 있다고 보지만, 그 정도
가 심하게 올 때 상대의 입장에서는 상처가 될 수도 있다
는 것을 의식하는 것은 중요한 거 같아요.

HEYMI 어떤 갱년기 당사자가 정말 상관없는 사람에게 감정을 퍼
부었다면 그 사람과 미래지향적 관계는 갖기 힘들 거예요.
분노나 짜증도 자기의 감정을 받아 줄 만한 가까운 사람

들 예를 들어 가까운 가족이나 친구 혹은 지인들이 되겠죠. 저는 감정의 원인이 직접적이든 간접적이든 얽혀있는 사람에게 일차적으로 자신의 묵은 감정이 표현될 것 같다는 생각이 들어요.

JIIN 한두 번 정도야 이해와 수습이 가능하겠지만 반복되다 보면 당하는 사람 입장에서는 굉장히 괴로운 부분이 될 거예요. 특히 사회생활에서 직장 상사의 실수와 사과의 반복을 얼마나 이해할 수 있을까요? 반복될 수 있다는 것, 그리고 그 반복이 꽤 오랜 시간 지속될 수 있다는 가능성은 상당히 두려운 부분이에요.

HEYMI 아슬아슬한 갱년기의 감정선이 누군가에게 돌이킬 수 없는 상처가 될 수도 있겠지만, 반면 자기의 내면을 볼 수 있는 거울이 될 수도 있을 것 같아요. 맥락 없어 보이는 감정폭발 같지만 어딘가에 오랜 감정이 쌓여있었던 거고, 상처는 감정을 풀지 못하고 쌓아왔던 갱년기 당사자가 받아왔을 수도 있어요. 자신의 감정을 표현하는 훈련이 안 되어 있으면 화를 낼 상황에 화를 내지 못하고 뜬금없는 상황에 화를 내게 되겠죠. 그럴 경우 상대방은 이해할 수가 없으니 또 다른 상처를 서로 주고받게 되겠죠. 울퉁불퉁해진 감정선을 조절하는 것만큼 쌓인 감정을 적절하게 해소하는 일상의 노력도 중요한 것 같아요.

사회적 차원의
관심과 교육이 필요한 갱년기

DOHEE 우리가 자신의 행동 패턴을 자각할 수만 있어도 많은 문제가 해결될 수 있다고 생각해요. 갱년기에서 언급되는 대표적 증상 중 우울감, 화, 분노 등은 호르몬이 원인인 경우도 많기에, 안전하지 않게 표현했을 때 상대에겐 상처가될 수 있다는 것을 자각했으면 하는 바람도 있어요. 적어도 그런 부분에 대해 선제적인 교육을 받거나, 함께 고민할 수 있는 커뮤니티나 플랫폼이 있다면 더 희망적이겠죠.

JIIN 중요한 포인트는 개인의 문제를 넘어 관계의 문제라는 거예요. 관계적인 부분은 저 혼자만의 노력으로만 성립되는 것도 아니고 다면적이고 복잡한 문제잖아요. 우리는 지금 문제 제기 수준이니까 다양한 의견을 제시하고 있지만, 실제 사회적 시스템을 만든다면, 현실적으로 이런 관계적 차원을 과연 어디까지 케어 해 줄 수 있을까요?

DOHEE 중장년층이 정서적 성장을 할 수 있는 채널은 우리 사회에 많이 있어요. 문화센터와 각종 동호회, 커뮤니티가 있고 각자의 취미나 성장을 주제로 활발하게 활동하고 있어요. 하지만 세대 공통적인 주제를 다루거나 교육을 받을 수 있는 장은 아닌 거죠. 개인적으로도 대학을 졸업한 이후 어떤 공식적인 교육 기회가 없는 채로 30년 가까이 살아오고 있어요. 개인적 성장을 위해 비폭력 대화와 예술 심리 치료를 배운 것은 오로지 제 의지와 선택이었어요. 우리 세대가 건강하게 생애주기를 보내기 위해서는 이 시기에 한 번쯤은 보편적인 교육이 필요하다는 생각이 들어요. 물론 장기간의 교육은 불가능하겠지만, 짧게라도 갱년기와 호르몬 변화를 통한 몸과 마음의 변화를 알려주고, 그런 변화가 개인의 문제에서 가정과 사회, 직장의 문제로 확장될 수 있다는 것을 교육할 수도 있겠죠. 도움을 받을 수 있는 기관과 서비스에 대한 정보도 나누고요.

이런 교육 등을 통해 갱년기가 중년의 위기에서 그치지 않고, 새로운 전환이 가능한 시기임을 경험할 수 있기를 기대해요.

JIIN 저는 교통사고와 같다고 보는데요. 제가 운전을 잘한다고
사고가 안 나는 것은 아니죠. 기초 단계는 도희 님 말씀대
로 교육부터 시작할 수 있다고 생각해요. 그리고 필요하
다는 의견에도 동의하고요. 하지만 저뿐만 아니라, 저와
관계하는 사람들이 저를 이해하는 통로가 열려야 사회적
문제 해결이 가능하다고 보는데, 저와 관계된 사람 모두
가 교육에 참여하지는 못할 것이고, 세대 간 교육에서는
그 갭이 더 크겠죠.

즉, 저를 이해하는 것은 가장 기본적인 필수 요소지만 나
아가서 관계적 차원의 솔루션이 되기 위해서는 오랜 사회
적 학습의 시간과 노력이 필요할 거예요. 적어도 제가 갱
년기를 보내는 시점에는 사회라는 테두리에서 제 갱년기
행동에 이해를 구하기에는 무리가 있다고 판단되고 결국
우리 세대는 자신의 컨트롤에 의지해야 하는 것이 현실이
라는 생각이 들어요.

DOHEE 개인의 의지도 중요하지만, 사회적인 공감대와 함께 어떤
문화적 현상으로 이루어낼 수 있다면 더 나은 세대적 경
험을 할 수 있지 않을까요?

현재 우리 사회는 사후 해결이나 대안 제시까지는 되어가
고 있어요. 예를 들어 은퇴자 교육과 재취업 프로그램이

그것이죠. 다만 사후 해결보다는 사전 예방적 차원에서
좀 더 확장했으면 합니다. 갱년기 역시 개인의 좌충우돌
로 맡겨두기보다 선제적 차원에서 준비할 수 있다면 삶의
질 또한 좀 더 나아질 수 있을 것이라 믿어요.

HEYMI 우리 사회는 세대 간 상호이해가 필요한 것 같아요. 사람
들은 가족이나 주변 이웃을 통해 직접적 경험을 얻게 되
거나 교육이나 미디어를 통한 간접경험을 통해 타인들의
입장과 고통을 헤아릴 수 있는 공감력을 얻게 되잖아요.
임산부와 노약자에게 자리를 양보해야 하는 사회적 규칙
을 인지하는 것은 단순히 규칙 이전에 그 시기의 세대들
이 겪는 어려움을 이해하기 때문에 그러한 규칙을 수용하
는 것으로 생각해요.
갱년기가 신체적, 정서적으로 무난하지 않은 변동의 시기
라는 것을 어느 정도 이해한다면, 갱년기를 바라보는 다
른 세대들의 시각들도 조금 달라지지 않을까 싶어요. 무조
건적인 이해를 바라는 것이 아니라, 무조건적인 배척이나
오해를 하지 않았으면 하는 마음이 더 큽니다.

DOHEE 네, 그 이해라는 것이 무조건적인 수용은 아닌 것 같아요.
다만 왜 그런 특징을 보이는지 좀 더 과학적이고 객관적인

정보가 공유된다면 서로 공감대는 생길 수 있다고 봐요. 예를 들면 저 또한 사춘기 아이의 행동이 이해가 안 가 정말 힘들었던 시기가 있었는데, 뇌과학자께서 이 시기 사춘기 청소년의 뇌가 변화되면서 본인의 의지와 상관없이 일어날 수 있는 일을 설명해주신 적이 있어요. 그 또래 아이들의 많은 행동 중에는 어떤 의도가 있다기보다 신체적인 변화도 영향을 준다고요. 그 설명을 들었을 때 시야가 확 트이는 느낌이었어요.

갱년기 역시 호르몬의 변화로 뇌의 조절 기능이 잘되지 않는 신체적 변화를 동반한다는 점에서는 공통적이죠. 몸의 변화로 인한 정서적 충돌은 개인의 문제일 수도 있지만, 함께 겪어야 하는 가족의 입장도 알려줄 필요가 있어요. '갱년기라서 그래' 식의 무조건적인 이해를 강요하기보다는, 나도 힘들지만, 상대(가족, 친구, 사회)에게 역시 상처가 될 수도 있다는 여러 관점을 알려주는 기회가 있다면 좋겠어요.

완경과 호르몬 변화를 통한 정서적, 신체적 변화는 모든 세대가 공통으로 관통하는 변화이므로, 생애 주기적 관점에서 자신의 변화를 이해하거나, 그로 인해 발생할 수 있는, 상대의 입장을 이해할 수 있는 '어른들을 위한 교육'이 있다면 도움이 될 수도 있을 거예요.

HEYMI　저도 사회적으로 갱년기에 대한 이해를 높이는 정보교육은 필요하다고 봐요. 인간이라면 남녀를 불문하고 갱년기를 맞이하게 되는 것이고 이 시기에 대한 적절한 교육이 갱년기에 대한 이해를 최소한이라도 확장해 볼 수 있지 않을까 싶기도 하고요.

현재 지자체나 기관들에서 갱년기 당사자들 대상으로 소소하게 프로그램들을 운영하는 것으로 알고 있는데 보다 보편적이고 접근 가능한 프로그램이 활성화된다면 갱년기에 대한 심도있는 이해가 생기지 않을까 기대해 봅니다. 그리고 갱년기 담론에 대한 국가사회의 공적인 관심이 필요하고 미디어에서도 문제의식을 갖고 진지하게 갱년기를 바라보는 시각이 필요한 것 같아요. 끝으로 무엇보다 갱년기 당사자들이 갱년기에 관한 공부를 시작했으면 해요. 그래야 스스로 인생의 새로운 문을 여는 주인공이 될 수 있지 않을까요?

_*종로에서 나눈* 열 번째 마지막 수다

도희의 60대 요가 선생님이 들려주는
갱년기 TIPS

저는 인간의 갱년기를 시대변화를 통해 이야기하고 싶습니다. 예전 우리 부모 세대는 경제적으로는 힘들었지만, 환경적으로는 안전한 시기를 보내셨다고 할 수 있지요. 부모 세대는 지금의 우리보다 환경 오염도 덜했고, 방사선 노출도 상대적으로 적었던 시대에서 생활하셨어요. 전자파 공해도 덜 했고요. 환경의 급격한 변화로 인해 과거 부모 세대의(갱년기가 뭔지도 모르고 지나갔던) 몸과, 현재를 살아가는 우리의 몸은 같다고 볼 수 없어요.

우리 부모님 세대의 경우, 의학이 발달하지 않았을 때는, 그저 자연의 이치로 받아들이고 살아가셨죠. 그때는 갱년기라는 것이 와도 순리대로 받아들이시던 모습이 당연했어요. 그러나 지금은 100세 시대이고, 지금의 60대는 이전 세대의 30~40대와 같은 나이의 의미가 있다고 볼 수 있어요. 인간의 신체 수명은 100세를 향해 가지만, 우리 인체의 변화속도는 그것을 따라가지 못하고 있거든요. 우리 몸에 오는 노화를 순리대로 따를 것이냐, 의학의 도움을 받아 적극적으로 대처할 것인가를 고민해야 할 시점이지요. 저는 갱년기니까 그저 받아들여야 한다는 것은 지금 시대에는 맞지 않는다고 생각해요. 증상이 심하다면 적극적으로 개선하는 것도 삶의 질을 위해서는 필요하지요.

갱년기는 모두가 겪지만, 사람마다 정도의 차이는 있어요. 약하게 오는 분들도 있고, 심각하게 오는 분들도 있어요. 개인마다 태어날 때부터 가진, 자신의 몸의 약한 부위가 있지요. 사람마다 다 다르기에 호르몬 불균형으로 인해 나타나는 양상은 예측하기 어려워요. 그러다 보니 완경으로 인해 갱년기 증상을 심하게 앓고 있는 분들에게는 본인의 의지와 상관없이 몸과 마음의 변화가 나타나고 이로 인해 주변으로부터 비난을 받을 때가 가장 힘들다고 합니다. 감정으로 오는 분들은 몸으로 갱년기 증상을 심하게 앓는 분들을 이해하기 어려워하고, 또 반대로 몸이 힘든 분들은 감정 기복이 심한 분들을 이해하지 못하지요.

하지만 결국 누구나 다 갱년기를 지나게 됩니다. 개인적인 차이를 보일 뿐 모두가 겪고 지나간다고 보시면 되어요. 인간으로 40~50년 이상의 오랜 기간 동안 몸을 써왔기에, 고치면서 살아가는 것은 어찌 보면 당연하지요. 완경기는 한 생명을 탄생시키는 몸에서 벗어나 내 몸과 마음의 의식을 한 단계 업그레이드해서 살아가야 하는 시기를 뜻합니다. 갱년기를 그저 단순히 제 2의 사춘기로 치부하거나, 이제 노화되었다고 포기하지 말고, 지혜롭게 의식 수준을 높이는 작업을 우리는 완경기에 시작해야 합니다.

갱년기는 몸의 호르몬 불균형이 시작되는 것으로 볼 수 있어요. 그래서 몸의 균형을 맞추어 주는 노력이 상당히 중요합니다. 운동하고 몸에 좋은 것을 먹고, 혈액순환을 돕는 마사지를 받고, 한약을 먹고, 현대의학의 도움을 받는 등 자신에게 맞는 방법을 찾아 균형을 맞추며 살아가는 것이 필요합니다.

DOHEE   '새로운 시작을 할 때, 생각과 행동 사이의 시차를 두지 말
자'는 제 결심이 친구들과 함께 책을 쓰는 시작점이 되었
네요. 오랜 절친들이지만, 각자의 세상을 보는 시선에 집
중해본 것은 이번이 처음이었거든요.

셋이 수다로 시작해, 즉흥적인 질문을 던지고, 날것의 생
각을 이야기하는 과정은 (가끔 삼천포로 빠지기도 했지만) 셋만의
인사이트를 발견할 수 있는 보물 같은 시간이었어요. 말을
다시 글로 다듬던 후반 작업 역시 낯설지만 신기한 과정으
로 기억에 남을 듯합니다. 문장으로 만난 친구들의 생각
을 읽고, 이해하고, 연결하여 제 의견을 덧대는 작업은 말
로 대화하는 방식과는 다른 진지함과 힘이 느껴졌거든요.
제가 전하고픈 메시지에 집중하면서도, 우리 셋의 의견이

조화롭게 펼쳐지는 균형점을 찾아가는 과정이야말로, 가장 의미 있는 경험이었으니까요. 친구들과 저는 닮은 듯 다르지만, 서로에 대한 신뢰가 있기에 수다와 책을 가능하게 만들었다 생각해요. 제 삶에 '선물 같은 책'을 함께 한 친구들, 고맙습니다.

우리가 지나게 될 '두 번째 사춘기'를 다르게 보고, 새롭게 해석하고 싶었던 제 바람은 지금 충분합니다. 셋의 수다로 열린 다양한 시각들이 제 삶의 또 다른 앵글이 되어 저를 성장시키고 있거든요. 책을 통해 관통하듯 제게 다가 온 메시지가 있다면, 모두가 겪는 갱년기도 내가 어떻게 바라보고 정의하느냐에 따라 펼쳐지는 모습은 완전히 다를 거라는 겁니다. 갱년기는 세든, 약하든 모두에게 찾아오겠지만, 그것을 보내는 방식을 선택하는 것은 나 자신에게 있다는 거죠. 그런 의미에서 제 개인적으로 갱년기를 '몸과 마음이 나에게 말을 걸어오는 때'로 정의하고 싶네요. 몸과 마음이 말하려는 것을 읽어내다 보면, 가정과 사회 어디쯤 설정한 역할에 맞추어 살다가도, 나란 사람에게로 돌아올 수 있는 회복의 시간을 보낼 수 있다고 믿기 때문이지요. 그러다 보면 내 속도에 맞는 삶의 새로운 시작 지점이 펼쳐지지 않을까요?

제 갱년기 역시 시작은 조금 불안했지만, 지금은 일상적인 업 앤 다운의 패턴을 어느 정도 자각하는 힘이 생겨난 듯합니다. 하고 싶은 것을 하라는 몸 님과 마음 님의 요구에 열심히 응하느라, 틈만 나면 잠을 자고, 새롭고 낯선 곳을 서성이고 있네요. 끝으로 우리 셋을 넘어선 더 다양한 갱년기 서사가 있을 것이라 기대하며, 이 책이 새로운 시도와 흐름을 이끌어 내는 데 조금이라도 기여하기를 바라봅니다.

JIIN　저는 두 분과는 달리, 이 책이 조금은 쉽게 완성되었다고 생각하고 있습니다. 그 이유는 두 가지인데요. 첫 번째는 제가 혜미 님과 도희 님에 비해 열심히 참여하지 못했기 때문입니다. 유명한 수상 소감처럼, 두 분이 차려준 밥상을 맛있게 먹기만 한 셈이랄까요. 지금도 늦은 에필로그를 쓰는 지각생이고 늘 두 분을 허겁지겁 뒤따라가거나 혹은 오롯이 두 분께 맡기기만 한 민폐의 아이콘이었습니다. 이런 저를 힘들게 끌고 오면서 짜증 한번 없이 너그러운 이해와 포용으로 토닥여 준 두 분께 다시 한번 감사드려요. 저 혼자서는 절대 불가능했을 일이 두 분 덕분에 가능했습니다.

두 번째 이유는 이 책에 대한 제 생각의 기준선 때문입니다. 갱년기에 대한 저의 생각이 무겁고 요란하지 않은 것처럼 이번 책에도 특별하고 무거운 의미는 부여하지 않기로 했습니다. "우리 무엇을 같이 해보자"라는 오랜 시간 반복된 허상 같은 다짐을 드디어 실천에 옮겼고, 조금은 지루했던 삶에, 새로운 도전을 하고 그 결과를 손에 쥐었다는 점만으로도 저에겐 충분히 자랑할 만한 일이기 때문입니다. 그렇게 자위적 기준선을 갖고, 수다를 떠는 가벼운 마음으로 이 책을 바라보니 조금은 쉽게 마음을 내려놓고 마침표를 찍을 수 있었습니다.

물론 이 책을 읽게 될 독자를 생각하며 내용과 퀼리티를 열심히 고민하지 않은 것은 아닙니다. 솔직히 많이 부끄럽고 걱정되기도 합니다. 하지만 갱년기라는 시점에 만들어 낸 저의 '다시 갱' 프로젝트이니 스스로에게 조금은 너그러워지겠습니다. 그리고 이런 저의 뻔뻔한 너그러움이 새로운 도전을 망설이고 계시는 여러분들에게 작은 변화를 시작하는 용기의 단초가 되기를 기대해 봅니다.

1년여 수다를 떠는 동안 저의 갱년기 증상은 많이 심각해졌습니다. 없던 증상이 생기고, 있던 증상은 심해졌어요.

생활이 조금 불편해질 정도로요. 하지만 갱년기를 유난하지 않게 바라보자는 제 시각과 의지는 동일합니다. 갱년기는 자연스러운 나이 듦의 과정이며 '잘 나이 들기 위한 중간 점검 시간'이자 우리가 살면서 맞이하는 몇몇 갈래 길 중의 하나일 뿐이라고요.

다만 예상치 않게 시작된 그 갈래 길 위의 갱년기 수다를 통해 건강 무관심자이자 조금은 냉소적인 제가 제 몸에 대해 관심을 갖기 시작했고, 앞으로의 제 몸과 마음을 위한 작은 것들을 찾아서 하나둘씩 실천하고 있습니다. 수다를 통해 밖으로 *끄*집어냄으로써 정리된 생각과 마음도 있고요. 1년의 과정을 통해 저는 잘 나이 먹기 위해 필요한 것들과 그 방법에 조금이나마 가까이 다가가지 않았을까 생각합니다.

마지막으로 좀 더 다른 시각의 다양한 얘기가 오가기를 바라는 마음으로 조금은 과격한 의견을 내고 두 분 의견에 딴지 거는 역할을 했습니다. 두 분께도, 독자분들께도 불편하지 않게 다가갔기를 바랍니다.

HEYMI 수다 형식의 글을 쓴다는 것은 쉽지 않은 여정이었습니다. 수다가 고스란히 원고가 될 수는 없어서 수다를 녹음하고 녹음본을 활자로 기록하면서 내용이 부족한 부분은 추가로 덧대는 작업을 거쳤는데, 세 명이 쓰다 보니 한 사람이 수정하면 다른 사람도 수정해야 하고, 한 사람이 공부해서 수준을 올려놓으면 다른 사람들도 수준을 맞추느라 애쓰게 되고… 그렇게 핑퐁 같은 작업에 1년의 시간이 흘렀습니다.

첫 책은 왜 이렇게 버거운 건지 호기롭게 시작했는데 진행 과정은 더디기만 하고 녹록지 않았습니다. 갱년기 수다를 떨면 떨수록 이렇게까지 이야기가 흘러가야 하나 혹은 책으로 만들기에 너무 가벼운 건 아닌지 혹은 너무 무거운 건 아닌지 가늠하기도 어려웠는데 무엇보다 가장 큰마음의 고민은 한 권의 책으로 나온다는 무게감 그 자체였던 것 같습니다.

갱년기 전문가도 아니고 연구자도 아닌데 이런 책을 내는 것이 맞는 건지 우리가 일을 너무 크게 벌인 건 아닌지 사실 두렵기도 했습니다. 책의 내용이 예상보다 방대해져서 웃음이 나오기도 했고요. 하지만 책 한 권 만들어보겠다는 결심과 우리의 경험과 공부가 누군가에게 도움이 될 수도 있다는 확신이 중간에 포기하지 않고 끝까지 달려온 동력이 되었습니다. 우리가 세상의 모든 갱년기를 대변할 수는 없어도 기존 책보다는 조금 더 생생하게 그리고 친절하게 갱년기 당사자들의 경험과 생각을 있는 그대로 전달하는 것만으로 의미가 있지 않을까 하는 생각이 들었습니다.

그리고 무엇보다 친구들과 함께 갱년기를 탐사했던 기회 덕분에 저 자신도 갱년기에 대한 생각을 정리할 수 있는 의미 있는 시간이었습니다. 저는 갱년기를 너무 애를 쓰지 않고 '자신을 보듬는 재생의 시간'이라고 정의했습니다. 아프면 아픈 데로 마주해보고, 슬프면 슬픈 대로 솔직해져 보고, 저에게 이런 시간이 온 이유를 부정적으로 해석하지 않으려고 합니다. 책 제목처럼 『요즘 언니들의 갱년기』는 예전처럼 무방비로 당하지 않고 준비할 수 있으면 준비하고, 갱년기 자체의 의미를 되새기면서 조금은 인생의 고삐를 풀거나 혹은 쥐거나 하는 주도적인 전환기가 될 수도 있음을 공유하고 싶었습니다.

70년대생의 갱년기가 50~60년대생 갱년기랑 생물학적인 증상이 다르지 않을 수도 있겠지만 갱년기에 대한 개인적 인식은 앞으로 달라질 것으로 예상합니다. 개인적인 인식이 달라지면 대응도 달라지고 그러다 보면 갱년기에 대한 사회적 인식도 변화할 것으로 기대합니다. 저희의 갱년기 탐사내용이 다소 가벼울 수도 혹은 무거울 수도 있겠지만 갱년기에 진입했거나 혹은 진입할 갱년기 후배들에게 조금이나마 도움이 되었으면 합니다.

끝으로 1년 동안 함께 고군분투한 도희 님과 지인 님에게 감사드립니다. 서로의 사생활과 서로의 에너지에 맞게 일 정도 진도도 싸우지 않고 잘 진행되었거든요. 기특한 친구들입니다.

그동안 제 갱년기는 계속 진행 중이고 하나하나 증상도 늘어가고 있지만 예상되던 범주에 있는 증상들이라 두려움 없이 받아들이고 있습니다. 최근에 골밀도가 낮아져서 의사에게 처방받은 비타민D 복용을 시작했고요. 이 책을 읽으시는 독자분들도 책을 읽기 전보다는 갱년기에 대해 조금 더 알게 되셨으면 합니다. 『요즘 언니들의 갱년기』를 끝까지 읽어 주셔서 감사합니다.

_김도희, 유혜미, 임지인

70년대생 여자 셋의 지극히 사적인 수다

요즘 언니들의 갱년기

초판 1쇄	2021년 10월 22일
2쇄	2021년 11월 22일
지은이	김도희·유혜미·임지인
펴낸곳	일일호일
펴낸이	김동석
발행처	엔자임헬스 주식회사
기획	유혜미
디자인	송하현·이아름·안수지·오효현·김보름
경영지원	이현선·이설환
홍보	장우혁·김민정·김민지·박연선
등록	2008년 7월 29일(제301-2008-143호)
주소	서울특별시 종로구 자하문로 52
전화	02.318.5840
팩스	02.318.5841
홈페이지	11ho1.com
포스트	post.naver.com/11ho1
ISBN	979-11-952401-9-7

일일호일은 엔자임헬스의 임프린트이자, 종로구 서촌에 있는 국내 첫 건강책방입니다.
일상 속 건강한 이야기가 교류하는 공간으로, 건강의 가치를 담은 책을 만듭니다.